Des mêmes auteurs, aux éditions Bragelonne :

Visions de feu
Rêves de glace

CE LIVRE EST ÉGALEMENT DISPONIBLE
AU FORMAT NUMÉRIQUE

www.bragelonne.fr

Gillian Anderson & Jeff Rovin

VISIONS DE FEU

Earthend – tome 1

Traduit de l'anglais (États-Unis) par Isabelle Pernot

Bragelonne SF

Collection Bragelonne SF dirigée par Tom Clegg

Titre original : *A Vision of Fire – Book one of the Earthend Saga*

ISBN : 978-2-35294-932-9

Bragelonne
60-62, rue d'Hauteville – 75010 Paris

E-mail : info@bragelonne.fr
Site Internet : www.bragelonne.fr

Remerciements

Les auteurs souhaitent exprimer toute leur gratitude à l'agent Doug Grad, à Steve Burkow, Sally Wilcox et Aaron Anderson, à l'éditrice Brit Hvide et toute l'équipe de Simon & Schuster, et plus particulièrement à Clare Kent, qui a pratiquement tout géré de A à Z.

PROLOGUE

Le navire sismique de la Falkland Advanced Petroleum se balançait doucement sous la pleine lune, dans le port de Stanley. Sa coque avait souffert du mauvais temps subi en mer pendant trois semaines, ses capteurs sensibles s'entrechoquaient sous l'effet des vagues, et son géologue en chef était épuisé.

Cependant, penché sur la minuscule table d'examen installée dans sa cabine à l'avant du bateau, le docteur Sam Story ne pouvait détacher son regard d'une roche que le robot d'exploration des fonds marins avait récupérée lors de leur dernier jour dans l'Atlantique Sud. La pierre argentée tenait dans sa main et avait plus ou moins la forme et l'épaisseur d'une carte à jouer. Il l'étudiait depuis une heure en déplaçant lentement sa loupe de haut en bas et d'un côté puis de l'autre. Le géologue de cinquante-trois ans avait du mal à accepter ce qu'il voyait.

Il finit par se redresser sur son tabouret en clignant des yeux à cause de la fatigue. Puis il mit en marche un Dictaphone.

—Le spécimen E 33 ressemble bel et bien à un fragment de météorite pallasite, énonça-t-il prudemment. J'observe sur l'arrière des marques qui indiquent que ce fragment a été taillé à la main. Cependant…

Il reposa soigneusement la pierre sur une bande de coton et retira ses gants en latex. Cette antiquité avait séjourné dans des eaux glaciales pendant des siècles, voire des millénaires ; les surfaces brutes et le sébum risquaient de l'endommager davantage.

Le docteur Story étudia le symbole qui brillait doucement sur la surface de l'objet.

— Sur la face antérieure sont gravées quatre formes triangulaires disposées en pyramide, poursuivit-il. Chaque triangle se compose de trois croissants entrelacés prolongés par des croissants plus petits qui ressemblent à des griffes. Il n'y a pas de griffes aux extrémités du triangle central. J'ignore tout de la signification ou de la fonction de ce symbole.

Il se pencha pour mieux scruter la pierre.

— Concernant la gravure, la largeur et la profondeur des marques semblent indiquer qu'elles ont été faites à l'aide d'un outil plus petit et plus fin que celui utilisé pour tailler le fragment de météorite. Un certain nombre de tribus pourraient avoir gravé ce symbole, mais les bords sont une vraie énigme.

Il récupéra la loupe et reprit dans un murmure :

— Chaque gravure possède un contour arrondi qui suggère des siècles d'érosion. Pourtant, ces bords ne sont pas érodés de manière uniforme, on dirait plutôt des bulles, de celles qui sont générées par une chaleur intense. Or, les anciens peuples n'avaient pas les moyens de produire une chaleur de 1 150 °C.

Le docteur Story se redressa et prit le Dictaphone en souriant. L'appareil moderne lui semblait incongru et sans importance. Bien que relativement sophistiqué, ce fruit de l'ingéniosité humaine était tellement moins intéressant qu'une simple pierre extraite par hasard de l'océan !

Non, rectifia-t-il intérieurement, *cette pierre n'a rien de simple.* Le magma pouvait atteindre des températures très élevées mais, le temps que la lave atteigne la surface, elles descendaient autour de 810 °C. Le géologue n'avait relevé de telles traces de fusion et de durcissement que sur des roches météoriques. Les bulles se formaient par friction lors de leur passage dans l'atmosphère puis elles durcissaient lorsque les roches atteignaient la surface terrestre, plus froide.

— Mais ça n'explique pas comment les gravures ont pu fondre, marmonna-t-il dans le Dictaphone. Elles n'ont pas pu traverser l'atmosphère, elles. Sinon cela voudrait dire qu'elles proviennent…

Le docteur Story était fatigué. Il n'avait pas dormi depuis près de quarante-huit heures. Avant d'envisager les implications de cette découverte, il avait besoin de repos.

Il éteignit sa lampe de bureau et s'allongea sur sa petite couchette qu'il suffisait de rabattre. Le paisible mouvement de balancier dans le port était une bénédiction après vingt et un jours en mer. Le géologue entendit un bruit sourd au niveau de la coque, sous l'eau. Un globicéphale, peut-être, les cétacés avaient étonnamment tendance à s'échouer, ces derniers temps. Le scientifique s'endormit presque aussitôt.

La porte s'ouvrit et une silhouette masculine se glissa dans la pièce. Silencieux, l'intrus avança avec précaution – les mouvements du bateau étaient imprévisibles et il ne voulait pas tomber contre le bureau ou le lit.

Il posa par terre une sacoche d'appareil photo vide. Guidé par la lumière de la lune à travers un hublot, il ramassa rapidement la tablette et le Dictaphone. Il enveloppa le petit morceau de roche dans la bande de coton et le glissa à l'intérieur de la sacoche.

En s'éloignant de la jetée, il balança les deux appareils électroniques dans l'eau et les regarda sombrer dans la lumière ivoire du clair de lune. Puis il poursuivit son chemin vers l'hôtel Malvina House.

Première partie

Chapitre premier

C'était une matinée d'octobre incroyablement chaude pour la saison, une invitation à flâner plutôt qu'à se dépêcher, mais Ganak Pawar et sa fille traversaient l'est de Manhattan d'un bon pas, comme à leur habitude. Le représentant permanent de l'Inde auprès des Nations unies exerçait son métier de diplomate depuis trente ans et écoutait l'adolescente de seize ans avec une patience dont il était visiblement coutumier. La lumière dorée qui inondait York Avenue semblait accroître l'énergie de Maanik.

—Papa, ton discours d'hier soir était génial ! J'ai eu du mal à m'endormir tellement ça m'a fait réfléchir !

—Voilà qui est agréable à entendre.

—Il est temps que les gens voient le Cachemire autrement, comme tu l'as démontré devant l'Assemblée générale. Je suis contente que CNN ait retransmis ton discours, c'était si inspirant !

—Tu m'en vois très heureux. Mais le reste du monde est loin de partager ton enthousiasme.

—Papa, tu leur en as mis plein la tête. Ça demande du courage.

Ganak sourit.

—Je leur en ai « mis plein la tête », vraiment ?

— Tu vois ce que je veux dire, répondit sa fille en souriant à son tour. Ne sois pas si modeste, surtout aujourd'hui. Maintenant, il faut penser à la suite.

Ganak ne savait pas si c'était du courage ou du désespoir qui l'avait poussé à montrer la vidéo d'une mère originaire du Cachemire s'immolant par le feu au-dessus du cadavre de son fils. Les tensions se ravivaient régulièrement dans la région mais, cette fois, cela semblait différent. Trente-deux personnes étaient mortes en deux jours, et l'Inde comme le Pakistan brandissaient de nouveau la menace nucléaire. C'était peut-être à cause de ces tentatives d'intimidation hélas trop familières que Ganak avait demandé que le Cachemire devienne un protectorat des Nations unies. Si l'ONU gouvernait temporairement la région comme elle l'avait fait au Kosovo pendant neuf ans, cela laisserait le temps à la population de choisir entre l'un ou l'autre pays ou de proclamer son indépendance…

— Papa ?

— Oui ?

— Je veux t'aider, annonça Maanik en sautillant d'excitation. Tu devrais écouter mes idées.

Il sourit. Elle semblait si adulte dans sa veste en similicuir et sa robe bleu foncé. Ses leggings orange et or s'ornaient de rayures horizontales sur une jambe et d'un imprimé de plumes tourbillonnantes sur l'autre. L'adolescente avait cousu elle-même ces deux tissus dépareillés et choisi un foulard dans les mêmes tons pour compléter sa tenue. Ganak remarqua non sans surprise qu'elle s'épilait les sourcils. C'était nouveau aussi, cette façon de rassembler son épaisse et brillante chevelure noire sur une épaule.

Tout le contraire de sa mère, se dit-il. Quand la famille Pawar avait quitté New Delhi pour Manhattan deux ans plus tôt, Maanik avait intégré le lycée Eleanor Roosevelt et immédiatement commencé à changer. Alors que Hansa, sa mère, était plutôt introvertie, elle était du genre à réfléchir à voix haute. Hansa respectait les traditions mais Maanik aimait faire du roller en cachette avec le fils de l'ambassadeur canadien. Daniel, le garde du corps américain de la famille, qui marchait un peu en retrait derrière eux, surveillait discrètement la jeune fille quand elle n'était pas à la maison.

Ganak ne parvenait pas à décider si le fait que Maanik tourne le dos aux traditions l'inquiétait ou si au contraire il était fier qu'elle ait décidé de vivre sa propre vie. Ça ne plaisait pas à Hansa, mais lui était moins catégorique. Ses talents de diplomate se retrouvaient parfois mis à l'épreuve sous son propre toit d'une manière propre à rivaliser avec la crise actuelle au Cachemire.

Son sourire s'effaça alors qu'il repensait à l'Inde et au Pakistan. Ces jours-ci, accompagner Maanik à l'école était l'un de ses seuls refuges.

—Maanik, je veux bien écouter tes idées, mais je préfère te prévenir, parfois il est plus sage d'attendre un peu après un coup d'éclat.

—Plus sage, vraiment? protesta-t-elle. Si tu as lancé le mouvement, pourquoi l'arrêter?

—J'ai lu les rapports ce matin avant de quitter la maison. L'Inde et le Pakistan sont furieux, alors même que le reste du monde applaudit l'idée d'un protectorat.

—C'est bien ce que je disais, répliqua Maanik sans se démonter. Maintenant, tu dois convaincre l'Inde et le Pakistan.

—Ah. C'est donc si simple?

—Sans doute pas, mais je peux peut-être t'aider, justement. Tu pourrais écrire une tribune ou un communiqué de presse, mais surtout… (Radieuse, elle se retourna pour lui faire face en marchant à reculons.) Je pourrais faire une vidéo en t'interrogeant sur la situation! Les réseaux sociaux adorent ça. Les parents regarderaient cette interview avec leurs enfants, ça serait tranquille et pas du tout agressif, mais on y mettrait tout notre cœur, tu vois? Les gens se feraient à cette idée de protectorat par le biais d'une conversation plutôt que d'une dispute. En s'y prenant bien, la vidéo pourrait même faire le buzz.

Ganak était impressionné. Maanik avait préparé son propre discours. C'était l'une des raisons pour lesquelles, même au milieu d'une crise, il continuait à caler dans son emploi du temps cette demi-heure de marche rien que tous les deux, sans téléphone portable.

— Ce sont de très bonnes idées, Maanik.

— Super ! La prochaine étape, c'est d'arrêter temporairement les cours pour faire un stage avec toi au siège de l'ONU. D'ailleurs, le lycée le validera sûrement…

— Les stages se font à partir du troisième cycle universitaire. Pour les lycéens, c'est hors de question.

— Mais, *bapu*, dit-elle en cherchant à l'attendrir avec le mot hindi pour « papa », je suis maligne et motivée, et mon aide serait cruciale en ce moment.

— J'apprécie ta motivation, mais les bonnes intentions ne suffisent pas, il faut aussi d'excellentes références.

— On doit bien pouvoir faire une exception…

— Les exceptions sont une exception, répondit Ganak.

— Je ne comprends même pas ce que ça veut dire, protesta Maanik en fronçant les sourcils.

— Ça veut dire « non ». Je suis désolé, Maanik.

Visiblement frustrée, la jeune fille se remit à marcher normalement.

— Alors je suis censée gaspiller mon temps en trouvant des idées sans jamais pouvoir les mettre en œuvre ?

— Tu es une jeune fille tout à fait exceptionnelle…

— Mais puisque je te dis que je perds mon temps au lycée !

— Tu apprends des choses, tu étudies d'autres vies, d'autres époques.

— Mais je suis censée ignorer le fait que notre pays natal pourrait se retrouver en guerre ? C'est ridicule, *bapu*. Je veux aider.

— Tes livres n'ont rien de ridicule.

—Vraiment ? Et si un officier indien ou pakistanais, sur un coup de folie, s'apprêtait à lancer une ogive nucléaire pour de bon cette fois, tu ferais quoi ? Tu lui parlerais du dernier roman que tu as lu ? ou du dernier poème que tu as appris ?

—Maanik, mon cœur, tu n'auras pas gain de cause, annonça Ganak en souriant.

—Ah bon ? (Elle s'arrêta à l'angle de la Soixante-Septième Rue et mit les poings sur les hanches.) Et pourquoi ça ?

Le sourire de son père s'accentua.

—Tu es jeune et impatiente. Je sais ce que c'est d'avoir ton âge, mais tu ne sais pas ce que c'est d'avoir le mien.

Maanik se tourna brusquement vers le grand blond d'un mètre quatre-vingt-dix qui se tenait derrière eux.

—Daniel, vous trouvez que c'est un bon argument, vous ?

—Moi, je ne prends pas parti, mademoiselle, répondit en souriant le garde du corps au nez busqué.

Derrière ses lunettes réfléchissantes, il surveillait les piétons autour d'eux, tout en épiant du coin de l'œil les voitures qui roulaient trop vite sur l'avenue. Le feu passa au rouge, ce qui leur permit de traverser York pour s'engager dans un étroit pâté de maisons plein de briques rouges et d'arbres dont les feuilles commençaient tout juste à jaunir.

—Maanik, laisse-le faire son travail, la réprimanda Ganak. (Puis sa voix se radoucit, comme toujours avec sa fille.) Quant à toi, ton travail est d'apprendre la patience, de faire des études et d'acquérir de l'expérience. Tout cela te donnera la sagesse.

—Je suis tout sauf patiente, grommela Maanik d'une voix qui, effectivement, ne l'était pas.

—Tu sais quel est mon travail à moi ? Guider les gens patiemment et avec compassion. Les encourager dans la bonne voie plutôt que de les plier à ma volonté. Je travaille en vue de la création du protectorat du Cachemire, mais tout doucement. Tu trouves cela moins courageux que de brandir le poing ou d'élever la voix ? Moi, je te dis que ça demande plus de cran, au contraire !

Brusquement, Maanik eut de nouveau l'air de cette petite fille dont le souvenir restait si vivace dans la mémoire de son père. Ils continuèrent leur chemin en silence, mais Ganak, impulsivement, prit la main de sa fille, qui la lui serra très fort.

Ils arrivèrent devant les grilles du lycée. De nombreux élèves occupaient cette partie du trottoir, ainsi que quelques professeurs qui envoyaient des SMS ou qui se dépêchaient de parler entre eux avant le début des activités à 7 h 45. Ce jour-là, il y avait réunion du club des droits de l'homme, en alternance avec une modélisation des Nations unies. Pour une fois, Maanik ne se précipita pas pour retrouver ses amis. Son père vit qu'elle était plongée dans ses pensées. Il se surprit à presque regretter leur conversation.

En regardant autour de lui, il se rendit compte que tout le monde devant l'école avait l'air morose. La vidéo du suicide de cette mère s'était répandue de façon virale après qu'il l'avait montrée à l'Assemblée générale. Quelques-uns de ces adolescents l'avaient sûrement vue, et un grand nombre avaient dû en entendre parler. Mais le monde avait besoin d'être un peu bousculé pour que les interminables tensions au Cachemire puissent cesser pour de bon. Le Conseil de sécurité devait faire pression sur l'Inde et sur le Pakistan, sinon l'escalade continuerait jusqu'à ce que oui, un jour, un général perde la tête et décide d'y mettre un terme de façon bien plus radicale. L'ambassadeur était conscient d'avoir aggravé la situation. Aussi, après avoir privé sa fille du peu d'influence qu'elle pensait avoir, Ganak ne pouvait lui en vouloir d'avoir l'air aussi grave.

— N'y pense plus, lui dit-il en l'embrassant sur le front. Fais confiance à ton père.

— C'est ce que je fais, répondit-elle. Ce sont les autres dont je me méfie.

— C'est bien ça le problème, n'est-ce pas ? rétorqua Ganak en souriant. Il faut bien que quelqu'un rende les armes le premier en espérant que l'autre fera de même.

Il lui fit un petit signe de la main puis repartit en direction de la Première Avenue. Daniel et lui se rendaient à l'ONU à pied, et Ganak comptait mettre à profit cette demi-heure de marche pour répéter mentalement ses stratégies et passer des coups de téléphone. Sans Maanik à ses côtés, il s'ouvrit aux bruits de la ville : les avions et les hélicoptères dans le ciel, les camions qui s'arrêtaient pour des livraisons et les voitures qui traversaient à toute allure les routes pleines de cahots. Il entendit une moto particulièrement bruyante mais n'y prêta pas la moindre attention.

Ce ne fut pas du tout le cas de Daniel. Le pot d'échappement faisait tellement de bruit qu'il devait avoir été modifié. Or ce type de véhicule était rare dans l'Upper East Side, un quartier tranquille et vieillissant de Manhattan. Daniel regarda la moto s'engager sur la Soixante-Seizième Rue. Noire avec des bordures rouges, elle était conduite par un homme mince, lui aussi tout en noir. L'engin passa devant des agents municipaux et rugit à l'intention d'un homme qui portait un écriteau « Ralentissez ». Voilà qui était étrange également, puisque cet agent s'éloignait du croisement où il aurait dû réguler le trafic. Il marchait à grandes enjambées, les yeux fixés sur l'ambassadeur Pawar. Dissimulée derrière l'écriteau, sa main libre disparut sous son gilet rouge et jaune…

Devant le lycée, personne ne réagit au premier coup de feu, dont le bruit fut couvert par les rugissements de la moto. Mais Ganak se retourna et se figea. C'était précisément là-dessus que comptaient les assassins, cette paralysie qui faisait de lui une cible facile. Mais Daniel avait été entraîné pour surmonter cette réaction.

Il s'était élancé une seconde avant le premier tir. Il saisit l'ambassadeur à bras-le-corps et le jeta sur le bitume tout en se retournant avec son propre neuf millimètres à la main. Protégeant l'ambassadeur de son corps, il visa en direction de la rue.

En entendant les deuxième et troisième coups de feu, des piétons coururent en criant vers des portes ou se réfugièrent derrière des voitures. Les arbres et les véhicules garés le long du trottoir gênaient le tireur qui ne voyait plus sa cible. À gauche, les élèves, les professeurs et toutes les autres personnes qui se trouvaient devant le lycée se mirent à hurler. La moitié d'entre eux se jetèrent à terre, les autres se blottirent contre le mur. Les rares qui restèrent debout furent agrippés par leurs voisins qui les obligèrent à se mettre à plat ventre contre le trottoir. Tremblante de peur, Maanik ne bougea pas d'un pouce. Mme Allen, la prof d'anglais, l'attrapa par le col de son manteau et la força à se baisser.

Maanik se débattit dans les bras protecteurs de l'enseignante et tenta de relever la tête. Elle n'arrivait pas à crier. Elle n'arrivait même pas à ouvrir la bouche. Il n'y avait pas eu de quatrième coup de feu. Est-ce que cela voulait dire que les trois premiers avaient atteint leur cible ? Elle pensa à Daniel et se demanda s'il allait bien. Était-il à l'origine de l'un des tirs ? L'asphalte était froid sous sa joue, qui écrasa une feuille morte tandis que la jeune fille se tordait le cou pour essayer de voir ce qui se passait.

On entendit des sirènes au loin. Mme Allen hésita, puis se remit à genoux. Il fallait que quelqu'un vérifie si le père de Maanik allait bien, et ça ne pouvait pas être la jeune fille.

— Reste ici, ordonna-t-elle à son élève.

Mme Allen fit signe à un autre lycéen de rester avec Maanik. Puis, le dos courbé, elle courut en direction de la Première Avenue et des corps étendus sur le trottoir. Elle ne vit pas de sang, mais elle aperçut du coin de l'œil un agent municipal sauter à l'arrière d'une moto. Celle-ci lui déchira les tympans en faisant rugir son moteur avant de filer vers l'est. Mme Allen découvrit le père de Maanik et le garde du corps. L'un des deux corps bougea et s'assit, ses cheveux blonds brillant au soleil. Il se tourna vers l'autre qu'il recouvrait à moitié. L'ambassadeur leva la tête. Il posa une main sur le trottoir, tenta de se relever et retomba. Mme Allen courut l'aider en criant par-dessus son épaule :

— Maanik, il va bien ! Ils vont bien tous les deux !

Mais ça n'était pas tout à fait vrai, elle s'en rendit compte en découvrant du sang sur le trottoir. Elle parcourut du regard le corps de l'ambassadeur, puis vit du sang gicler hors de la manche du garde du corps. C'était donc lui qui avait été atteint. Elle demanda qu'on fasse venir l'infirmière de l'école.

Quinze minutes plus tard, juste après avoir appelé sa femme, Ganak Pawar repoussa doucement sa fille, jusque-là appuyée sur son épaule, et l'aida à s'asseoir bien droite sur le canapé qui se trouvait dans le bureau du principal. Il ôta un fragment de feuille morte de la joue de Maanik. Ils étaient seuls et indemnes. Daniel avait été transporté de toute urgence à l'hôpital, car il perdait beaucoup de sang. Il ne pouvait plus se servir de son bras droit, mais les ambulanciers avaient affirmé qu'il allait s'en sortir.

Maanik n'avait pas versé une larme, même quand l'adrénaline avait reflué. Sa respiration hachée était pratiquement revenue à la normale, mais la jeune fille tremblait encore. Cependant, quelqu'un frappa à la porte, et c'était là un signal que son père ne pouvait ignorer. Le principal passa la tête dans la pièce.

— Monsieur l'ambassadeur, votre voiture est là.

— Oui, merci, répondit Ganak. J'arrive tout de suite.

Sa fille lui prit la main et la serra très fort.

— Maanik, il faut que j'y aille.

— Je ne veux pas que tu partes.

— Je sais. Mais tout ira bien, je te le promets. Deux tentatives en une journée, ça ne s'est jamais vu.

L'adolescente hocha la tête d'un air peu convaincu.

— Dès que tu te sentiras un peu mieux, demande au principal d'appeler maman. Elle viendra te chercher. Tu vas rester au calme à la maison.

Maanik détourna les yeux sans répondre. Son étreinte se resserra encore, et ses ongles s'enfoncèrent dans la main de son père.

— Maanik...

— C'est sans espoir. Ça ne sert à rien. L'ONU, ton discours, tout.

— Tu te trompes. Tu ne dois pas perdre espoir.

— J'aurais pu te perdre, toi. Qui parle d'espoir ?

— Mais je ne suis pas mort, je suis là. Et quand je me présenterai aux Nations unies après une tentative d'assassinat, ma voix n'en aura que plus de poids…

— Je ne veux pas rentrer à la maison, déclara-t-elle en lâchant sa main.

— Il vaut pourtant mieux…

— Tu dois faire ton travail et moi le mien.

Ganak inspira profondément en regardant sa fille. Cette fois, il acceptait de lui laisser gain de cause. Il l'embrassa sur le front, en prolongeant ce baiser un peu plus longtemps qu'à l'ordinaire, puis lui serra les deux mains en se levant.

— Dans ce cas, je te verrai au dîner et je t'appellerai dans la journée. Je vais demander au principal de t'autoriser à garder ton téléphone allumé. Maanik Pawar, je suis très fier de toi.

— Moi aussi, je suis fière de toi, papa ambassadeur, répondit-elle avec un pâle sourire, mais un sourire quand même.

Ganak déposa un autre baiser, rapide celui-là, sur le front de sa fille, puis s'en alla d'un air déterminé. Maanik se leva et se rassit aussitôt, car elle avait encore les jambes coupées. Mais elle assista à sa deuxième heure de cours, sur l'histoire des États-Unis.

L'infirmière demanda au principal de prévenir les professeurs de l'adolescente, pour qu'ils gardent un œil sur elle.

Au milieu des regards discrets que lui lançaient les élèves qu'elle ne connaissait pas bien et les pouces levés de ceux dont elle était proche, Maanik alla s'asseoir à sa place, ouvrit son cahier et copia les mots écrits au tableau. Son stylo tomba à court d'encre, et elle gribouilla des cercles jusqu'à ce que l'encre bleue se remette à couler. Puis elle continua à dessiner des cercles jusqu'à ce qu'elle se reprenne en sursaut. On aurait dit qu'elle s'était endormie et que ces cercles étaient apparus brusquement sur la page. Elle se força à écouter le cours.

Elle se rendit ensuite avec plusieurs camarades en cours de géométrie. Au milieu de la leçon, elle recommença à dessiner des cercles jusqu'à en remplir sa page. Puis elle posa son stylo et se gratta sous la manche de sa robe. Ça ne la démangeait pas, pourtant. Elle avait juste besoin de se gratter.

— Papa…, murmura-t-elle dans un souffle.

Personne autour d'elle ne l'entendit.

— Papa ? répéta-t-elle, plus fort cette fois.

La fille qui se trouvait à sa droite se tourna vers elle.

— Maanik, ça va ?

L'intéressée regarda sa camarade et découvrit à sa place un visage inconnu, celui d'une jeune fille à la peau pâle, presque translucide, comme de la glace sur un trottoir. Ses yeux étaient teintés de rouge, comme le rubis dans la boîte à bijoux de sa mère. Ses lèvres d'un bleu pâle étaient particulièrement prononcées.

Maanik reprit la parole d'une voix sifflante, comme si elle avait du mal à respirer :

— Papa… aide-moi !

L'enseignante quitta rapidement le tableau pour la rejoindre. Maanik se mit à respirer de plus en plus rapidement en enfonçant son stylo encore et encore dans le bureau. De l'autre main, elle se griffa le poignet jusqu'à ce que des sillons sanglants apparaissent.

Le professeur lui immobilisa gentiment les mains et envoya un autre élève chercher l'infirmière.

— Maanik, ne fais pas…

Brusquement, l'adolescente leva les bras en l'air et envoya valser l'enseignante contre un autre bureau. Elle convulsa sur sa chaise avant de se détendre pendant un bref instant. Puis elle hurla si fort que son professeur la prit dans ses bras dans un effort désespéré pour la calmer.

Maanik perdit connaissance au moment où l'infirmière arriva.

CHAPITRE 2

Caitlin O'Hara, docteur en psychiatrie, allait avoir quarante ans dans deux semaines. Elle venait de descendre les trois premières gorgées d'une tasse de café tout en tapant sur les touches de sa tablette.

— On ne peut pas leur donner la lune, docteur O'Hara.

— Je n'ai pas demandé la lune, madame Tanaka, répondit-elle à la voix qui sortait de l'appareil. J'ai demandé de l'argent pour vingt-cinq abris. C'est tout à fait dans vos cordes.

Sur l'écran, le plan en 3D d'une petite maison se mit à tourner, et un mur disparut afin que Caitlin puisse zoomer pour voir l'intérieur. Le logement permettrait d'accueillir vingt personnes qui mouraient de chaud ou de froid depuis des mois dans des tentes en lambeaux. Ce nouveau modèle préfabriqué avait été conçu par un fabricant de meubles modulables sous contrat avec le haut-commissariat des Nations unies pour les réfugiés. C'était la version améliorée d'un modèle précédent qui, entre autres défauts, ne possédait pas de verrou intérieur sur la porte d'entrée. Ce détail avait été corrigé. Il ne manquait plus que des fonds.

Le directeur Qanooni, le patron de Sharon Tanaka, intervint à son tour :

— Nous ne disposons pas des cent mille dollars que nécessite ce projet, tout simplement.

— Ce qui nous ramène au point de départ de cette discussion, répliqua Caitlin. Le financement participatif. Je sais que ça ne vous rapportera pas grand-chose comparé aux sommes que vous versent les pays donateurs et que ça va mobiliser de précieuses ressources, mais des vies sont en jeu.

La conférence téléphonique avec les agents administratifs de l'OMS était sur le point de dépasser la demi-heure qui lui avait initialement été impartie. Mais les réfugiés avaient absolument besoin de ces abris. Sachant que de plus les minutes étaient comptées avant l'arrivée de son prochain patient, Caitlin avait décidé de se jeter à l'eau.

Il y eut un bref silence, que rompit Tanaka en murmurant quelque chose à l'adresse de Qanooni.

— Je vais en parler au comité, décida le directeur.

— Non, je vous en prie, le supplia Caitlin. Nous savons tous les deux que ses membres vont ergoter à n'en plus finir...

— Merci, docteur, s'empressa de l'interrompre Qanooni. Mme Tanaka et moi siégeons au comité, aurais-je besoin de vous le rappeler ?

— Non, et je suis désolée si je vous ai offensé, répondit Caitlin avec un sourire malicieux. Mais je ne supporte pas la bureaucratie. Elle n'étouffe jamais les mauvaises idées, seulement les bonnes. Alors, je vous en conjure, allez chercher des élèves dans le lycée de Genève le plus proche, proposez-leur ce travail dans le cadre de leurs activités extracurriculaires, et ils vous créeront un site de financement participatif en deux heures.

— Si seulement c'était aussi simple, soupira Tanaka. Mais il y a aussi les questions de responsabilité.

— Je compatis, répondit Caitlin. Sincèrement. Je paie plus d'assurance que de loyer pour mon appartement et mon bureau réunis, ce qui n'est pas peu dire à Manhattan. Mais les questions de santé l'emportent sur les questions d'assurance. Il le faut. Sinon, pourquoi ferions-nous ce métier ?

—Vous marquez un point, reconnut Qanooni tandis que Tanaka laissait échapper un « hum » songeur.

—J'ai raison, vous le savez, insista Caitlin.

—Évidemment, la réprimanda Qanooni. À quand remonte la dernière fois que vous vous êtes trompée ?

—Au Cameroun, en 2010. J'ai confondu une hyène avec un chien. J'ai inventé le saut en longueur en arrière et établi le record cette nuit-là.

Le téléphone de Caitlin se mit à vibrer. Benjamin Moss tentait de la joindre.

—Directeur Qanooni, madame Tanaka, je dois vous laisser, mais je vous enverrai prochainement un mail. Merci de m'avoir accordé votre temps…

Le directeur la remercia, mais repartit aussitôt sur les questions de responsabilité au lieu de dire au revoir. Le portable de Caitlin cessa de vibrer, puis recommença. Ben la rappelait au lieu de laisser un message.

Caitlin mit fin à sa visioconférence, se laissa aller contre le dossier de son fauteuil et contempla pendant quelques instants les murs de son bureau, que décoraient de nombreuses photos de Thaïlande, de Cuba ou des Philippines, ainsi que ses récompenses et ses diplômes. Ces derniers rendaient sa carrière en psychiatrie adolescente plus facile mais, fondamentalement, ils n'avaient aucune importance.

Elle rappela Ben, qui décrocha à la première sonnerie.

—Ben, j'ai une séance dans une minute, donc il va falloir faire…

—Peux-tu l'annuler ?

—Quoi ? Non…

—Cai, je suis sérieux. J'ai besoin de toi aux Nations unies au plus vite.

—Je suis sérieuse aussi, Ben, j'ai… (On frappa à sa porte.) Un instant ! dit-elle en élevant la voix, sachant que c'était probablement sa secrétaire pour annoncer son patient. Ben, mon rendez-vous de 11 heures est là.

— S'il te plaît, annule-le. Tu sais que je ne te le demanderais pas si ça n'était pas important.

— Mon rendez-vous aussi est important, répondit Caitlin en fronçant les sourcils. Dis-moi au moins ce qui se passe.

— Pas au téléphone. Tous les gouvernements de la planète surveillent cette zone. S'il te plaît, Cai.

— C'est si grave que ça ?

— Oui.

Caitlin se leva.

— Donne-moi cinq minutes, j'arrive.

— Merci. Je t'envoie l'adresse par SMS.

Caitlin raccrocha, ouvrit la porte et expliqua la situation. Après avoir fixé un nouveau rendez-vous avec son patient, elle sauta dans un taxi et se dirigea vers l'ONU.

Le message de Ben indiquait *48e et 2e*. Lorsque le taxi de Caitlin se gara le long du trottoir, la jeune femme vit Ben faire les cent pas devant un immeuble d'habitation. Il portait un costume bien coupé et avait l'air particulièrement tendu. Elle dévisagea son ami de longue date tandis que le chauffeur débitait sa carte. Un large portique obscur orné d'arches carrées s'étirait derrière lui et lui donnait l'air encore plus agité, comme s'il était coincé au sein de ce décor. Il scrutait l'intérieur de chaque taxi qui passait. Lorsqu'il aperçut Caitlin, il parut se détendre et s'empressa de venir à sa rencontre.

Depuis leur rencontre à l'université de New York, elle n'avait vu Benjamin Moss effrayé que deux fois : le 11 septembre 2001, lorsqu'ils avaient regardé les tours jumelles brûler depuis le Washington Square Park, et en Thaïlande après le tsunami de 2004, quand les premiers cadavres s'étaient échoués sur le rivage. Et voici que, ce jour-là, il avait de nouveau l'air effrayé.

Caitlin le serra dans ses bras. Le fond de l'air semblait étrangement frais, même si le soleil brillait directement au-dessus de leurs têtes.

— Je te revaudrai ça, promit Ben.

—Et comment. Pourquoi m'as-tu fait venir ?

D'une main légère, il la guida en direction du portique. Il s'y arrêta et jeta un coup d'œil furtif en direction du portier. Caitlin se sentit soudain prise au piège avec Ben dans sa cage imaginaire.

—Qu'est-ce qui se passe ?

—Comment va Jacob ? demanda-t-il doucement.

—Bien, comme un garçon de dix ans. Il prend des cours de cuisine. Il veut faire du Tai Chi comme les gens dans le parc.

—Je connais un bon professeur. Il vient de Chine.

—Ben, vas-tu enfin me dire ce que je fais ici ?

Il prit une petite inspiration. Il était interprète aux Nations unies, et Caitlin l'avait déjà vu à l'œuvre : il laissait toujours un délai infime entre ce qu'il entendait et ce qu'il disait, le temps de trouver la bonne formulation. À cet instant précis, il faisait exactement la même chose.

—Tôt ce matin, l'ambassadeur de l'Inde à l'ONU a accompagné sa fille à pied à l'école, dit-il à voix basse, presque dans un murmure. Tu en as peut-être entendu parler…

—La tentative d'assassinat, répondit Caitlin.

—C'est ça. Le commissaire de police a mis la cellule antiterroriste sur le coup, mais tout ce qu'ils ont trouvé, c'est un type anonyme et une vidéo de surveillance floue montrant deux hommes s'enfuyant à moto sur York Avenue.

—Personne n'a revendiqué cette action ?

Ben secoua la tête.

—Le NYPD pense qu'il s'agit de loups solitaires, mais l'Inde et le Pakistan s'accusent mutuellement.

—Personne ne sait donc pourquoi c'est arrivé ?

—Beaucoup de gens voudraient le voir mort ou au moins sur la touche, répondit Ben. C'est un pacifiste, bien trop en vue pour qu'on se contente de le rappeler en Inde. De plus, des négociations ont commencé la semaine dernière, et la plupart des délégués de l'ONU ainsi que le Conseil de sécurité ont exigé qu'il y assiste, en dépit des réticences de l'Inde et du Pakistan.

— Tu es son interprète, comprit Caitlin.

— Oui. Je traduis l'hindi, l'ourdou, l'ouïgour, le china et, de temps en temps, un dialecte tribal. (Il sourit pour la première fois ce jour-là.) J'ai un peu la tête qui tourne.

— Et comment va sa tête à lui ? s'enquit Caitlin.

— Très bien. Il en faut beaucoup plus pour ébranler cet homme.

De toute évidence, l'ambassadeur n'était pas la raison de la présence de Caitlin en ces lieux. Elle attendit que Ben poursuive.

Il baissa encore plus la voix et se pencha vers elle d'un air de conspirateur :

— Les négociations avançaient doucement et prudemment – jusqu'à aujourd'hui. L'ambassadeur Pawar a reçu un appel à propos de sa fille et a été obligé de partir en mettant fin à la séance. Les délégués pakistanais se sont aussitôt offusqués, et nous ne savons pas combien de temps ils vont rester conciliants. Une demi-heure plus tard, l'ambassadeur adjoint, qui était lui aussi très inquiet, m'a pris à part et m'a demandé d'aller chercher l'ambassadeur chez lui. Où nous sommes actuellement, ajouta Ben en désignant le gratte-ciel derrière eux.

— Cet homme s'est fait tirer dessus, ils ne peuvent pas le laisser respirer pendant deux heures ?

— Ça n'a rien à voir avec lui, Cai, c'est juste un prétexte. L'ambassadeur était déjà en retard, et son absence donne à chacun le temps nécessaire, et une excuse, pour revenir à un discours partisan.

— Je comprends. Mais ce n'est pas à cause de l'ambassadeur que je suis là.

— Non, confirma Ben d'un air grave.

Qu'est-ce qui pourrait bien pousser un diplomate à quitter la table des négociations d'une crise internationale, sinon une crise dans son foyer ? Caitlin éprouva un pincement au cœur en pensant à son propre père, si aimant et attentionné.

— Sa fille ?

Elle avait entendu parler de la fusillade aux infos.

Ben hocha la tête et regarda la rue, puis le portier.

— Qu'est-ce qui lui est arrivé ? demanda Caitlin.

— C'est… (Ben pinça les lèvres, puis soupira.) C'est troublant. Cai, il faut que tu voies ça par toi-même.

Il la prit par le coude et la fit entrer dans l'immeuble. Derrière son bureau, le concierge ne prit pas la peine de les arrêter. Visiblement, il connaissait Ben.

— Ils l'ont ramenée chez elle par l'ascenseur de service.

Il y avait des caméras de surveillance dans le hall, et une autre encore dans l'ascenseur. *Les indiscrétions peuvent avoir des conséquences fâcheuses,* se dit Caitlin tandis qu'ils montaient jusqu'au dernier étage. Ben n'ajouta rien de plus. Elle n'arrivait même pas à concevoir une situation si terrible qu'il ne pouvait pas en parler… et qui le bouleversait au point qu'il ne lui avait pas encore lâché le coude.

La porte de l'ascenseur s'ouvrit sur un couloir au silence sinistre. Quelqu'un passait l'aspirateur dans l'un des appartements, mais l'épaisse moquette étouffait le son.

Mais c'est plus que le silence, comprit Caitlin en se dirigeant vers un appartement situé tout au bout. C'était ce calme étrange que l'on perçoit lorsque le soleil se couche en pleine nature, et que toutes les créatures sensées se réfugient dans leurs cabanes, leurs tentes ou leurs terriers au moment où les prédateurs se réveillent pour se nourrir. Il s'agissait, compte tenu du lieu, d'une sensation étrange et surprenante.

Dès qu'ils frappèrent à la porte, une femme visiblement angoissée, vêtue d'un sari rouge orangé, vint leur ouvrir.

— Merci, Benjamin, dit-elle.

Mais c'était Caitlin qu'elle dévisageait d'un œil exercé.

— Docteur O'Hara, voici Hansa Pawar, l'épouse de l'ambassadeur.

— Bonjour, dit Caitlin au moment où un jeune beagle tenta de se faufiler dans le couloir.

— Jack London ! le réprimanda sèchement la maîtresse de maison.

Le beagle rentra dans l'appartement en se faisant tout petit, ce qui ne l'empêcha pas de renifler les chevilles de Caitlin, brièvement, pour le principe.

La psychiatre caressa le dos du chien lorsqu'elle se pencha pour enlever ses chaussures. Elle avait passé suffisamment de temps à Bombay pour savoir que c'était une norme culturelle là-bas.

Mais leur hôtesse la retint.

— Ne vous en faites pas pour ça. Suivez-moi, je vous en prie.

Caitlin fut parcourue d'un nouveau frisson tandis qu'ils traversaient d'un pas pressé une pièce spacieuse et lumineuse. Une rangée de baies vitrées occupait un pan de mur entier et donnait sur l'immeuble de l'ONU et l'East River. Une agréable odeur de thé au jasmin flottait dans l'air. L'appartement regorgeait de pièces de collection. Caitlin reconnut non seulement des sculptures hindoues et des textes illustrés musulmans, mais aussi un heaume sikh, une croix chrétienne et un paysage de Georgia O'Keeffe.

Ben vit les yeux de Caitlin errer d'un trésor à l'autre.

— Ganak considère l'interculturalisme comme « la paix de nombreux choix », murmura-t-il. Il essaie d'incarner et d'enseigner ce principe.

Caitlin n'eut pas le temps d'en voir beaucoup plus avant qu'on la fasse entrer dans une chambre, la deuxième au sein d'un long couloir.

Le soleil filtrait suffisamment à travers les rideaux tirés pour permettre à Caitlin de remarquer que chaque mur était peint dans la couleur d'un joyau : améthyste, saphir, émeraude et opale de feu. Dans un coin de la pièce, sur le bureau, les photos d'un groupe d'adolescentes rieuses défilaient dans un cadre numérique. Ces clichés offraient un triste contraste avec la jeune fille inanimée qui reposait dans les bras de son père. À l'invitation de la mère de Maanik, Caitlin s'avança à pas lents vers le lit à baldaquin. Le beagle la suivit et s'assit sur le plancher à côté d'elle. Ben resta près de la porte.

Le père leva les yeux.

—Je suis Ganak Pawar.

—Caitlin O'Hara.

—Merci d'être venue, poursuivit-il d'une voix brisée. Voici… Voici notre fille, Maanik.

Caitlin sourit d'un air rassurant, mais en concentrant son attention sur les pansements tachés de sang qui recouvraient les avant-bras de l'adolescente. Elle s'assit sur le lit et manipula doucement les bras de Maanik pour regarder sous ses pansements. L'adolescente n'eut aucune réaction. Ses membres étaient comme des poids morts. Les taches de sang formaient un motif inhabituel. D'ordinaire, les marques de coupure étaient linéaires. Celles-ci avaient la forme d'un S, et elles étaient fraîches. Même dans la lumière tamisée, Caitlin constata qu'il y avait du sang sous les ongles de la jeune fille.

—Maanik a insisté pour aller en classe, expliqua l'ambassadeur. Elle n'y était que depuis une heure quand elle s'est mise à hurler en s'infligeant ces blessures.

—Il n'y a eu aucun signe avant cette crise ? Pas d'hyperventilation, pas d'évanouissement ?

—Son professeur a dit qu'elle avait les yeux dans le vide mais que, à part ça, tout avait l'air normal, répondit Ganak. L'incident s'est produit pendant sa troisième heure de cours. Quand Maanik est rentrée à la maison, elle s'est endormie, mais elle s'est réveillée en hurlant des paroles incompréhensibles. Puis elle s'est rendormie. Notre médecin a diagnostiqué un stress post-traumatique lié à la fusillade.

—Des symptômes cycliques ne correspondent pas à un TSPT, répondit Caitlin en réfléchissant à voix haute. Votre médecin vous a-t-il prescrit un traitement ?

—Oui. Kamala, notre gouvernante, vient juste d'aller chercher ces médicaments, répondit Ganak en montrant un sac en papier brun posé sur la table de nuit.

Il affichait le logo d'une pharmacie et n'avait pas encore été ouvert. Caitlin nota le nom du médecin, Deshpande, et du patient, qui avait certainement été inventé, puisqu'il n'incluait ni « Maanik » ni « Pawar ».

Caitlin ouvrit le sac et en sortit deux flacons ambrés.

— Du Vasoflex. On le prescrit en cas d'insomnie et de cauchemars récurrents. (Elle examina le deuxième flacon d'un air surpris.) Du Risperdal. C'est un antipsychotique puissant.

— Ce sont bien les médicaments dont elle a besoin, n'est-ce pas ? demanda Hansa.

— Oui, si elle est bipolaire et si elle n'a pas dormi depuis plusieurs jours, répondit Caitlin. On ne les utilise pas de manière préventive, « juste au cas où ». Madame Pawar, votre médecin est venu l'examiner, n'est-ce pas ?

Seul le silence lui répondit. Le docteur n'avait pas vu sa patiente. C'était illégal dans l'État de New York. Caitlin se tourna vers Ben qui, d'un regard, lui recommanda la prudence. De toute évidence, les règles s'appliquaient différemment ici.

— C'est un mélange bien puissant à lui faire avaler sans qu'elle ait été examinée, alors que ça ne fait que quelques heures, expliqua Caitlin.

— Je suis désolée, dit Hansa, davantage à sa fille qu'à Caitlin. Nous ne savions pas quoi faire d'autre.

— Ce n'est pas votre faute, mentit Caitlin, qui ne voulait pas empirer la situation. Mais jusqu'à ce que nous identifiions ce qui a déclenché la crise, nous n'allons pas lui donner ces médicaments.

— Docteur O'Hara, nous sommes surveillés, expliqua l'ambassadeur sans le moindre remords. Notre médecin fait également partie des Nations unies. Il tient un journal. La confidentialité n'existe pas dans le monde de la diplomatie. La nouvelle se répandrait comme une traînée de poudre. J'ai bien peur que les délégations considèrent cet incident comme une faiblesse potentielle et tentent de prendre l'avantage, ou pire. Les maladies mentales sont toujours stigmatisées en Inde comme au Pakistan. Si quelqu'un venait à apprendre que Maanik suit un traitement psychiatrique…

—Monsieur l'ambassadeur, il n'y a pas de maladie si une situation est traitée.

—C'est un détail technique. Je sais que les Américains ont du mal à comprendre le concept d'opprobre familial. Même si Hansa et moi récusons cette idée, beaucoup y croient encore.

—Je comprends. Vous n'avez nul besoin de m'expliquer ou de vous excuser…

—Pourtant, si, l'interrompit-il. Je suis dans une position délicate. Dans ces deux pays, on continue de rendre responsables les mauvais esprits en cas de maladie mentale. Si l'état de Maanik était rendu public, ou plutôt quand il le sera, car je suis sûr que nous n'avons qu'une semaine devant nous, deux tout au plus avant que ça se sache, on pourrait m'exclure des négociations, docteur O'Hara. Ou alors l'un des deux camps pourrait s'en servir comme excuse pour quitter la table des négociations et s'en remettre à ses forces armées. On pourrait utiliser la visite d'un médecin chez moi pour prouver non seulement que je suis incapable de jouer les médiateurs, mais aussi que les négociations sont caduques.

—Nous avions besoin d'un médecin que personne ne connaît, expliqua Ben. C'est pour ça que je t'ai appelée.

Caitlin n'aimait pas ce qu'elle entendait, mais elle comprenait la situation. Le bien du plus grand nombre surpassait les besoins de chacun.

—Je sais que c'est une demande terriblement importune, mais Ben nous a dit que vous étiez la meilleure dans votre domaine. Acceptez-vous de nous aider ?

—Bien sûr.

Ganak et sa femme échangèrent un regard soulagé, puis adressèrent un sourire de gratitude à Caitlin.

—Si vous voulez bien m'excuser, docteur, je dois retourner à l'ONU, dit l'ambassadeur en allongeant délicatement sa fille sur ses oreillers.

Une fois encore, Maanik n'eut pas la moindre réaction. Caitlin se rapprocha de sa patiente.

— Ben, tu veux bien appeler mon bureau et leur dire que je suis retenue par une urgence ? Cela va prendre plus longtemps que je ne le pensais.

— Naturellement.

— Madame Pawar, nous allons devoir de nouveau faire appel à votre gouvernante, dit Caitlin. Demandez-lui s'il vous plaît d'aller acheter plusieurs paquets de coton, des bandages très épais et le plus larges possible et de l'huile d'origan. Ça ne pique pas et ça ne réveillera donc pas votre fille. Nous voulons qu'elle dorme.

Hansa acquiesça. L'ambassadeur se leva et prit brièvement le visage de sa femme entre ses mains lorsqu'il passa devant elle. Puis il sortit, et elle le suivit. Ben adressa un petit sourire reconnaissant à Caitlin et quitta la pièce à son tour en refermant la porte derrière lui.

Restée seule avec la jeune fille, Caitlin frissonna de nouveau. L'isolement et la peur qu'elle avait ressentis dans le couloir semblaient ici décuplés. On n'entendait pas le moindre bruit en provenance de la rue et il n'y avait aucun trafic aérien à proximité des Nations unies. Il n'y avait pas non plus d'air frais, et aucune indication de l'heure qu'il était. Cependant, Caitlin se rendit compte qu'elle ne réagissait pas seulement en fonction de l'environnement et de l'état de Maanik. Politiquement, ce qui se passait ici allait avoir d'énormes conséquences sur de nombreuses vies. Elle n'avait pas le droit à l'erreur.

Heureusement que tu n'en fais jamais, songea-t-elle avec ironie en repensant à sa conversation avec le directeur Qanooni.

Maanik dormait toujours. Sa respiration était superficielle et son pouls relativement lent, mais pas inquiétant. Sa peau était fraîche plutôt que froide ; Caitlin demanda un thermomètre et constata que la température de la jeune fille était normale. Elle chercha des hématomes sur son cou et palpa son cuir chevelu, à la recherche de la moindre blessure.

Quand la gouvernante revint, Caitlin retira les pansements de Maanik, puis imbiba plusieurs cotons d'huile d'origan qu'elle confia à la mère de la jeune fille en attendant de les utiliser. Elle prit délicatement le bras droit de l'adolescente et passa l'un des cotons sur les blessures, doucement mais fermement.

Maanik ne réagit pas. Son avant-bras tressaillit, mais ses yeux ne bougèrent même pas sous ses paupières.

— Ma pauvre enfant, murmura Hansa.

Caitlin était soucieuse, non pas pour les coupures, relativement superficielles, mais à cause de cette absence quasi complète de réaction. Ce n'était pas un sommeil normal, ni cet état d'engourdissement et de déconnexion qui survient après un choc émotionnel. Elle posa le coton et prit la main de Maanik en appuyant sur le lit unguéal de son petit doigt pour évaluer son degré de conscience. La jeune fille ne réagit pas. Caitlin souleva la paupière gauche de Maanik. Aussitôt, la pupille se dilata.

Étrange, se dit Caitlin. *Il n'y a pas de lumière ici...*

— Aidez-moi ! hurla l'adolescente en se redressant d'un bond.

CHAPITRE 3

Des cris de terreur semblèrent surgir des profondeurs de la poitrine de Maanik. Caitlin sursauta et recula pour laisser un peu d'espace à la jeune fille. En revanche, elle continua de lui tenir fermement les poignets, car elle tentait de se griffer les avant-bras tout en balançant son corps d'avant en arrière.

— Maanik ! l'appela Caitlin.

— Maanik ! répéta Hansa. *Ise banda !*

Mais l'adolescente refusa de s'arrêter. Elle secouait la tête, non pas en signe de résistance, mais plutôt comme si elle était enragée. Caitlin n'était même pas certaine qu'elle les entende.

Elle libéra les poignets de Maanik et posa les mains sur ses épaules, pas pour immobiliser ou secouer la jeune fille, mais simplement pour lever une épaule et baisser l'autre, puis recommencer. C'était une variante d'une méthode de Qi Gong que Caitlin avait déjà utilisée pour calmer des crises d'angoisse.

Presque aussitôt, les hurlements de Maanik perdirent en intensité, sans pour autant s'arrêter.

— Madame Pawar, allumez la lumière, demanda Caitlin.

La femme de l'ambassadeur s'empressa d'actionner l'interrupteur. La lampe suspendue au plafond s'alluma. Caitlin tourna légèrement le corps de Maanik pour qu'elle regarde vers la lumière.

— Maanik, écoute-moi. Tu regardes un grand écran de télévision. Ce que tu vois se trouve sur l'écran. Tu comprends ? Regarde l'écran. Tout est sur l'écran.

Caitlin vit les pupilles de l'adolescente se focaliser sur un point par-dessus son épaule. Les intervalles de silence entre les hurlements s'allongèrent peu à peu. Ses cris ressemblaient plus à une façon pressante d'attirer l'attention qu'à des explosions de terreur.

— Maanik, bouge ton pied droit.

L'adolescente ne bougea pas.

— Maanik, continue de regarder l'écran et bouge ton pied droit.

La jeune fille fit glisser son pied droit le long du lit. Elle haletait, mais elle ne reprit pas son souffle pour pousser un nouveau hurlement. Elle commençait à se calmer.

— Maanik, je vais me mettre à compter. Quand tu m'entendras dire un chiffre, tu le verras sur l'écran. Quand tu entendras « huit », tu auras envie de t'endormir. Quand tu entendras « cinq », tu t'endormiras. D'accord ?

La respiration de l'adolescente ralentissait. Mais il était impossible de dire si elle avait entendu ou compris.

Caitlin balaya la chambre du regard dans un mouvement qui lui permit de détendre un peu ses propres épaules. Elle remarqua que Jack London s'était caché derrière les rideaux, au lieu de rester près de sa maîtresse comme l'auraient fait la plupart des chiens inquiets. Il reniflait bruyamment et semblait se déplacer le long des fenêtres.

Caitlin prit une grande inspiration.

— Bien, je vais commencer à compter, annonça-t-elle en maintenant une légère pression sur les épaules de Maanik. Dix. Regarde les chiffres sur l'écran. Ne les quitte pas des yeux. Neuf. Huit.

Rien ne se produisit.

— Maanik, quand je vais répéter le mot « huit », tu vas sentir combien tu es fatiguée et comme il serait agréable d'aller dormir. Regarde l'écran. Huit.

Les épaules de la jeune fille s'affaissèrent sous les mains de Caitlin, qui sentit Jack London venir s'asseoir à ses pieds. Il observait sa maîtresse, à présent.

— Très bien. Sept. Six. Tu sens tes paupières qui se ferment. Cinq.

Les paupières de Maanik se fermèrent tandis que le compte à rebours se terminait.

Percevant que la crise était passée, Jack London secoua la tête, puis bâilla et sortit de la chambre en trottinant.

Caitlin se détendit également. Elle se redressa, étendit une couverture légère sur le corps endormi de Maanik et recula dans le coin de la pièce où Hansa avait trouvé refuge. Elle voyait bien qu'au-delà de l'inquiétude d'une mère pour sa fille cette femme digne et protectrice avait peur d'elle.

— L'hypnose est un outil tout à fait banal pour les psychiatres, ne vous inquiétez pas.

— Mais comment avez-vous… ? Elle était inaccessible !

— Elle n'était hermétique qu'à des formes de communication normales. Maanik a très bien répondu à l'hypnose, presque comme si elle en avait déjà fait avant. Aurait-elle déjà été hypnotisée ?

— Non, jamais.

Caitlin avait l'habitude du scepticisme des gens, mais le regard de son interlocutrice lui donnait l'impression d'être une sorcière.

— C'est juste un remède temporaire. Je vous recommande vivement de faire admettre Maanik dans un hôpital psychiatrique…

— Non, absolument pas, l'interrompit Hansa.

— Mais elle représente déjà un danger pour elle-même et elle peut à tout moment…

— La nouvelle se répandrait très vite, docteur, expliqua la femme en secouant la tête. Pour le moment, c'est impossible.

Elle croisa les bras en appuyant le dos de sa main contre ses lèvres. Caitlin vit combien elle luttait pour ne pas craquer face aux événements de la journée. Insister ne ferait qu'empirer la situation pour la mère sans soulager la fille.

— D'accord, dit Caitlin en sortant son carnet d'ordonnances et un stylo de son sac. Je vais vous prescrire un autre médicament, le clonazepam. C'est un sédatif et un décontractant musculaire, moins radical que les deux autres. Le nom de Maanik peut figurer sur l'ordonnance sans que cela éveille les soupçons. Donnez-lui le cachet en fin de repas et, quand il fera effet, nettoyez ses avant-bras avec l'huile d'origan, d'accord ?

Hansa acquiesça.

Caitlin indiqua qu'elles devraient laisser Maanik se reposer. La mère la suivit dans le couloir.

— Pardonnez-moi, madame Pawar, mais je dois vous poser la question : Maanik a-t-elle subi un traumatisme ? une agression sexuelle, des abus physiques ou émotionnels ?

Caitlin vit l'épuisement se peindre sur le visage de cette mère face à ces questions si difficiles. Elle secoua la tête en signe de dénégation. Caitlin se permit d'insister :

— Je sais que vous viviez encore à New Delhi il n'y a pas si longtemps, et que la ville connaît une véritable épidémie de viols. Maanik pourrait-elle avoir été agressée sans vous l'avoir dit ?

Hansa refusa de soutenir le regard de Caitlin, mais celle-ci savait que c'était lié à sa culture et non à un quelconque mensonge.

— Non, absolument pas. Nous avons élevé un miracle, une enfant en bonne santé. Elle n'avait vécu aucun traumatisme jusqu'à ce qu'elle soit témoin de l'attentat contre mon mari.

Caitlin lui serra les mains quelques instants.

— Je vous crois, lui dit-elle.

— Merci, docteur.

— Non, merci à vous. Je sais que ce n'est pas facile, mais c'est nécessaire. Nous trouverons la cause de ces crises. Nous ferons en sorte que son monde redevienne un endroit sûr.

— Combien de temps cela prendra-t-il ? En avez-vous une idée ?

— Non, aucune, avoua Caitlin.

— Et si… Et si ça recommence ?

— C'est une possibilité. Je vais vous laisser mon numéro. Si une autre crise survient, même minime, je viendrai tout de suite.

Un profond soulagement se peignit sur le visage de son interlocutrice.

La gouvernante, une femme de petite taille dont les cheveux commençaient à grisonner, raccompagna Caitlin jusqu'à la porte. Mais la psychiatre se retourna brusquement. Elle avait la chair de poule sur les bras, comme si un courant d'air s'était glissé sous ses manches.

— Docteur ? Que se passe-t-il ?

Caitlin contempla ses bras. Ses manches ne bougeaient pas. Il n'y avait pas de grille d'aération sur le sol ou sur le mur.

— Désolée, s'excusa-t-elle. J'ai cru que j'avais oublié quelque chose.

Elle sourit aux deux femmes en les saluant, puis sortit dans le couloir. L'étrange sensation se dissipa tandis que l'ascenseur la déposait au rez-de-chaussée et qu'elle reprenait ses activités du jour, l'esprit accaparé par les patients qu'elle devait voir.

Le reste de la journée se déroula sans incident et passa rapidement. Caitlin attribua son agitation du matin à l'anxiété de Ben, la peur des Pawar et l'atmosphère tendue d'une ville qui semblait retenir son souffle dans l'attente de mauvaises nouvelles. La crise du Cachemire inquiétait des gens qui, d'ordinaire, s'empressaient d'oublier des événements majeurs un ou deux jours après. Elle surprit plusieurs conversations à propos de la tentative d'assassinat et de la possibilité d'une guerre nucléaire. C'était le sujet de discussion numéro un sur Twitter, et ses collègues partageaient des articles de presse par mail. Une dépêche de l'Associated Press fit état du retour de l'ambassadeur à la table des négociations où il fut fraîchement accueilli. Le départ précipité de Ganak (son « abandon inexpliqué », comme disait un délégué indien) avait mis à mal le processus.

Ben a raison, songea Caitlin. *Ils cherchent la moindre excuse pour s'irriter. Ce sont des enfants qui possèdent des jouets très dangereux.*

Plus tard cet après-midi-là, Caitlin se rendit dans un café sur la Vingt-Septième Rue. Le cours de cuisine de Jacob, qui avait lieu à l'étage au-dessus, se terminait dans vingt minutes. Elle s'assit dans un coin tranquille avec une tasse de thé au jasmin et sortit son téléphone pour passer un appel qui n'avait que trop tardé.

Son interlocuteur se montra aussi mécontent que condescendant.

— Docteur Deshpande, je vous assure qu'il ne s'agit pas d'un état de stress post-traumatique, répéta-t-elle au médecin de Maanik. Je n'ai jamais vu les symptômes de TSPT se répéter de manière cyclique et rapide.

— Peut-être que la lecture des articles les plus récents sur le sujet vous amènera à revoir votre position ? suggéra le médecin.

Caitlin eut envie de grincer des dents mais décida qu'elle ne l'appelait pas pour se battre sur des questions de méthodologie.

— Oui, bien sûr, je vais consulter tout cela. Mais à la lumière de mon expérience auprès des survivants d'une crise, que ce soit aux États-Unis ou ailleurs dans le monde, ses symptômes sont tout à fait atypiques. Dites-moi, s'empressa-t-elle d'ajouter avant qu'il ne puisse de nouveau protester pour couvrir ses arrières, êtes-vous sûr qu'il n'y a dans le passé de Maanik aucun événement précurseur qui aurait pu déclencher cette crise ?

— Rien. J'imagine que vous avez vérifié la présence d'un traumatisme crânien, docteur O'Hara ? Maanik a été jetée à plat ventre sur le trottoir lors de la fusillade…

— Je n'ai vu aucun hématome, rien qui induise des nausées et aucune réaction qui indique des maux de tête…

— « Induire », « indiquer », répéta-t-il. Voilà pourquoi j'ai prescrit ces médicaments. Parce que, franchement, vous n'en savez rien.

— Mais vous n'avez pas demandé d'IRM, répliqua Caitlin. Je comprends pourquoi, je vous assure. Mais ça ne justifie pas le fait de bombarder son corps avec le cocktail chimique que vous avez prescrit.

—La présence de l'ambassadeur était requise à l'ONU. Il fallait éviter un autre incident. Et je crois comprendre que votre méthode n'a pas fonctionné ? Pas vraiment ?

Cette discussion ne menait nulle part. Caitlin revint à la charge sur le sujet qui la préoccupait :

—Et quand elle était enfant ? Je sais que les Pawar ne sont là que depuis deux ans, mais connaissez-vous ses antécédents en Inde ?

—Je suis arrivé à New York avec eux. C'est l'ambassadeur qui m'a trouvé ce poste aux Nations unies. Quant à Maanik, le problème le plus sérieux que j'aie eu à traiter chez elle, c'était une cheville foulée l'hiver dernier après une séance de patins à glace. Et avant que vous ne m'interrompiez de nouveau, non, sa tête n'a pas touché la glace. C'est une jeune fille en parfaite santé. Voilà pourquoi j'ai jugé qu'elle pouvait supporter ce « cocktail chimique », et je le pense encore.

—Qu'en est-il d'un point de vue psychologique ? demanda Caitlin. A-t-elle déjà connu de longues périodes d'abattement et de repli sur soi ?

Le docteur Deshpande se mit à rire.

—Ce sont des mots qui ne s'appliquent pas du tout à Maanik. C'est une jeune fille précoce, extravertie et pleine de vie, docteur O'Hara. Elle l'a toujours été.

—Ces médicaments que vous avez prescrits, est-ce que Maanik en a déjà pris, ou d'autres du même genre ?

—Non, et je vais vous épargner la gêne de votre prochaine question : Hansa Pawar ne dissimule aucune agression, aucun abus. Maanik bénéficie d'une famille solide et aimante, et c'est l'une des adolescentes les plus heureuses que j'aie traitées. Je ne doute pas que le fait d'avoir été témoin de l'attentat contre son père lui a causé un traumatisme tel qu'il a affecté son corps et se manifeste sous forme d'un problème mental. Nous pouvons, en toute sécurité, j'insiste, utiliser temporairement ces médicaments pour rappeler au corps son état normal et permettre à Maanik de redevenir elle-même.

— Ou nous pouvons chercher une approche qui soigne la cause et pas seulement les symptômes, répliqua Caitlin qui ne voyait aucune raison de poursuivre cette discussion.

Elle remercia le médecin et mit fin à l'appel. Au moins le docteur Deshpande acceptait de s'en tenir au seul clonazepam pour le moment, puisque la crise immédiate semblait être passée.

Mais il avait raison sur un point : était-elle passée pour de bon ? Caitlin revit en pensée les sillons sanglants sur les avant-bras de Maanik. Tous les jours, elle traitait des lycéens pour le compte du Roosevelt Hospital. Elle suivait également des étudiants du John Jay College of Criminal Justice. Elle jouait les consultantes auprès d'organismes internationaux et supervisait le développement d'un programme de santé mentale pour les réfugiés. Enfin, elle se tenait au courant des nouvelles du monde au cas où l'on aurait besoin de ses services dans des zones où la population était touchée par un grave traumatisme. Ce travail, c'était sa vie et sa passion. Et pourtant, malgré toute son expérience, elle bloquait sur le cas de Maanik. La terreur de la jeune fille, ces griffures, cette lueur dans ses yeux… Dire que tout cela avait troublé Caitlin était un euphémisme.

Elle haussa longuement les épaules avant de les laisser retomber, dans un effort physique pour se débarrasser de toutes ces émotions. Dans dix minutes, Jacob serait là. Elle massa discrètement la zone juste au-dessus de ses sourcils, le lobe de ses oreilles, un point derrière ses oreilles et sa nuque. Cela la soulagea.

Son téléphone émit une brève vibration. C'était un message de sa petite sœur, Abby, qui exerçait le métier de chirurgien à Santa Monica, en Californie :

C'était comment ?

Caitlin soupira. Le rendez-vous auquel sa sœur faisait allusion avait eu lieu la veille au soir, mais lui donnait l'impression de s'être déroulé voilà un siècle. Elle renverrait un message plus tard.

Elle fit signe au serveur de lui apporter la note, puis ferma les yeux et écouta les murmures des conversations autour d'elle, les sons de la circulation au-dehors et le bruit d'une feuille de papier accrochée au mur qui voltigeait près d'un radiateur.

Elle repensa à Maanik. À son réveil, se souviendrait-elle de sa crise ? Caitlin songea également à Ben, qui semblait si effrayé. Savait-il quelque chose qu'il préférait garder pour lui ? Elle pensa également à tous ses patients dont elle avait dû annuler les rendez-vous et aux négociations à l'ONU.

— Vous réglez en espèces ou par carte bancaire ?

Caitlin revint en sursaut au moment présent et donna sept dollars au serveur avant de rassembler ses affaires. Elle sortit du café pour attendre dans le hall du bâtiment et contempla par les fenêtres la Vingt-Septième Rue. Tout semblait normal. Elle vérifia ses messages. Rien de nouveau. Elle fit deux fois le tour du hall, puis s'assit sur un banc en plastique recyclé et se remémora Jack London, dans l'appartement des Pawar. Elle sourit, puis laissa un message à sa propre thérapeute en lui demandant de la rappeler.

— Rien d'urgent, ajouta-t-elle. J'ai juste besoin de parler.

Puis Jacob fit irruption dans le hall en courant, encore assez jeune pour s'enthousiasmer en la voyant. Il dit et signa en même temps :

— Salut maman !

À l'école, il avait tendance à utiliser la langue des signes pour communiquer. Après les cours, il utilisait plutôt ses appareils auditifs. Caitlin s'émerveillait de la façon dont il naviguait dans les deux mondes à la fois, même quand, parfois, d'autres enfants tentaient de le pousser à en choisir un.

Il lui mit un récipient dans les mains et l'obligea à goûter la salade qu'il venait juste de préparer. Caitlin sourit, accepta la fourchette en plastique que son fils lui tendait et piqua dans les carottes et les jicamas taillés en julienne et arrosés d'une vinaigrette légère. C'était délicieux, et elle le lui dit.

Tandis qu'ils sortaient du bâtiment pour prendre un taxi et rentrer chez eux, Jacob lui fit un exposé enthousiaste sur l'art de cuisiner avec des œufs. Des camions de pompiers passèrent bruyamment en trombe à côté d'eux, et Caitlin fit la grimace. Mais elle les oublia rapidement en s'immergeant complètement et avec bonheur dans ce moment de partage fait de signes, de rire et de camaraderie.

CHAPITRE 4

Caitlin et Jacob étaient blottis sur le canapé, sous une couverture, dans leur appartement de l'Upper West Side. Les rideaux étaient tirés, le lave-vaisselle bourdonnait discrètement, et Jacob faisait rapidement défiler les chaînes sur la télé. À cette vitesse, Caitlin se demandait ce que son cerveau pouvait bien enregistrer.

Elle se demanda si c'était un signe de son entrée dans la préadolescence. Avant, il montrait qu'il était fatigué en se roulant en boule dans le canapé, la tête posée sur l'accoudoir. Désormais, il surfait sur les chaînes de télé comme un zombie. Elle attendrait de voir si ce comportement s'installait pour de bon.

Mis à part cette agitation, leur soirée ensemble se déroulait de façon parfaitement normale, et Caitlin s'en réjouissait. Chaque jour était un défi, et celui-là l'avait été plus que d'autres. Du coup, elle savourait ces instants bénis, aussi précieux qu'un matin de Noël.

—Bon, dit Caitlin à voix haute et par signes, même si Jacob portait ses appareils auditifs. Mes yeux se ferment tout seuls. C'est l'heure d'aller au lit.

Elle s'attendait à ce qu'il proteste, pourtant ce ne fut pas le cas. Il fila à la salle de bains en tapotant l'aquarium au passage, sans s'arrêter pour voir son bandit cory sortir de son château en plastique.

—Lave-toi les dents et la figure, lui rappela-t-elle.

En entendant l'eau couler, elle éteignit la télé, alluma sa tablette et prit dans ses bras leur chat tigré allongé de tout son long sur le canapé. Cinq minutes plus tard, Jacob et Arfa dormaient tous les deux.

Même l'humeur légèrement erratique de Jacob avait été un soulagement pour Caitlin après cette journée. L'enfant représentait un point d'ancrage dans sa vie trépidante. Il lui permettait de voir le monde dans des tons plus doux. Mais cette douceur ne durait jamais bien longtemps lorsqu'elle se retrouvait de nouveau seule. La magie se dissipa tandis qu'elle lisait ses mails et endossait à nouveau son rôle de psychiatre. Comme un fait exprès, son téléphone se mit à vibrer. C'était sa thérapeute, devenue depuis longtemps une amie proche.

—J'espère que je ne te dérange pas, lui dit Barbara.

—Non, je viens juste de finir notre quart d'heure télé avec Jake.

—Excellent. Je suis contente d'apprendre que pour une fois tu ne travailles pas après 18 heures.

—Dit la psy qui fait exactement le contraire de ce qu'elle prêche, répliqua Caitlin.

—Touché. C'est la faute de l'inventeur du téléphone portable.

—Tu te souviens quand le monde tournait sans nous pendant plusieurs heures dans la journée ?

Barbara se mit à rire.

—Et il y avait les vacances, aussi. Tu t'en souviens, de ça ?

—Je ne vais pas te retenir longtemps, promit Caitlin. J'étais inquiète aujourd'hui, mais pas comme d'habitude.

—Qu'est-ce qui a changé dans ta routine ?

—J'ai accepté un cas qui est bien plus personnel et émotionnel, mais j'ai traité le mal, pas la patiente, ajouta Caitlin en devançant la question de Barbara. Je me demandais : tu crois que cette sensation de malaise pourrait être due à la périménopause ?

—Quand es-tu rentrée du camp de réfugiés ?

—Il y a deux semaines.

—Voyons, Caitlin…

—Oui, je sais. Je suis encore en phase de réajustement. Mais je devrais peut-être passer des tests ?

—Je pense qu'on te diagnostiquerait une petite crise de la quarantaine, répondit Barbara. Tu oublies que quarante ans aujourd'hui, c'est le nouveau trente ans. Ne laisse pas la société te programmer.

—Je sais, je ne suis pas hypocondriaque. Mais je sens que quelque chose ne va pas.

—Je n'en doute pas, mais je pencherai pour de la fatigue. De toute façon, les tests de péri sont rarement concluants. Je te prescris deux semaines de prise en main de ta santé en faisant vraiment de l'exercice. Courir après les taxis ne compte pas. Prends tes vitamines, surtout B et D, mange plus de légumes…

—De ce côté-là, ça va. Enfin, disons que Jacob les cuisine et que j'en profite.

Cela fit rire Barbara.

—Il faut aussi que tu dormes. Et je te parle de vrai sommeil, pas d'un somnifère de temps en temps. Tu devrais prendre un peu de repos, aussi.

—Tu ne demandes pas grand-chose, juste des miracles, répondit Caitlin.

Au même moment, un bip annonça un autre appel d'un correspondant inconnu. Caitlin eut un léger pincement au cœur en devinant de qui il pouvait bien s'agir.

—Tu m'as posé une question, voici ma réponse, répliqua Barbara.

—D'accord, je vais essayer. Excuse-moi, j'ai besoin de prendre cet autre appel…

—D'accord, mais ne reste pas trop longtemps au téléphone. Fixe des limites et fais-les respecter.

—Tu lis dans mes pensées. Je te rappelle bientôt. (Caitlin passa sur l'autre appel.) Allô ?

—Docteur O'Hara ?

—Monsieur Pawar.

—Je vous en prie, appelez-moi Ganak. Je suis désolé de ne pas pouvoir vous remercier en personne. Mais tous les regards sont tournés vers moi.

—Je comprends. Comment va Maanik ?

—Un peu mieux.

Caitlin perçut de la tension dans sa voix rauque.

—A-t-elle eu une autre crise ?

—Oui, mais pas comme les autres.

—Racontez-moi.

—Nous ne sommes pas bien sûrs. C'était... Pardonnez-moi, je n'ai pas l'habitude de décrire ces choses-là. On aurait dit qu'elle était là, avec nous, au dîner, en train de manger sa soupe, mais qu'elle écoutait quelque chose d'autre.

—Vous a-t-elle parlé ? Vous a-t-elle répondu quand vous avez engagé la conversation ?

—Non. On aurait dit qu'elle était en état d'alerte, mais sans urgence. C'est très dur à expliquer.

—Cela a duré combien de temps ?

—Cinq ou six minutes peut-être. Elle n'a rien dit pendant tout ce temps, et nous ne voulions pas l'interroger avant de vous avoir parlé.

—Je comprends. (Caitlin marqua une courte pause, réfléchissant.) Monsieur Pawar... Ganak, Maanik est peut-être entrée dans une transe autohypnotique pendant ces quelques minutes.

—Pardonnez-moi, je ne comprends pas. Vous pensez qu'elle se serait hypnotisée elle-même ?

—Pas exactement, répondit Caitlin. Votre épouse vous a dit que j'ai utilisé l'hypnose pour stabiliser l'état de Maanik.

—Oui. Et je vais être franc avec vous, le docteur Deshpande a exprimé quelques inquiétudes...

—Le docteur Deshpande est sans doute un bon médecin, mais il était prêt à surmédicaliser votre fille, l'interrompit Caitlin.

Ce serait comme nettoyer vos lunettes avec un tuyau d'arrosage. Ce n'est pas ma façon de faire.

—Je suis désolé, je n'avais pas l'intention de mettre vos compétences en cause. Tout cela est nouveau pour nous.

—Je comprends tout à fait. Ce que je voulais dire, c'est que, parfois, les individus qui ont bénéficié d'une thérapie par l'hypnose reviennent à cet état de transe, s'ils se sentent menacés par des crises identiques à celles qu'ils ont subies précédemment.

—Vous croyez que son esprit s'est autohypnotisé pour éviter une rechute ?

—D'une certaine manière, oui, répondit Caitlin.

—Je vois.

L'ambassadeur se tut.

—Monsieur, puis-je vous faire une suggestion ?

—Je vous en prie.

—Il y a un obstacle dans son esprit, quelque chose qui redirige ses réponses naturelles face aux pensées et aux stimuli ordinaires. Je pense que c'est lié à un événement traumatisant, dans le cas présent, la fusillade. Maanik a très bien répondu à l'hypnose superficielle que j'ai utilisée tout à l'heure. J'aimerais la plonger dans une transe plus profonde.

—Qu'entendez-vous par là ?

—Tout à l'heure, je n'ai fait que l'aider à dormir, je n'ai pas vraiment interagi avec elle. Il est évident que quelque chose bloque sa personnalité normale. Nous devons découvrir de quoi il s'agit. Le procédé en question aide à raviver les souvenirs. Laisser Maanik dans cet état pourrait empirer la situation.

Il y eut un nouveau silence qui lui donna l'impression que l'ambassadeur, au lieu de réfléchir à sa proposition, cherchait un moyen de refuser poliment. Elle avait raison.

—L'hypnose est une pratique observée depuis des millénaires dans de nombreuses cultures, concéda Ganak. Les Veda la désignent comme « un acte de guérison ». Mais je pense qu'un esprit se déplace entre différents niveaux de conscience pour des raisons qui lui sont propres et qu'il est prématuré, sinon dangereux, d'interférer dans cette organisation interne.

—Je respecte votre point de vue, mais vous oubliez un détail : l'automutilation, lui rappela prudemment Caitlin. Les sons qu'elle a émis en se griffant les bras ont alerté les personnes autour d'elle. Mais il est possible qu'elle recommence à se faire du mal, en silence cette fois, sans que personne s'en rende compte et puisse l'en empêcher.

—Dans ce cas, il y aura quelqu'un en permanence auprès d'elle, répondit Ganak.

—Mais cela pourrait avoir un impact psychologique et faire en sorte qu'elle se replie encore plus sur elle-même. (Caitlin laissa quelques instants à l'ambassadeur pour digérer ce qu'elle venait de dire.) En mettant Maanik sous hypnose, je peux la guider afin de transformer ses symptômes.

L'ambassadeur eut besoin de quelques instants pour retrouver l'usage de la parole.

—Je ne connais pas cette méthode.

—Elle permet de choisir un mouvement, comme le fait de plier le doigt, par exemple, et de l'associer avec le fait de se griffer les bras. Lorsque Maanik serait pleinement consciente, la moindre attaque contre elle-même serait précédée de ce mouvement du doigt. En reprenant le contrôle sur son doigt, elle mettrait fin au processus qui la pousse à se griffer.

—Comme un interrupteur.

—Exactement. Ce n'est qu'un des nombreux outils à notre disposition. Comprenez bien que, lorsqu'elle est en transe, Maanik reste capable de prendre des décisions. Sous hypnose, je ne la manipule pas, nous travaillons ensemble.

—Je vais y réfléchir.

—Je vous remercie de m'avoir écoutée, dit Caitlin. Vous pouvez m'appeler à tout moment si la situation change.

—Docteur O'Hara, je ne me suis peut-être pas montré assez clair sur la raison de toutes ces précautions.

—Au contraire. Je vois bien que vous êtes dans une position difficile.

—De nombreux experts politiques ont déjà le sentiment que je représente la seule chance d'obtenir une solution pacifique à long terme sur la question – pas la meilleure, la seule. C'est pourquoi les radicaux, d'un côté comme de l'autre, aimeraient m'écarter par tous les moyens.

—Votre fille le sait-elle ?

—Elle met son point d'honneur à étudier la situation, répondit Ganak avec un soupçon de fierté. Vous voyez, je descends des Rajputs Pawar, des princes du Cachemire, nous sommes donc respectés en Inde. Mais ma famille possède des terres dans le district de Gurdaspur, près de l'État de Jammu-et-Cachemire. C'est un territoire très disputé en raison de l'importance stratégique de ses routes et de ses voies ferrées. Ma famille n'a jamais interdit le passage à quiconque, si bien que les Pakistanais ne se méfient pas complètement de moi. Je suis donc devenu l'intermédiaire de toutes ces voix. Rien ne doit ternir ce qu'ils jugent être ma capacité à me consacrer pleinement à leur problème. Je vous en prie, ne croyez pas que je serais prêt à risquer le bien-être de ma fille…

—Je le sais bien, le rassura Caitlin. Les symptômes de Maanik ne réapparaîtront peut-être pas, et ce qui s'est passé au dîner pourrait n'être qu'un écho posthypnose, mais nous devons quand même être prêts à réagir si besoin.

Ganak soupira. Ce n'était pas du soulagement mais plutôt un optimisme prudent. Après s'être de nouveau excusé de l'avoir dérangée, l'ambassadeur souhaita bonne nuit à Caitlin.

Après avoir raccroché, elle tapota son bureau avec un stylo tout en contemplant sa tablette. Le sort du Cachemire reposait sur les épaules d'une adolescente de seize ans. Peut-être Maanik en avait-elle conscience.

Caitlin répondit à plus d'une vingtaine de mails professionnels et fut surprise de voir qu'il était presque minuit. D'habitude, elle était déjà couchée à cette heure-là, mais elle venait de lire la moitié d'un bulletin d'information hebdomadaire rapportant des épisodes de schizophrénie adolescente partout dans le monde et elle souhaitait le terminer. Il semblait y avoir une légère hausse du nombre d'allusions à une « apocalypse » de la part de ces patients adolescents, mais Caitlin se méfiait, redoutant de voir une tendance là où il n'y en avait pas. Elle jugea qu'elle était juste fatiguée et à bout de nerfs.

— Ça suffit ! déclara-t-elle en éteignant sa tablette.

Elle se brossa les dents, se lava le visage et se mit au lit.

Tandis qu'elle flottait entre éveil et sommeil, elle eut des visions presque oniriques de vagues de fumée rouge et bleu venues de loin. Cette marée cauchemardesque, qui se faufilait vers elle sur des doigts informes, se mit à suinter et cracher en projetant d'inquiétants nuages de poussière suffocante.

— Papa…

Elle le cherchait, elle cherchait quelqu'un, mais les vagues étaient partout, ondoyantes et fracassantes, et s'élevaient pour l'engloutir…

Caitlin se réveilla en sursaut et fut surprise de voir que deux heures s'étaient écoulées. Elle battit des paupières pour chasser ce cauchemar et contempla dans la pénombre le décor familier de sa chambre. Elle reposa la tête sur l'oreiller et prit des inspirations régulières.

— Ce sont juste des terreurs nocturnes, se dit-elle à voix haute.

Tout était de nouveau normal et à sa place, la chambre à l'intérieur et les bruits à l'extérieur. Oui, tout allait bien, à un détail près.

Elle avait encore peur.

Chapitre 5

Bibliothèque centrale de l'université de Téhéran

Assis seul à une longue table en bois, Atash Gulshan était penché sur le premier jet de son article portant sur les manifestations contre la hausse des prix qui avaient secoué Téhéran en 1905. Cela faisait un moment qu'il contemplait la sortie papier de son travail sans lire le moindre mot.

Il battit des paupières, deux fois, puis trois, et fit un effort de concentration. Il ne sentait que trop bien les regards furtifs et accusateurs qui l'épiaient, mais il s'obligea à les ignorer. « La population refusait de rembourser le Tsar qui avait prêté de l'argent au Shah pour son usage personnel. »

Une vague de nausée s'abattit sur Atash, lui retournant l'estomac. Il releva la tête et constata qu'il voyait flou.

Rashid, se dit-il tristement. *Mon frère…*

La nausée revint. Il appuya la tête sur ses avant-bras et ferma les yeux. Il revit alors la potence à laquelle ils l'avaient pendu, ainsi que l'expression effrayée mais pas du tout repentante de son frère au moment où, d'un coup de pied, ils avaient renversé le tabouret. La corde avait tiré sa bouche et son visage d'un côté, déformant horriblement ses traits.

Anormal. C'était ainsi qu'ils avaient qualifié Rashid, à cause de son homosexualité. Atash avait été interrogé sans merci après qu'on avait découvert son frère en compagnie d'un autre homme. On l'avait bousculé. Giflé aussi. Il avait eu envie de leur dire qu'il devait être homosexuel aussi, puisqu'il aimait son frère…

Quand il rouvrit les yeux, une vague lisse déferla vers lui en provenance d'un minuscule point au loin. Ce n'était pas tant un objet qu'un mouvement ample, qui lui fit penser à sa mère secouant l'une des courtepointes qu'elle avait l'habitude de fabriquer, une masse encombrante qui ondulait pesamment, au ralenti. Cette vague était d'un rouge luisant, de plus en plus vif. Au fur et à mesure qu'elle progressait, elle délogeait des nuages couleur charbon sur son passage. On aurait dit des chats noirs qui se levaient d'un bond parce qu'on venait de tirer un tapis de sous leurs pattes. Captivé, Atash regardait la vague onduler vers lui en remplissant de plus en plus son champ de vision. Il éprouva brusquement une douleur lancinante au-dessus des yeux. Il fit la grimace mais demeura parfaitement immobile. Une partie de son cerveau n'oubliait pas que des règles strictes gouvernaient la bibliothèque. Silence. Respect. Aucun appareil électronique. Atash avait peur de tomber s'il bougeait…

— *Ulzii*, chuchota-t-il.

Le règlement de la bibliothèque se mua en une bouillie de mots dénués de sens dans sa tête.

— *Ulzii ?* répéta le jeune homme.

Il repoussa sa chaise qui racla le sol. Il devait se rendre quelque part, mais *ulzii* n'était pas un endroit. C'était…

Il plongea la main dans son sac à dos posé sous la table. À tâtons, entre les lentilles et les oignons, il trouva l'huile de tournesol. De la main gauche, il attrapa la petite bouteille en plastique et la serra contre sa poitrine.

Ulzii. Atash savait, d'une manière ou d'une autre, qu'il avait besoin d'*huile.* À présent, il fallait qu'il s'en aille le plus vite possible.

Il se leva tant bien que mal, et les pieds de la chaise en bois raclèrent de nouveau le sol. Cela valut au jeune homme des regards agacés de la part de quelques étudiants assis à des tables différentes. Mais Atash ne les voyait même pas. Il s'éloigna et se heurta à la table voisine qu'il longea en s'appuyant contre elle. Puis il se cogna dans une autre table avant de se faufiler hors de la salle.

— Hé, tu ne peux pas aller là ! chuchota un étudiant au moment où la porte se refermait derrière Atash.

Celui-ci l'entendit, mais ces mots n'avaient pas de sens pour lui. Il aperçut des pierres foncées à travers un brouillard rouge et noir. Il vit également un tissu transparent, blanc et jaune, qui tournoyait de manière hypnotique comme s'il était pris dans un cyclone. Voilà l'endroit où il devait se rendre.

Sans se soucier des picotements douloureux qu'il éprouvait au niveau des joues et des mains, Atash sortit des cigarettes de sa poche de chemise. Il les laissa tomber par terre et fouilla de nouveau à tâtons dans sa poche, où il récupéra cette fois un briquet. Il déboucha la bouteille d'huile et la vida à ses pieds. Puis il alluma le briquet et le laissa tomber à son tour. Les flammes léchèrent le sol avant de jaillir à l'assaut de ses jambes.

Un hurlement atroce jaillit du fond de sa gorge.

Niusha Behnam, la bibliothécaire, ouvrit la porte en coup de vent et se précipita vers l'ombre orangée qui s'agitait au milieu des étagères. Plusieurs étudiants accoururent derrière elle tandis que l'odeur de fumée envahissait la salle principale. Ils se bousculèrent en criant dans les allées étroites, sans pour autant intervenir. Ceux du fond furent obligés de reculer lorsque Niusha demanda qu'on lui donne l'extincteur. Quelqu'un le décrocha du mur, et la foule se le passa de main en main comme on faisait autrefois circuler des seaux d'eau. La bibliothécaire aspergea les flammes. Le feu avait atteint les rayonnages emplis de papier, si bien qu'elle dut balayer une zone assez large pour étouffer l'incendie qui se propageait rapidement. Mais au cœur de cette fournaise anonyme se trouvait Atash, un garçon qui brûlait en hurlant.

CHAPITRE 6

Caitlin se réveilla en entendant Jacob taper sur le mur qui séparait leurs deux chambres.

Ce phénomène avait commencé un an plus tôt et se produisait en moyenne une fois par semaine. Naturellement, elle avait envisagé un certain nombre d'explications psychologiques, des rêves récurrents aux émotions refoulées, mais il était généralement endormi lorsqu'elle allait le voir. Il tambourinait du bout des doigts comme s'il jouait du bongo. Il s'arrêtait dès qu'elle le réveillait et n'en gardait aucun souvenir. Au bout de quelques semaines, Caitlin avait adopté une technique différente : elle tapait à son tour, suffisamment fort pour qu'il perçoive les vibrations. Il s'arrêtait et se rendormait aussitôt. Elle avait compris alors que c'était sa façon à lui de communiquer avec elle quand il se sentait seul. Il s'agissait d'une émotion très répandue chez les enfants qui, après tout, étaient vulnérables à tous les niveaux, d'où l'existence même de son métier. Le monde ne se souciait guère de l'innocence.

Jacob se rendormit, mais Caitlin en fut incapable. Son agitation avait perturbé son sommeil. Elle ne se souvenait pas de ses cauchemars mais se rappelait la sensation familière d'un vase tiède, plein de cendres et de gravier. Elle consulta son téléphone portable, qui affichait un message :

Soit le RDV était génial et tu t'es enfuie avec lui pendant deux jours, soit c'était nul et tu veux pas en parler.

Caitlin avait oublié d'écrire à Abby. Elle tapa rapidement :

C'était nul, et j'ai un boulot de dingue en ce moment. Je te rappelle bientôt, promis.

D'accord, je t'aime.

Moi aussi.

Peu à peu, Caitlin se calma et se rendormit.

Le réveil programmé sur son téléphone la réveilla en sursaut.

— Merde.

C'était le « bip de la mort », la dernière sonnerie. Elle avait dormi au-delà du lever du soleil, malgré Jacob qui était allé aux toilettes et malgré la première sonnerie – « vagues de l'océan ».

Caitlin s'habilla rapidement tout en se précipitant dans la salle à manger. Elle surprit Jacob en train d'agiter les bras devant son poisson comme s'il était un calmar géant. Il avait l'air de trouver ça beaucoup plus amusant que de mettre ses chaussures et ne remarqua même pas l'arrivée de sa mère.

Un calmar ne m'aurait pas remarquée non plus, se dit-elle. Jacob avait la faculté de se plonger entièrement dans son imagination.

Lorsque, enfin, ils quittèrent leur immeuble, le petit garçon courut devant Caitlin jusqu'au métro et oublia de lui faire un câlin lorsqu'ils arrivèrent devant son école sur la Vingt-Troisième Rue Est. *C'est peut-être lié à la préadolescence aussi*, songea Caitlin.

Une fois seule, elle se rendit compte qu'elle se sentait triste depuis son réveil. *Mais ça va passer*, se dit-elle avec la même fermeté que lorsqu'elle s'adressait à un patient.

Pour l'heure, elle devait retrouver Ben pour le petit déjeuner. Elle parcourut d'un bon pas les onze pâtés de maisons qui la séparaient du lieu de rendez-vous. La chaleur à l'intérieur du restaurant faisait naître de la buée aux quatre coins des vitres qui donnaient sur la rue. Caitlin eut l'impression d'entrer dans une bulle protectrice. Elle suspendit son manteau sur le côté du box, se laissa lourdement tomber sur la banquette usée et commanda du café pour deux.

Elle ne put s'empêcher de vérifier de nouveau ses mails. Un *addendum* à la dernière newsletter sur la schizophrénie adolescente avait été envoyé à la liste de diffusion. Il s'agissait d'une information trop étrange et tragique pour attendre la newsletter suivante. Un étudiant iranien, Atash Gulshan, s'était immolé par le feu dans une bibliothèque et se trouvait à présent à l'hôpital. Son acte ne semblait pas motivé par des raisons politiques ou religieuses, quoique, deux jours plus tôt, son frère avait été pendu par les autorités de Téhéran pour un crime non spécifié. Il y avait peu d'informations disponibles, mais une phrase retint l'attention de Caitlin : « Les témoins racontent que Gulshan a été atteint de logorrhée juste avant sa tentative de suicide. »

« Logorrhée », c'est-à-dire un bavardage irrésistible et vide de sens. Le père de Maanik avait signalé que celle-ci avait marmonné des phrases incompréhensibles à un moment donné. Mentalement, Caitlin prit note de lui en parler.

Puis Ben arriva avec un sourire immense aux lèvres, qui fit s'envoler le stress de Caitlin.

— Merci pour ce sourire, lui dit-elle.

— Mais de rien, répondit-il en s'emparant de la petite cafetière. Tu veux du café sur les genoux ?

— S'il te plaît.

Cette vieille blague la faisait toujours rire. Leur amitié s'était consolidée neuf ans plus tôt quand Ben lui avait appris la langue des signes, mais leur première rencontre avait eu lieu bien avant, lorsqu'ils étudiaient tous les deux l'anglais à l'université de New York. Ben avait accidentellement renversé un café sur elle dans un restaurant bondé. Il lui en avait offert un autre mais l'avait également renversé sur elle.

—Tu as passé une bonne soirée ? lui demanda-t-il en remplissant sa propre tasse.

—Je vis avec un garçon de dix ans. Quand je suis avec lui, tout va bien. Nous nous retrouvons dans une merveilleuse petite biosphère.

Ben redevint brusquement sérieux.

—Comment tu fais, Caitlin ?

—Quoi donc ?

—Maanik, chuchota-t-il pour préserver l'anonymat de la jeune fille. Ce n'est pas mon enfant et, pourtant, j'étais tellement inquiet pour elle que je n'ai pas pu fermer l'œil. Comment tu fais pour élever un enfant sans avoir tout le temps la trouille ?

—Mais c'est ça le grand secret de l'éducation d'un enfant, Ben, murmura Caitlin. Tu as tout le temps la trouille. Tu t'y habitues. Ça devient un élément du décor, sauf les fois où la peur te poignarde en plein cœur.

Ben la dévisagea pendant quelques instants, puis regarda le menu.

—Voilà un discours qui ne donne pas du tout envie d'avoir des enfants.

—Ça ne t'a jamais vraiment tenté, de toute façon, répliqua Caitlin en riant.

—Au contraire, je suis tenté tout le temps, répondit Ben en s'adressant à son menu.

—Oh ?

Ben laissa le silence s'éterniser jusqu'à ce que la serveuse fasse son apparition. Caitlin n'insista pas. Ben ne parlerait que s'il se sentait prêt. En repensant aux suggestions culinaires de Barbara, Caitlin choisit des légumes rôtis et une omelette. Ben se contenta de café.

—Je suis tenté par une certaine stabilité, comme tout le monde, je suppose. Une maison, une famille. Mais chaque jour je me retrouve plongé jusqu'au cou dans les pires crises du monde, alors je préfère ne pas trop y penser.

—Ton employeur actuel le fait bien, pourtant.

—L'ambassadeur a une équipe autour de lui, il est plus vieux, il a de l'expérience et malgré tout, il est stressé.

—Peut-être que si tu considérais que tu offres quelque chose au monde avec un enfant, plutôt que de penser qu'il empiète sur le tien…

—Offrir quoi ? À part de l'inquiétude…, ajouta Ben.

—Je n'ai pas dit que c'était facile, rétorqua Caitlin. Mais je ne pense pas qu'on puisse comprendre tant qu'on n'a pas expérimenté tous les aspects qui transcendent les points négatifs.

—Est-ce que ça vaut le coup de subir ce que notre ami vit actuellement avec sa fille ?

—À toi de me le dire. Tu les as connus lorsqu'elle était normale et heureuse.

Ben réfléchit et finit par hocher la tête.

—Tous les parents rencontrent des difficultés, fit remarquer Caitlin d'une voix douce.

La serveuse revint avec son plat. Ben attendit qu'elle se soit éloignée pour se pencher par-dessus la table.

—De quel genre de difficultés parlons-nous ? Est-elle schizophrène, ou quelque chose du même genre ?

—Je ne peux pas encore poser de diagnostic et je ne devrais pas t'en parler, de toute façon.

—Mais tu vas le faire, n'est-ce pas ?

—Ce que je peux dire, c'est qu'il manque quelques symptômes essentiels, lui confia Caitlin. Normalement, un épisode psychotique est précédé de signes avant-coureurs. Mais d'après ses proches, la jeune fille ne s'est pas progressivement déconnectée de la réalité. La crise est survenue de façon très soudaine.

—Ce qui veut dire ?

— Que je ne sais pas encore quoi en penser.

— Mais une crise soudaine, ça peut arriver.

— Je ne dirais pas que c'est impossible, mais d'habitude, ça n'est pas aussi brutal. Et ce n'est pas tout. (Caitlin avala une bouchée d'omelette, le temps de trouver la bonne formulation.) C'est difficile à expliquer mais, typiquement, les schizophrènes tentent de mettre de l'ordre dans les informations désorganisées qu'ils reçoivent. C'est là qu'on se retrouve avec des diagrammes et des carnets pleins de notes qui ne veulent rien dire. Dans le cas présent, au contraire, il y a quelque chose de très organisé dans ce qu'elle est en train de vivre.

— Tu veux dire que, pour elle, ça a un sens ?

— Peut-être, à un certain niveau. Les stimuli cycliques qui la font réagir produisent des effets clairs et répétitifs.

— Notamment la peur.

— Est-ce vraiment ce qu'elle nous montre ? Je n'en suis pas convaincue. Il y a de la peur, oui, sûrement, mais ce n'est pas ce qu'on voit en surface.

— Je ne te suis plus.

— On ne sait pas ce qui se passe dans sa tête, à part qu'elle s'exprime de façon désordonnée. Nous interprétons son attitude comme de la panique, de la peur.

Le visage de Ben s'éclaira.

— Je crois comprendre. J'ai déjà vu ça en linguistique. Elle est comme un petit enfant qui ne maîtrise pas assez le langage pour exprimer ce qu'il veut dire, alors il réagit avec énormément de frustration, presque de la colère. Mais, à l'intérieur, pour elle, tout a un sens.

— Mmm, fit Caitlin, qui avait la bouche pleine d'omelette.

Elle déglutit puis acquiesça.

— Comment peux-tu la traiter ? demanda Ben.

— Idéalement, comme j'ai essayé de l'expliquer à son père la nuit dernière, il faudrait organiser une nouvelle séance d'hypnose afin de déterminer le problème, et de le mettre en quarantaine pour l'empêcher de se manifester comme il l'a fait hier.

— Tu dis que tu as essayé. J'en déduis que l'idée ne l'enthousiasme guère ?

— Il a poliment refusé.

— Je vais voir si je peux aider l'idée à faire son chemin.

— Il est sensible à la pression qu'il subit, ajouta Caitlin avant de mordre dans son toast.

— Effectivement, confirma Ben, visiblement inquiet pour son ami.

— Au fait, comment va Marina ? demanda-t-elle en changeant brusquement de sujet. A-t-elle transformé ta grotte au point que tu ne la reconnais plus ?

— Elle a essayé, répondit Ben entre deux gorgées de café. J'ai tout remis comme c'était avant.

Caitlin cessa de manger.

— Oh.

— Ouais.

— Je suis désolée.

— Ces sept mois ont été agréables, répondit Ben en haussant les épaules. Elle est rentrée chez elle en Ukraine en précisant que je n'étais pas le bienvenu.

Caitlin reprit le cours de son repas.

— Tu n'aurais pas dû verser du café continuellement sur elle.

— Avec elle, c'était du thé, expliqua Ben, visiblement amusé. Elle avait une théière à piston.

— Oooh, ça ne rigole pas.

Ben sourit en contemplant Caitlin.

— Je ne t'ai jamais invitée à sortir avec moi, pas vrai ?

Caitlin fusilla son vieil ami du regard et agita la main pour le faire taire.

— Ben, toi et moi, lui dit-elle en les désignant à tour de rôle, on est parfaits comme ça. Ne changeons rien.

— D'accord, s'empressa-t-il de répondre. C'était juste une question, pas une proposition.

— Oh, vraiment ? protesta-t-elle en riant.

—Je t'assure. Je ne m'en souvenais pas, alors je t'ai posé la question.

—Ben tiens. Tu veux vraiment que j'analyse cette « question » ?

—Non. Bon, d'accord. Peut-être que je voulais évoquer la possibilité de sortir avec toi. Un dîner, un film, un concert. Je reçois beaucoup d'invitations de la part des consulats, mais il n'y a plus personne pour m'accompagner.

—Je veux bien t'accompagner à ce genre d'événement, mais pas de rendez-vous galant. On est amis, affirma-t-elle en tapant sur la table pour souligner sa détermination. Ça veut dire qu'on ne laisse pas les choses devenir trop profondes et compliquées.

—« Compliquées » ? répéta-t-il en souriant. Qui a dit que le passé doit avoir des conséquences sur l'avenir ? (Il prit une fourchette et s'attaqua à l'omelette de Caitlin, qui avait refroidi.) De toute façon, la « friend zone », ça n'existe plus après quarante ans.

—Oublie ça, Moss, répliqua Caitlin en souriant.

Ben n'eut pas le temps de protester, car le téléphone de la jeune femme se mit à sonner dans son sac. C'était le numéro des Pawar. Caitlin reprit son sérieux et décrocha en faisant signe à Ben de garder le silence.

—Allô ?

—Docteur O'Hara, dit Hansa Pawar d'une voix tendue, pouvez-vous venir chez nous immédiatement, s'il vous plaît ?

—Que s'est-il passé ?

—Je vous en prie…

—J'arrive, dit Caitlin.

Chapitre 7

Ils partagèrent un taxi jusqu'à la Quarante-Huitième Rue, puis Ben s'en alla rejoindre l'ambassadeur à l'ONU. La deuxième semaine de discussions s'ouvrait le jour même. D'après Ben, les délégués pakistanais et indien n'allaient plus s'embarrasser du masque de politesse qu'ils avaient maintenu jusque-là. La semaine s'annonçait désagréable à la table des négociations.

Lorsque la gouvernante fit entrer Caitlin dans la chambre de Maanik, la psychiatre dut réprimer un mouvement de recul. L'adolescente était debout, en pyjama, et se débattait entre les bras de sa mère sans émettre le moindre son. Pourtant, les muscles de son cou étaient tendus à se rompre et sa bouche si grande ouverte que sa lèvre inférieure s'était fendue. Son abdomen se gonflait au même rythme que les tendons de son cou. De toute évidence, elle hurlait de toutes ses forces… mais en silence. Kamala sortit de la pièce en ravalant ses sanglots.

Au moment où Caitlin entra dans la chambre, la jeune fille se jeta en avant si violemment que Hansa la lâcha et se retrouva à genoux. Maanik, pour sa part, resta où elle était. Elle tremblait de la tête aux pieds et penchait vers l'avant, non pas vers la psychiatre, mais vers la fenêtre. Caitlin réussit tout juste à distinguer la petite forme de Jack London derrière les rideaux. Puis elle se tourna vers Maanik.

Pendant une seconde, leurs regards se croisèrent. Un frisson d'horreur parcourut la colonne vertébrale de Caitlin. Elle avait déjà vu des jeunes gens piégés dans des situations terribles (pris en otage par un de leurs parents ou coincés dans un glissement de terrain), mais à cet instant elle avait l'impression de faire face à quelqu'un qui venait de se réveiller dans un cercueil, en comprenant qu'on l'avait enterré vivant. Maanik fit un pas hésitant puis leva les yeux vers le plafond. Elle essayait toujours de hurler.

Caitlin la prit par les épaules.

— Maanik, je suis là. Tu entends ma voix, tu sens le poids de mes mains…

La jeune fille s'immobilisa, tremblante. Puis elle leva les mains si brutalement qu'elle déséquilibra Caitlin, qui dut se retenir au lit à baldaquin pour ne pas tomber. Maanik semblait s'efforcer d'agripper le vide de la main gauche et avait refermé la droite en serrant le pouce et l'index. Des spasmes parcouraient ses bras, mais ses mains restaient levées devant elle. Caitlin la prit de nouveau par les épaules et la fit gentiment se balancer d'un côté puis de l'autre, pour venir à bout de sa posture rigide. Les spasmes diminuèrent légèrement, mais l'adolescente continuait de hurler en silence.

— C'est bien, Maanik, l'encouragea Caitlin. Madame Pawar, quelle est la main dominante de votre fille ?

— La gauche, répondit Hansa, les joues ruisselantes de larmes.

— Elle écrit de la main gauche ? dit Caitlin qui n'était pas certaine que son interlocutrice avait compris sa question.

— Oui, oui !

Je ne l'aurais pas cru, songea Caitlin. Pourquoi, dans ce cas, Maanik pinçait-elle sa main droite ? Essayait-elle de tirer sur quelque chose ?

Non… ce n'est pas ça.

Caitlin décida de tenter une expérience. Sa patiente était peut-être en train de développer une double personnalité, et il arrivait que cette nouvelle personnalité n'écrive pas de la même main.

—Madame Pawar, pourriez-vous m'apporter du papier et un stylo, s'il vous plaît?

Hansa semblait figée, comme si elle était en transe elle aussi. Elle dévisageait Caitlin mais parut ne pas comprendre.

—Hansa! dit Caitlin en détachant chaque syllabe, sans hausser le ton. Du papier et un stylo, s'il vous plaît!

La femme se releva tant bien que mal en s'essuyant les joues et alla fouiller dans le bureau en désordre de Maanik. Elle revint avec un bloc de papier turquoise et un feutre noir. Caitlin prit le marqueur et demanda à Hansa de se placer devant sa fille avec le papier. Elle-même se glissa derrière Maanik afin de la soutenir. Elle lui mit le feutre dans la main droite en dépliant son pouce et son index pour les refermer dessus. Puis elle fit signe à Hansa de placer le papier sous la pointe du feutre. Jack London se mit à gémir derrière les rideaux.

Maanik posa le feutre sur le papier et parut reconnaître de quoi il s'agissait. Elle se mit alors à gribouiller en dessinant de longues lignes incurvées, puis des traits brefs et secs, et enfin d'autres lignes. Elle lâcha alors le feutre et s'écroula de tout son poids dans les bras de Caitlin. Celle-ci la rattrapa et l'aida à s'asseoir doucement par terre.

Tout en gardant un bras autour des épaules de la jeune fille, elle prit le bloc de papier pour examiner le dessin. On aurait dit une falaise escarpée, avec à la base des lignes qui ondulaient comme de l'eau. Caitlin retourna le bloc de papier mais, cette fois, les traits ne voulaient plus rien dire. Elle continua de le tourner dans tous les sens mais ne trouva aucune autre signification à ces gribouillis. D'ailleurs, lorsqu'elle remit le dessin droit, elle n'était plus très sûre d'y voir une falaise et de l'eau.

Elle rendit le bloc à Hansa et déposa Maanik en douceur sur le tapis avant de se relever. Fort heureusement, la jeune fille était enfin immobile, mais Caitlin s'aperçut qu'elle-même tremblait, à présent. Elle mit les mains sur ses genoux et prit une profonde inspiration avant de se redresser.

— C'est fini ? demanda Hansa d'une voix brisée.

— Je ne sais pas, répondit doucement Caitlin, qui ne s'était pas encore remise de cette expérience. Pourrais-je avoir un verre d'eau ?

Jack London sortit de derrière les rideaux et se dirigea prudemment vers sa jeune maîtresse, le ventre au ras du sol. Puis, brusquement, il attrapa la manche droite de Maanik et tira dessus de toutes ses forces. La jeune fille tressaillit, ouvrit la bouche et, les yeux clos, se mit à hurler. Cette fois, le son accompagna le mouvement.

Caitlin saisit Jack London et tenta de glisser un doigt dans sa gueule pour l'obliger à lâcher le vêtement de Maanik.

— Que se passe-t-il ? s'affola Hansa. Maanik !

— Madame Pawar, j'ai besoin de votre permission pour plonger votre fille dans une hypnose profonde.

Une fois de plus, la pauvre mère semblait en transe. Caitlin n'était pas du tout sûre d'avoir été entendue.

— Madame Pawar !

Hansa cligna des yeux et se tourna vers la psychiatre.

— Oui ?

— Votre fille est en crise. Il faut la stabiliser.

— Je comprends. Et si… Et si nous lui donnions les médicaments du docteur Deshpande ?

— Il faut la stabiliser, pas l'assommer. Je souhaite employer l'hypnose.

— Je vois. Je… Je vais demander à mon époux.

— On n'a pas le temps ! insista Caitlin.

Hansa acquiesça.

— Je vais juste lui envoyer un message.

Les mains tremblantes, elle sortit son téléphone de la poche de son sari.

Caitlin réussit finalement à séparer le beagle de sa maîtresse. Il ne la mordit pas, mais il se mit à aboyer.

— Où peut-on l'emmener ?

— Dans son panier, répondit Hansa en cessant de pianoter sur le téléphone pour prendre le chien.

Il se débattit entre ses bras tandis qu'elle l'emmenait hors de la pièce.

Caitlin s'accroupit à côté de Maanik qui ne cessait de hurler. Chacun de ses cris s'accompagnait de profonds sanglots. Elle agitait les mains d'une façon étrange. Elle ne se griffait pas, elle n'écrivait pas, mais on aurait dit qu'elle prenait frénétiquement des objets sur une étagère. Quand elle reprenait son souffle entre deux hurlements, elle murmurait quelque chose. Caitlin se pencha pour mieux écouter et distingua deux mots qui ressemblaient à « null zee ».

La mère de la jeune fille revint dans la pièce d'un pas traînant avec le verre d'eau que Caitlin avait demandé. La psychiatre la remercia et vida le verre d'un trait. Elle transpirait et ne voulait pas se déshydrater.

— Mon époux ne m'a pas répondu, l'informa Hansa.

— Nous ne pouvons pas attendre l'ambassadeur. Il faut que j'intervienne avant que Maanik se blesse. Vous comprenez ?

— Oui, oui.

Caitlin se leva d'un bond et prit son téléphone dans son sac à main. Elle ouvrit l'application vidéo et posa l'appareil sur une pile de livres afin que la tête et la poitrine de Maanik apparaissent dans le champ. Elle vérifia deux fois la position du téléphone puis lança l'enregistrement.

— Que… Qu'est-ce que vous faites ? demanda Hansa.

Gentiment, Caitlin lui fit signe de rester en retrait tandis qu'elle-même retournait s'agenouiller auprès de l'adolescente.

— Maanik, tu te souviens de ce grand écran de télévision dont je t'ai parlé ? Il est juste devant toi.

Caitlin guida sa patiente à travers les mêmes étapes que la veille, et Maanik se montra aussi sensible à l'hypnose que la première fois. À « huit », le corps de la jeune fille devint lourd, et ses paupières se fermèrent. Mais en arrivant à « cinq », Caitlin ne lui dit pas de dormir. Elle lui demanda au contraire de lever le bras en l'air et d'agiter le petit doigt. Sa patiente obéit calmement.

— C'est très bien, Maanik, bravo. Tu prends soin de toi en me laissant t'aider. Maintenant, je vais faire quelques suggestions et te poser quelques questions. Toi, tu vas faire ce qui te semble bien pour toi, d'accord ? Si je dis quelque chose qui ne te convient pas, tu passes à la suite, tu ne t'en occupes pas. (Caitlin lui laissa le temps d'intégrer les instructions.) Dis-moi comment tu te sens.

— Bien, je crois, répondit aussitôt Maanik.

À l'autre bout de la chambre, sa mère laissa échapper un hoquet de stupeur.

Caitlin était tout aussi surprise. Elle n'avait encore jamais entendu Maanik s'exprimer comme une adolescente normale. Voilà qui était déconcertant mais très encourageant.

— J'en suis ravie. Je vais te demander de visualiser un endroit qui te rend heureuse. Imagine que tu t'y trouves…

— Pas besoin d'imaginer, l'interrompit la jeune fille. J'y suis déjà.

Elle employait ce ton typique des adolescents qui semblait signifier : « Pourquoi les adultes sont aussi bêtes ? » Dans le cas présent, elle avait peut-être raison. Sa réponse surprit de nouveau Caitlin, qui décida cependant de la suivre.

— C'est super, Maanik. Où es-tu ?

— À la maison, répondit-elle comme si c'était une évidence. Oh, salut, toi. (Au changement de sa voix, il était clair qu'elle ne s'adressait plus à Caitlin.) Salut, mon bébé, roucoula-t-elle.

— Es-tu en train de dire bonjour à Jack London ? s'enquit la psychiatre.

— Qui est Jack London ?

Hansa s'assit lourdement, comme si elle avait les jambes coupées.

— Maanik, tu peux rester à la maison, tu n'as pas à visualiser quoi que ce soit d'autre ou à te rendre ailleurs. Tu comprends ?

— Oui.

— Très bien. Je vais juste te demander un service, d'accord ?

— Bien sûr.

— Maanik, sais-tu que tu as eu des ennuis ces derniers temps ? que tu as été très perturbée par moments ?

— Oui, je sais que j'ai hurlé. J'ai mal à la gorge et aux côtes. Mes bras aussi me font mal, mais c'est une douleur différente.

— Je vais te demander, à l'avenir, de réagir à un signal. Quand quelqu'un prononcera le mot « mûres » en te touchant l'oreille, ce sera ça, le signal.

— Quelle oreille ? demanda Maanik.

Au moins, ses fonctions cognitives étaient intactes et plus affûtées que celles de Caitlin à cet instant précis.

— N'importe laquelle. Ce signal te convient-il ?

— Oui.

— Donc, quand quelqu'un dira « mûres » en te touchant l'oreille, tu réagiras en te calmant, comme quand je te parle de l'écran de télévision et que je compte de dix à un. Si à tout autre moment, tu entends le mot « mûres », ça voudra juste dire « mûres ». D'accord ?

— Oui, OK, accepta Maanik avant de s'adresser de nouveau avec amour à une créature qui n'était pas Jack London.

Une suggestion posthypnotique de cette ampleur allait bien au-delà de ce dont Caitlin avait discuté avec l'ambassadeur, mais elle était sûre d'arriver à le convaincre de la nécessité d'une telle mesure. Il leur fallait un outil pour arrêter immédiatement tous les symptômes d'une crise, et pas seulement les griffures.

— Merci, Maanik. Maintenant, parle-moi un peu de ta maison.

— Que voulez-vous savoir ?

— Que vois-tu ? À qui parles-tu ?

— Mon petit amour, répondit-elle en souriant. Il me lèche les mains. Et… (Caitlin vit les yeux de la jeune fille bouger sous ses paupières closes.) Je vois les arbres près de la porte. Je reviens du bassin d'eau chaude, il fait nuit, il y a du *thokang* à côté de nous mais, dans le ciel, les étoiles sont de sortie…

— Qu'est-ce qu'il y a à côté de toi ?

— Oh, les étoiles sont si belles ce soir ! Il y en a tant ! (Son sourire semblait presque béat.) *Khasaa.*

Caitlin jugea qu'il était plus important d'encourager Maanik à parler que de s'arrêter sur chaque détail.

— Ton petit amour, il t'a rejointe devant ta maison ?

— Oui, il est sorti de l'eau en se dandinant, comme il le fait toujours.

— À quoi il ressemble ?

— À un *thyodularasi*, répondit sa patiente comme si c'était une évidence.

Elle parlait si vite à présent que Caitlin n'arrivait plus à suivre. Il lui fallut quelques instants pour se rendre compte que le débit d'élocution de la jeune fille n'était pas en cause.

— Maanik, peux-tu t'exprimer en anglais pour moi ?

Mais la jeune fille poursuivit son incompréhensible logorrhée. Elle bougeait de nouveau les bras, mais calmement cette fois, avec de grands mouvements qui ne ressemblaient à rien. Caitlin revit Jacob imitant un calmar. Maanik était-elle en train de jouer ?

Brusquement, la jeune fille se redressa et ouvrit les yeux en se tordant le cou pour regarder le plafond. Son flot de paroles s'accéléra, comme ses mouvements, sauf que sa main droite se dirigeait à présent vers son bras gauche comme si elle voulait se griffer.

Caitlin posa les mains sur les épaules de sa patiente.

— Maanik, dis-moi ce que tu vois dans le ciel.

Le langage presque crépitant qu'elle employait franchit ses lèvres plus vite encore. Caitlin interrogea du regard sa mère, qui avait l'air horrifiée, comme si tous les péchés du monde étaient gravés sur le visage de sa fille. Hansa comprit ce que lui demandait Caitlin, mais elle secoua la tête ; Maanik ne s'exprimait pas en hindi. *Pourtant ces mots ont une consonance asiatique, et en même temps, pas seulement*, songea la psychiatre. *Si seulement Ben était là…* Puis Maanik se mit à crier à l'adresse du ciel et à se frapper les bras en essayant de se griffer à travers les pansements.

— Maanik, en anglais, s'il te plaît ! Dis-moi ce qui se passe ! cria Caitlin en tentant, sans succès, d'immobiliser l'adolescente.

Celle-ci se remit à hurler. Son corps heurta violemment le sol tandis qu'elle ruait et convulsait. Une force invisible jaillit de nulle part, saisit Caitlin et la propulsa à l'autre bout de la chambre.

CHAPITRE 8

Caitlin heurta un mur, et la violence du choc lui coupa le souffle. Elle tenta de se remettre debout en s'aidant de ses mains, mais elle avait l'impression que ses bras s'étaient liquéfiés.

S'il s'agit d'un dédoublement de personnalité, j'espère que ça ne décuple pas ses capacités physiques !

Caitlin se jeta à genoux et passa entre les bras de Maanik, qui faisait des moulinets, pour toucher son oreille gauche.

—Mûres, dit-elle.

Les mains de la jeune fille retombèrent le long de son corps. Elle prit une brusque inspiration, comme si elle s'apprêtait à hurler à la face des dieux, puis elle relâcha son souffle doucement, jusqu'à ce que sa respiration retrouve un rythme calme et naturel. Quelques secondes plus tard, Caitlin constata que Maanik dormait.

Avec l'aide de Hansa, elle la déposa sur son lit. Puis elles la laissèrent se reposer et gagnèrent le salon, où Kamala leur avait préparé du thé.

—Si ça ne vous dérange pas, j'aimerais attendre quelques minutes avant de partir afin de m'assurer que tout va bien, dit Caitlin.

—Bien sûr, répondit Hansa en prenant place dans un fauteuil. Je suis désolée d'empiéter sur votre travail.

— Mais ce qui se passe ici fait partie de mon travail, la rassura Caitlin.

Hansa sourit, bien que ce fût bref.

— Qu'est-ce qui ne va pas chez ma fille ?

— Je ne sais pas, reconnut Caitlin. Mais nous allons le découvrir.

— Nous avons fait ce qu'il fallait, là, tout de suite ?

— Absolument.

Hansa but un peu de thé.

— Notre famille n'a jamais connu une chose pareille.

— J'allais justement vous demander, madame Pawar, si vous avez déjà entendu des rumeurs à propos d'une tante, d'un grand-parent ou d'un cousin.

— Quel genre de rumeurs ?

— À propos de leur esprit, de leur comportement, de leurs habitudes, quelque chose dont on ne doit pas parler…

Hansa secoua la tête et baissa les yeux.

— On ne parle pas de ces choses-là, c'est vrai, mais on sait quand elles existent. Il n'y a aucune rumeur.

Caitlin la croyait.

— Madame Pawar, je sais que vous ne devez pas ébruiter cette affaire mais, si votre fille continue d'avoir des crises, vous allez devoir l'hospitaliser pour faire des examens. Elle s'est peut-être cogné la tête lors de la tentative d'assassinat…

— L'infirmière de l'école l'a examinée et a dit qu'elle n'avait rien.

— Mais une IRM ou un scanner permettent de détecter des problèmes que parfois un docteur ne peut pas voir. J'en ai déjà parlé au docteur Deshpande. Il va peut-être falloir une approche un peu plus agressive…

— Je vois, dit Hansa d'un air désespéré.

— Je suis certaine que votre mari ne s'y opposera pas si c'est nécessaire.

Hansa lui lança un regard sceptique. Caitlin songea que, compte tenu de la situation au Cachemire, il pourrait bien s'y opposer.

Jack London, que la gouvernante venait de laisser sortir de son panier, vint faire le tour du propriétaire et renifler les pieds des deux femmes.

—Elle a l'air si vulnérable et si fragile, ça ne lui ressemble pas du tout, soupira Hansa.

—Elle est plus forte que vous ne le pensez et elle a la chance de vous avoir auprès d'elle, lui dit Caitlin. Quoi qu'il arrive, si elle commence à s'agiter, n'oubliez pas, touchez son oreille et…

Hansa acquiesça, ce qui n'empêcha pas Caitlin de sortir de l'appartement des Pawar avec la boule au ventre.

Elle prit un taxi et profita du trajet pour appeler son bureau et prévenir sa secrétaire qu'elle maintenait son rendez-vous de 11 h 30. Puis elle envoya un message à Ben :

Ai fait des progrès aujourd'hui, t'appelle ce soir, envoie-moi ton adresse mail la plus sûre.

Elle ne reçut pas de réponse immédiate, mais elle n'en attendait pas, car il assistait aux négociations. Elle regarda les infos défiler sur l'écran télé à l'arrière du taxi. Les tensions entre l'Inde et le Pakistan étaient désormais qualifiées d'« explosives », et des troupes supplémentaires avaient été envoyées aux frontières. L'Inde avait accueilli avec dérision la proposition de l'ambassadeur américain d'établir une zone démilitarisée entre les deux nations. Elle avait pointé du doigt le fait que le Pakistan n'arrivait même pas à établir une zone sans terrorisme au sein de ses propres frontières. Les actualités locales signalaient que des voisins indiens et pakistanais commençaient à en venir aux mains dans le Queens. La présence des forces de l'ordre dans le métro avait été triplée, et le service de gestion des crises inspectait discrètement les vieux abris antiatomiques afin de sélectionner de possibles postes de commandement de proximité. New York n'était pas la seule ville sous tension : à travers tout le pays, des survivalistes avaient réapprovisionné leurs stocks de munitions, au point de provoquer une pénurie, avant de disparaître de la circulation. Un questionnaire intitulé *Si c'est la fin, je vais...* faisait le buzz sur Internet.

Caitlin éteignit l'écran et passa le reste du trajet dans un silence tendu. Apparemment, la peur de la guerre était dans l'air et se propageait au moyen de son propre réseau sans fil : les gens. Pour la psychiatre, cette menace avait un caractère personnel depuis qu'elle avait fait la connaissance de Maanik et de sa mère.

Ce fut avec un grand soulagement qu'elle entra dans son bureau situé tout en haut d'un immeuble de la Cinquante-Huitième Rue Ouest. Cela lui procura une telle sensation de réconfort qu'elle eut l'impression d'entendre un déclic. Elle se livra alors à sa routine matinale. Elle posa son café sur le dessous de verre orné des empreintes de Jacob, qu'il avait fabriqué quand il avait cinq ans. Puis elle rangea son sac dans le dernier tiroir de son bureau et glissa son téléphone, en mode silencieux, dans le premier. Enfin, elle accrocha son manteau derrière la porte et consulta son planning. Mais elle ne cessait de penser à Maanik.

Poser un diagnostic de schizophrénie était prématuré, puisque les personnes souffrant de cette maladie comprenaient qu'il existait d'un côté « les autres » et de l'autre le « moi ». Or Maanik n'avait pas de phase liée à son « moi » pendant ses crises, en tout cas pas celui qu'elle était depuis seize ans. Mais on ne pouvait pas non plus parler de troubles de la personnalité, puisque les gens qui en étaient atteints souffraient rarement d'hallucinations. Leurs multiples personnalités vivaient dans le monde réel. De toute évidence, Maanik réagissait à quelque chose qui n'était pas là. Peut-être s'agissait-il d'une forme de petit ou de grand mal, mais les épileptiques ne réagissaient pas à l'hypnose comme l'avait fait la jeune fille.

Impossible d'établir clairement un diagnostic. Qu'est-ce qui pouvait bien lui échapper ?

Caitlin voulait voir l'adolescente en dehors de ses crises. Rien que le fait de la regarder manger tranquillement son dîner l'aiderait à établir un point de comparaison et à comprendre par elle-même qui était Maanik.

Oublie-la un peu. Elle n'avait jamais soigné quelqu'un dès le premier jour. De plus, s'attarder sur un cas était une bien piètre façon d'en accueillir un autre. Son rendez-vous de 11 h 30 devait arriver dans une dizaine de minutes, ce qui lui inspira du soulagement, comme une espèce de retour à la normale, bien qu'une telle chose n'existe pas. Ce patient avait une histoire thérapeutique bien établie, et Caitlin disposait de nombreux mois devant elle pour le soigner. Rien de tout cela n'était possible avec Maanik.

Pourquoi était-elle si différente de tous les adolescents que Caitlin avait un jour rencontrés ?

Brusquement, elle eut l'idée d'effectuer une recherche en ligne sur la jeune fille, pour voir s'il existait des vidéos où elle apparaissait avant la tentative d'assassinat. Elle s'en voulut de ne pas y avoir pensé plus tôt. Les Pawar faisaient certainement très attention à son image ; la fille d'un diplomate se devait d'avoir une conduite exemplaire. Mais il existait sur le site de son école plusieurs vidéos où Maanik participait à des débats dans le cadre de leur module de modélisation des Nations unies. Caitlin lança l'une des vidéos et fut frappée par l'assurance de la jeune fille. Elle ne faisait pas semblant d'être extravertie, ce qui n'en rendait que plus étranges ces crises répétées. Sur une autre vidéo, Maanik interprétait la fiancée d'un aristocrate anglais excentrique dans une pièce de théâtre montée par l'école. À un moment donné, elle gesticulait avec exubérance en affirmant : « Je ne suis pas malade, je suis mal supervisée. » Puis elle levait les yeux au ciel tandis que tout l'auditoire riait à sa réplique.

Elle semblait parfaitement normale et bien dans sa peau. C'en était même impressionnant. Il n'y avait chez elle aucun des tics ou des signes de noirceur qu'affichaient la plupart des enfants que Caitlin soignait. La tentative d'assassinat avait-elle vraiment pu provoquer autant de dégâts ? Si le père de Maanik avait été tué ou même blessé, oui. Si sa mère s'était écroulée, peut-être. Mais il n'existait aucun déclencheur aussi sévère dans le cas présent. La réaction était tout à fait disproportionnée. Caitlin avait besoin d'y réfléchir davantage, mais son patient frappait à la porte.

Des heures plus tard, à l'issue de cinq autres rendez-vous et de deux conférences téléphoniques, elle partit chercher Jacob. Elle découvrit, en arrivant au niveau de la porte d'entrée de l'immeuble, que la température extérieure avait considérablement chuté. Elle releva le col de son manteau et se surprit à fredonner *Let It Snow.* Mais à peine eut-elle posé le pied sur le trottoir qu'elle cessa de chanter, envahie par un frisson qui n'avait rien à voir avec le temps. Cette sensation déplaisante remonta le long de sa colonne vertébrale et lui chatouilla les omoplates telles les pattes d'un insecte. Instinctivement, Caitlin se rapprocha du mur, s'immobilisa et regarda autour d'elle.

Mais qu'est-ce qui m'arrive ?

Son cœur se mit à battre plus fort et sa respiration s'accéléra. Elle avait l'impression qu'un vent froid effleurait ses bras, et pourtant aucun souffle d'air n'agitait ses manches.

Ressaisis-toi.

Elle vit des gens récupérer leur voiture dans le parking de l'autre côté de la rue. Quelqu'un fumait près d'un arbre dans le petit parc au-dessus du parking. Un groupe d'étudiants passa devant elle comme s'ils étaient pressés. Rien n'expliquait ce frisson qui ne la quittait pas. Caitlin se sentait vulnérable et clouée sur place, comme si toutes ces autres personnes existaient sur un autre plan, comme si elle était seule au monde. Enfin, presque.

Car elle avait aussi l'impression d'être épiée. Et ça n'avait rien à voir avec la désagréable sensation qu'on peut éprouver en passant devant un touriste qui filme une vidéo. C'était beaucoup plus perturbant.

Barbara avait raison, se dit Caitlin. Elle s'immergeait si profondément dans les problèmes des autres qu'elle en avait perdu sa propre carapace.

Elle sursauta lorsqu'un groupe d'étudiants du Roosevelt Hospital sortit de l'immeuble et la salua bruyamment. Comme elle se retrouva au milieu d'eux, elle en profita pour marcher jusqu'au métro en leur compagnie. Elle réussit à repousser les bruits et les formes de la ville, mais pas le frisson glacé qui continuait de danser le long de son dos.

CHAPITRE 9

Tout en jouant des coudes avec Jacob pour traverser les couloirs bondés du métro, Caitlin s'efforça d'oublier l'étrange paranoïa qui s'était emparée d'elle à la sortie de son bureau, en vain. D'habitude, elle s'efforçait de transformer en jeu cette course à l'heure de pointe. Elle la rebaptisait « Football en folie » ou « Courir avec les gazelles », mais pas ce soir-là. Jacob était plongé dans ses pensées, et elle-même n'avait qu'une envie, rentrer à la maison.

Le couloir du deuxième étage était anormalement silencieux, et ses clés s'entrechoquèrent dans un bruit creux quand elle les sortit de son sac. Ça lui rappela la pénible sensation qu'elle avait éprouvée dans l'appartement des Pawar, comme si elle était en danger. Mais pas Jacob, uniquement elle.

Caitlin déverrouilla sa porte en se promettant d'en parler à Barbara. Puis elle s'employa à faire rôtir du brocoli et à réchauffer une boîte de *congee* surgelé, heureuse de pouvoir penser à autre chose. Jacob, lui, gagna directement sa chambre. Ils arrivaient juste à temps pour sa discussion hebdomadaire avec son père sur Internet. Contrairement à son habitude, Caitlin se réjouit de cet appel. Tout ce qui pouvait rendre un semblant de normalité à sa soirée tombait à pic, même si leur situation familiale n'avait rien d'ordinaire.

Andrew Thwaite, divorcé et père de trois enfants, était un sociologue de Sydney que Caitlin avait rencontré en Thaïlande trois semaines après le tsunami de 2004. Il avait pris part à l'une des opérations de secours auxquelles participait la jeune femme et que Ben dirigeait, par le biais du secrétaire général adjoint du bureau des Nations unies pour la coordination des affaires humanitaires. Caitlin avait jugé qu'il était « parfait pour maintenant », comme elle l'avait dit à Ben.

— On m'a dit que c'était plus ou moins un connard, l'avait prévenue Ben.

— Oh, tu t'es renseigné ?

— Je veille sur toi, avait-il répondu de manière évasive.

— Écoute, il est intelligent et amusant, il n'essaie pas d'être ce qu'il n'est pas, il mesure un mètre quatre-vingt-dix et il ne manque pas de muscle.

— Ah ! Je connais bien les types dans son genre, c'est un narcissique doublé d'un vantard.

— Tu y vas fort, Ben.

— J'ai passé toute ma vie dans l'ombre de misérables mecs comme lui. Il va te jeter comme un Kleenex dès qu'il ne voudra plus de toi.

— Mais peut-être que c'est moi qui le jetterai avant. Hé, on parle de moi ou on parle de toi, là, Ben ?

— Touché, mais je pense que tu te plantes complètement sur la signification des mots « opérations de secours ».

Leur dispute s'était terminée dans les rires. Mais quand Caitlin s'était retrouvée enceinte, la passion l'ayant emporté sur la prudence, elle avait décidé de garder le bébé. Andy avait été prévenu mais avait préféré rester à l'écart, ce qui avait grandement simplifié la situation.

Jusqu'à récemment.

Quand le dernier de ses trois enfants était entré à l'université en 2011, il avait brusquement demandé un appel vidéo par semaine avec Jacob. Caitlin ne s'y était pas opposée. Elle en parlait souvent avec son fils, qui traitait son père comme s'il s'agissait du voisin du dessus. Mais, six mois plus tôt, Andy avait demandé à Caitlin pourquoi elle n'avait pas fait poser d'implant cochléaire à Jacob quand il était plus jeune.

—Parce que c'est sa décision.

—Jacob a dix ans, lui avait fait remarquer Andy. Plus l'opération est effectuée tôt, plus les progrès sont…

—Je trouve que travailler un peu plus dur, ce n'est pas un mauvais prix à payer pour avoir la liberté de choisir.

—Je ne crois pas qu'on devrait laisser un élève de CM2 prendre une telle décision.

Cette remarque lui avait valu les foudres de Caitlin, qui lui avait interdit d'avoir cette conversation avec Jacob. Elle avait fait passer le message sur un ton qui avait déjà intimidé de nombreux bureaucrates récalcitrants à travers le monde et qui avait paru fonctionner sur Andy également.

Malgré tout, quand Jacob la rejoignait après l'un de ces appels vidéo, Caitlin l'observait toujours, cherchant à détecter tout signe de malaise. Cela ne semblait pas être le cas ce soir-là, puisqu'il passa directement d'une question étrange (est-ce que les petits Australiens se déplaçaient à dos de kangourou dans le désert ?) à la dissertation sur le bien-fondé des zoos qu'il devait rendre en cours.

Tout en débattant avec son fils sur le sujet, Caitlin ressassait son propre problème éthique. Ben lui avait communiqué son adresse mail sécurisée, et elle savait déjà qu'elle allait lui envoyer la vidéo de la séance d'hypnose de Maanik, même si cela allait à l'encontre du secret médical. Elle finit par se dire que Ben était un ami de la famille et que les Pawar auraient peut-être donné leur accord si elle leur avait demandé la permission. Mais elle ne pouvait se permettre qu'ils refusent, car elle avait besoin d'un point de vue extérieur pour confirmer une hypothèse. La compréhension du mystérieux monde intérieur de Maanik en dépendait.

Après le dîner, lorsqu'elle eut fini de faire la vaisselle avec Jacob, Caitlin envoya le fichier à Ben, puis l'appela via Internet. Quand son visage apparut sur l'écran, il regardait autre chose que la caméra et tapait en même temps. Caitlin se rendit compte de son épuisement.

—Salut, lui dit-il.

—Taire, répondit Caitlin.

Ben esquissa un sourire en coin. La blague n'était pas drôle, mais Caitlin si. Ils l'étaient tous les deux et avaient toujours fonctionné ainsi. Quand l'un n'allait pas bien, l'autre se mettait en quatre pour lui remonter le moral.

—Le fichier prend si longtemps à télécharger ? s'étonna-t-elle.

—Il arrive ici « bit par bit », plaisanta Ben.

—Houlà, c'est quoi le matériel qu'on vous donne aux Nations unies, de vieux ordis de 1995 ?

—Pire, des tablettes d'argile et des styles, répondit Ben en souriant. J'utilise l'ADSL plutôt que le Wi-Fi pour télécharger le fichier et je le fais passer à travers quelques protections supplémentaires. Je suis surpris que tu me l'aies envoyé, Cai, ajouta-t-il en la regardant dans les yeux.

—Ce ne fut pas une décision facile à prendre, mais aux grands maux les grands remèdes.

—C'est si grave que ça ? Tu as peur de ne pas pouvoir l'aider ?

Caitlin réfléchit.

—Non, je pense encore pouvoir le faire. Pour l'instant.

Ben détourna la tête d'un air grave. Puis il la regarda de nouveau franchement.

—Et toi, comment tu vas ?

—Pourquoi cette question ? s'enquit-elle pour gagner du temps.

—Parce que tu es en train de gérer ce problème à l'épicentre d'une crise mondiale.

—Je crois qu'on se trouve tous à l'épicentre. Du nouveau de ton côté ?

Il secoua la tête.

— Tu n'as pas répondu à ma question.

Cette fois, ce fut au tour de Caitlin de détourner les yeux. Elle avait envie de répondre : « Honnêtement, je ne suis plus moi-même et je ne sais pas pourquoi. » Mais elle n'avait pas appelé Ben pour parler d'elle.

— Je suis très, très concentrée. L'esprit affûté comme une lame de couteau.

— Ne va pas te perdre dans cette histoire, Cai.

— Promis. Je sais parfaitement faire fonctionner mon standard, ajouta-t-elle en souriant.

— « Standard », marmonna Ben. Tu te rends compte qu'on est peut-être la dernière génération qui sait ce que ça veut dire ? Aujourd'hui, j'ai été obligé de traduire « magnétoscope » pour un jeune observateur du Bhoutan. Il n'avait pas la moindre idée de ce que c'était.

— Je n'ai pas la moindre idée de ce que c'est, le taquina Caitlin

— Sympa. Tu ne connaîtrais pas un nouveau « Un type entre dans un bar » ? ajouta Ben d'un air malicieux.

Caitlin secoua la tête en riant.

— C'étaient les pires blagues qui soient, admit-elle.

— C'est pour ça qu'elles étaient si bonnes. Ma préférée de toutes ? Hum : « Un squelette entre dans un bar et commande un gin tonic. Et une serpillière. »

— Je me fais du souci pour toi, Ben, dit Caitlin en levant les yeux au ciel. Et non, je n'en connais pas de nouvelles. J'ai délégué la plus grande partie de mon sens de l'humour à Jacob il y a longtemps. Il est naturellement doué pour les bêtises, et c'est bien suffisant dans cette famille.

Ben secoua la tête. Un silence imperceptiblement plus long mais perceptiblement plus gêné s'installa.

— Et en ce qui concerne les autres domaines de ta vie ? Est-ce que tu vois quelqu'un ?

— Non. Et pourquoi faut-il qu'on en revienne toujours là ?

—Pas toujours..., protesta Ben.

—Tu es comme ma mère, poursuivit Caitlin sans tenir compte de l'interruption. Ou, plus exactement, comme ma sœur, qui va gentiment me botter les fesses incessamment sous peu, alors je n'ai pas besoin que tu me fasses la leçon toi aussi.

—D'accord, d'accord. Je n'allais pas te botter les fesses, tu sais.

Ils échangèrent un long regard par webcam interposée.

—Désolée, s'excusa Caitlin. Je n'avais pas l'intention de m'énerver contre toi. Je suis juste un peu stressée. Ça n'arrivera plus.

—Tant mieux. De toute façon, j'ai fini de télécharger la vidéo. Voyons ce que ça donne.

Le brusque changement de sujet n'échappa pas à Caitlin, mais elle garda cette remarque pour plus tard.

Ben ouvrit le fichier et lança la vidéo dans le coin de la fenêtre de discussion pour qu'ils puissent la visionner en même temps.

—Houlà ! s'exclama-t-il devant le charabia de Maanik.

—Je sais.

—Wow, fit-il au moment où Caitlin avait eu l'impression d'être projetée contre un mur. Qu'est-ce qui s'est passé ?

Caitlin ne répondit pas, afin qu'il puisse se concentrer sur l'utilisation du signal. Elle voulait qu'il soit au courant, au cas où l'ambassadeur lui poserait des questions à ce sujet. Mais ce n'était pas la seule raison pour laquelle elle avait décidé de partager la vidéo.

Quand la séquence fut finie, Ben revint au moment où Maanik s'exprimait de façon incompréhensible. Il le visionna une deuxième, puis une troisième fois.

Enfin il mit la vidéo sur « Pause » et se laissa aller contre le dossier de sa chaise d'un air songeur.

—C'est assez similaire au japonais au niveau du rythme, réfléchit-il à voix haute.

—Je trouve aussi.

—Juste ici, dit-il en revenant de nouveau en arrière. Tu entends ça ?

« *Thyodularasi* », disait Maanik.

— Oui… ? demanda Caitlin.

— C'est un « r » asiatique, affirma Ben.

— Elle prononce tous ses « r » de cette façon pendant la crise, lui fit remarquer Caitlin. C'est pour ça qu'on dirait du japonais, pas vrai ?

— Oui, avec les arrêts alvéolaires sur les « d » et les « t ». Mais le « th » au début de ce mot est très dur. Ces sons ne coexistent dans aucune langue.

— Nulle part ?

— Eh bien, on ne connaît pas tous les dialectes tribaux de la planète mais, en règle générale, ce « r » et ce « th » n'évoluent pas au sein de la même langue.

La vidéo disparut, et Ben, qui se frottait les yeux, occupa de nouveau l'intégralité de l'écran.

— C'est stupéfiant, hein ? dit Caitlin.

— Bon sang, mais qu'est-ce qui se passe chez cette fille ?

— C'est ce que j'ai l'intention de découvrir, si les Pawar m'y autorisent.

— Pas si vite, Caitlin. Tu dois juste les aider à tenir le temps des négociations.

— Quoi ?

Elle avait l'impression qu'elle venait de recevoir un coup.

— C'est pour ça que j'ai fait appel à toi, lui rappela-t-il. D'autres gens pourront prendre le relais quand l'ambassadeur n'aura plus à se soucier des médias.

— Je comprends, mais je ne… Enfin, je n'ai pas envie de n'être qu'un bouche-trou.

— Cai, ce n'est pas ce que je voulais dire. Simplement, la décision leur appartient. Je pense qu'ils la ramèneront en Inde dès que nous serons sortis de cette situation épineuse.

— Et Maanik, alors ? Ben, il se passe quelque chose chez cette fille. Je ne vais pas me contenter de colmater la brèche.

— Encore une fois, ce n'est pas ce que je voulais dire, répondit-il, visiblement sur la défensive. Écoute, on est fatigués tous les deux, et je n'aurais pas dû te dire ça. Je te soutiendrai quoi qu'il arrive. Mais je sais comment tu réagis quand tu t'impliques dans un cas, alors essaie de prendre du recul, d'accord ?

— Je ne sais pas si j'en suis capable.

Il sourit.

— Juste un peu de recul, pour ton équilibre mental.

— Je vais essayer, lui dit-elle en se forçant à lui rendre son sourire.

— Quant à moi, je vais me coucher. On verra bien ce que mon subconscient me dira à propos de tout ça.

— C'est tout ce que tu as à me donner ? le taquina-t-elle.

— Je ne suis plus l'étudiant fonceur que tu as connu. Cette époque-là est révolue.

Caitlin masqua sa déception. Elle avait partagé la vidéo avec lui afin qu'ils puissent discuter de la fin de la séance, quand elle avait cru heurter un mur. Mais Ben avait cruellement besoin de dormir avant de retourner à la table des négociations.

— Bonne nuit.

— Bonne nuit, Cai.

Il la salua d'un geste fatigué juste avant de se déconnecter. Caitlin salua pour sa part un écran noir.

Après avoir répondu à certains mails et lu le sommaire de quelques newsletters professionnelles, elle alla dire bonne nuit à Jacob. L'enfant débordait d'énergie, et Caitlin dut signer tellement de fois « bonne nuit » en couvrant sa main droite avec sa main gauche qu'elle eut l'impression d'être un robot. Aussi se dirigea-t-elle vers la porte avec les jambes raides et les bras tendus comme le monstre de Frankenstein. Bien des fous rires plus tard, Jacob finit par s'endormir.

Étonnamment, Caitlin réussit à trouver le sommeil elle aussi à une heure décente. Mais elle se réveilla quelques heures plus tard, totalement paniquée, en ayant l'impression d'être enfouie sous des couvertures. Le signe qui voulait dire « nuit » revenait sans arrêt dans sa tête comme le refrain d'une chanson, en compagnie d'un vieux souvenir de Jacob tentant de lui apprendre le langage des signes.

—Maman, c'est dans tes coudes, mets tes coudes comme il faut !

Et merde, se dit-elle en voyant 3 heures laisser la place à 4. Pourquoi cette histoire de coudes la hantait à ce point-là ? C'était forcément lié à Maanik.

Caitlin sortit de son lit, alluma sa tablette et lança la vidéo de sa patiente. Elle se rendit directement au moment où la jeune fille commençait son charabia. Caitlin se redressa, et son cerveau se réveilla totalement. Il y avait bel et bien un changement dans la façon dont Maanik bougeait les coudes. Après plusieurs visionnages, Caitlin fut convaincue qu'ils décrivaient des arcs précis à des instants précis. Maanik répétait certains gestes, ce qui laissait à penser qu'ils avaient un sens et, donc, son charabia aussi, sans doute.

Caitlin prit une profonde inspiration en essayant de ne pas trop s'emballer. Mais elle avait l'impression qu'elle venait de faire un progrès majeur. Si elle avait raison, il serait peut-être possible de sortir Maanik de ce marasme plus rapidement qu'elle ne le pensait.

CHAPITRE 10

Montevideo, Uruguay

Parti de Port Stanley, le Bombardier Learjet fendait le ciel telle une gracieuse flèche blanche au milieu des couleurs de l'aube. Il se dirigeait vers Montevideo pour un premier ravitaillement en carburant.

Mikel Jasso, né à Pampelune, diplômé de Harvard et membre privilégié du Groupe, était l'unique passager de l'avion. Il avait entrepris ce voyage de trois mille deux cents kilomètres seul avec ses pensées, sa sacoche d'appareil photo et un verre de scotch Royal Salute pour fêter ça – une tradition à la fin de chaque mission réussie. Le Groupe surveillait de près cette partie de l'hémisphère Sud et, en dix ans, Mikel avait réussi à récupérer les huit reliques qu'on lui avait demandées. Elles provenaient de musées, de navires scientifiques ou de bâtiments militaires, quand elles n'appartenaient pas à des touristes. Cette fois, l'aventure avait commencé quatre jours plus tôt, lorsque le Groupe avait intercepté le message d'un certain docteur Story à un collègue d'Oxford. Jasso était immédiatement parti pour les îles Malouines à bord d'un jet privé. Il avait pris une chambre à l'hôtel Malvina House, attendu l'arrivée du *Capitaine-Fallow*, parlé à l'équipage et examiné les plans obtenus par le Groupe grâce à leurs contacts au sein de l'Amirauté. Puis il était passé à l'action le lendemain soir.

En matière de cambriolages, celui-ci avait été relativement facile. Jasso savait que, de jour, l'équipage réparait et approvisionnait le navire. Ensuite, la plupart des marins descendaient à terre. La surveillance, la nuit, était plutôt laxiste : aucun voleur ni aucun réfugié ne désirait embarquer à bord d'un navire sismique sur le point de retourner dans l'Atlantique Sud, un océan aussi glacial que peu accueillant.

Jasso avait localisé la cabine du docteur Story sans difficulté. Il avait pris soin de rester à bâbord, où l'obscurité était profonde. Si quelqu'un l'avait surpris, il aurait raconté une histoire toute prête pour expliquer sa présence. Jasso s'opposait de manière publique et agressive au forage dans ces eaux en général et sur la plate-forme patagonienne en particulier. C'était une couverture pratique pour un homme qui passait une bonne partie de son temps dans cette région, depuis la plaine de Humboldt en Amérique du Sud jusqu'au plateau d'Agulhas en Afrique. S'il avait été arrêté par des marins ou par la police, il aurait clamé que non seulement la Falkland Advanced Petroleum mettait l'environnement en péril, mais elle détruisait aussi des trésors historiques immergés. L'entreprise n'aurait eu qu'une envie, se débarrasser de lui. Au pire, il aurait été obligé de donner la météorite aux autorités. Elle aurait atterri dans un musée local d'où elle aurait disparu le lendemain.

Mais on ne l'avait pas attrapé. L'artefact était en sa possession.

Dès que le jet fut dans les airs, Jasso posa sa tablette à côté de son scotch et appela un numéro à New York par Skype. Moins de quinze secondes plus tard, les traits fins de la présidente Flora Davies emplirent l'écran. Elle avait le regard vif et plein d'espoir. En voyant l'expression amusée de Jasso, elle sourit.

— Vous avez réussi.

Il se porta un toast à lui-même.

— Montrez-la-moi, demanda-t-elle. S'il vous plaît.

Jasso posa la sacoche sur ses genoux et l'ouvrit. Il en sortit une paire de gants en caoutchouc qu'il enfila avant de retirer la relique soigneusement emballée. Il la présenta face à l'œil rouge de la caméra. C'était sûrement dû à l'écran, mais l'objet paraissait luminescent.

— C'est un symbole, commenta la présidente.

— On dirait, approuva Jasso. Je n'ai jamais rien vu de tel.

— Moi non plus. C'est magnifique. Tournez-la, ordonna-t-elle en se penchant en avant.

Jasso manipula l'artefact avec soin pour lui montrer l'arrière. En voyant la gravure face à lui, dans l'obscurité de l'habitacle, il se dit qu'elle rayonnait vraiment.

— Le doigt de Dieu, murmura-t-il.

— Pardon ?

— Jéhovah sur le Sinaï, rédigeant les Tables. Je réfléchissais juste... La gravure est visible même sans source de lumière.

— C'est le métal qui reflète la lumière ambiante, je suppose.

— Peut-être. Mais je parie que c'est ainsi que les tables de la Loi sont apparues à Moïse après avoir été extraites de la roche.

— Je ne vous connaissais pas ce penchant théologique, monsieur Jasso, lui fit remarquer la présidente, amusée.

— Plutôt un penchant poétique.

— L'un m'étonne autant que l'autre.

Jasso ne protesta pas. Il n'était pas religieux. Il croyait au pouvoir de l'ambition humaine, pas à l'intervention des dieux et des demi-dieux. Malgré tout, difficile d'ignorer l'impact de la religion et de la mythologie sur les rêves et les aspirations de toutes les civilisations.

— Beau travail, le félicita la présidente en reculant. Merci.

— C'est un honneur, comme toujours, répondit Jasso.

Il éteignit la tablette et s'installa confortablement sur son siège. Il avait sommeil mais voulait savourer encore un peu ce moment. Il ne pouvait ignorer la présence de l'artefact dans sa main. C'était sûrement un effet de son imagination, mais il avait l'impression qu'une infime vibration s'échappait de l'objet, comme d'un diapason. Jasso alluma la lumière au-dessus de sa tête et approcha la relique de son visage.

—Je me demande dans quel métal tu es taillée…

Si elle était d'origine météorique, il s'agissait sûrement de fer, mais elle semblait plus légère. De l'argent ? De l'aluminium ? Du magnésium ? Elle possédait l'aspect de ces métaux, mais sous une forme qui lui était inconnue.

Jasso continua de contempler l'artefact et lui trouva des propriétés presque hypnotiques. C'était un peu comme regarder un gyroscope. On ne le voyait pas bouger et pourtant on savait que c'était le cas.

Ou alors c'est la faute du scotch, se dit-il, brisant le charme.

Il enveloppa de nouveau l'objet, le remit dans la sacoche et retira ses gants. Puis il ferma les yeux et s'endormit rapidement. Il rêva de hautes vagues océaniques qui se précipitaient sur lui avec force, encore et encore. Il aperçut des lumières à travers les brisants, des points orange clignotants qui produisaient des formes étranges et insondables. Mais celles-ci se perdaient dans les vagues avant qu'il puisse les identifier et elles réapparaissaient chaque fois sous une forme différente. Le narguaient-elles ? Elles étaient tellement visibles et pourtant si loin…

Il se réveilla en sursaut lorsqu'une violente secousse agita l'appareil.

—Mettez vos ceintures ! ordonna le pilote par l'Interphone.

À moitié endormi, Jasso trouva la lanière tandis que l'unique hôtesse de l'air traversait la cabine tant bien que mal.

Juste au moment où elle arrivait à la hauteur de Mikel, l'avion piqua du nez, et elle fut projetée à la renverse contre l'un des sièges de l'autre côté de l'allée. Jasso tenta de l'aider, mais il était retenu par sa propre ceinture. Il rattrapa plutôt la sacoche qui venait de glisser. L'hôtesse de l'air se glissa dans un fauteuil et attacha sa ceinture.

Serrant la sacoche contre lui, Mikel perçut de nouveau le faible bourdonnement qu'il avait senti lorsqu'il tenait l'artefact à la main. Il regarda par la fenêtre et constata que l'appareil volait très bas, à environ cent cinquante mètres du sol. L'aube venait de se lever, et le soleil flamboyant l'aveuglait, pourtant ce qu'il vit ne souffrait aucune ambiguïté. Plus d'une dizaine d'albatros volaient droit vers le jet et battaient violemment des ailes pour atteindre sa hauteur. Jasso n'avait jamais vu ces oiseaux voler aussi vite et aussi haut. Il s'apprêtait à en faire la remarque à l'hôtesse de l'air lorsque les oiseaux se mirent brusquement à tomber d'épuisement ou par manque d'oxygène.

Puis le monde lui-même disparut.

L'intérieur du jet, le ciel et les nuages bas furent remplacés par une aveuglante explosion de rouge. Une odeur de plastique brûlé emplit ses narines. Ou était-ce du soufre ? Son haleine pâteuse avait un goût horrible sur sa langue. Son esprit se mit à tournoyer comme une toupie, son corps lui parut se liquéfier, et ses tympans bourdonnèrent. La dernière pensée rationnelle qui traversa son cerveau fut que l'un des oiseaux avait été aspiré par les moteurs et qu'ils allaient s'écraser. Mais les turbines ne gémissaient pas, il n'y avait pas d'appel d'air et il n'y eut pas d'impact…

Non ! hurla-t-il dans son esprit.

— Monsieur Jasso !

On aurait dit que la voix de l'hôtesse de l'air lui parvenait à l'autre bout d'un tunnel.

— Monsieur Jasso ! répéta-t-elle.

On lui secouait les épaules, et sa tête roulait en tous sens tandis qu'il luttait contre le chaos sensoriel qui l'assaillait. L'avion réapparut peu à peu autour de lui au moment où il atterrissait sans douceur sur le tarmac. Jasso entendit rugir les moteurs pour aider l'appareil à freiner et sentit qu'il était collé contre son siège. Il redécouvrit le calme blanc de la cabine devant lui…

L'hôtesse de l'air s'empressa de se détacher.

— Attendez un peu, qui m'a secoué les épaules ?

— Vous allez bien, monsieur Jasso ?

— Pardon ? Oui, oui, je vais bien.

Mais il mentait. Il se sentait nauséeux et pris de panique. Le vinyle de la sacoche lui paraissait chaud, sans doute à force de l'avoir serré si fort contre lui.

—Je vais vous chercher de l'eau, proposa la jeune femme.

—Non, je vais bien. Vous n'avez pas été secouée, vous ? demanda-t-il en commençant à sombrer dans la paranoïa.

—Par quoi ? Les turbulences ?

—Je ne sais pas. Vous n'avez rien entendu ? rien vu ? Même pas les oiseaux ?

—À cette altitude ?

—C'est ce que je me suis dit aussi, marmonna-t-il dans sa barbe.

—Non, reprit-elle tandis que le jet ralentissait puis s'immobilisait. Je ne regardais pas dehors. Peut-être avez-vous vu une formation nuageuse ? À moins que le soleil ne vous ait joué des tours.

—Peut-être.

—Monsieur Jasso, vous semblez pâle. Voulez-vous qu'un docteur nous rejoigne au terminal ?

—Non, ça va aller. C'est juste... du surmenage, sans doute. Ça va passer.

L'hôtesse accepta son explication à contrecœur et se dirigea vers le cockpit. Les moteurs sur le point de s'éteindre vrombissaient doucement. Jasso crut entendre la jeune femme demander s'il y avait des dégâts. Le pilote répondit qu'il allait vérifier l'appareil pendant le ravitaillement mais qu'il ne pensait pas trouver quoi que ce soit. Les moteurs et les ailes paraissaient intacts.

Mais les oiseaux... Ce n'était pas une illusion. On aurait dit qu'ils voulaient se jeter contre l'avion.

Y avait-il quelque chose dans l'artefact qui... ? quelque chose dans la pierre, dans le métal ? Peut-être que cela avait interagi avec des particules dans l'air, avec le système électronique de l'appareil.

Jasso observa la sacoche sur la tablette en face de lui. Elle lui paraissait presque menaçante dans sa banale simplicité. Avec une précipitation soudaine, il ouvrit l'objet et en sortit la relique emmaillotée dans du tissu.

La seule chose qui tremblait, c'était sa main. La pierre, elle, resta parfaitement immobile – et fraîche. Ce qui avait commencé à Port Stanley était apparemment terminé.

Jasso rangea l'objet et fit signe à l'hôtesse de lui servir un deuxième scotch. Puis, par le hublot, il contempla l'aéroport futuriste. Il ressemblait à une soucoupe volante avec sa silhouette de bol blanc plat et inversé, auréolé de rouge dans le soleil levant.

CHAPITRE 11

Le matin se fraya lentement un chemin dans la conscience de Caitlin, d'abord sous forme d'une lumière vive à l'horizon, suivie d'éclats jaune orangé sur la crête des vagues, puis enfin de l'aube elle-même. Caitlin avait rêvé, elle en était certaine, mais elle n'en gardait que de vagues souvenirs. Un ciel noir, des eaux grises. Et du rouge. Il y avait du rouge quelque part.

Elle sortit de son lit et alla réveiller Jacob, qui démarra au quart de tour en parlant sans arrêt de sa dissertation sur les zoos. Il était encore tout excité lorsqu'elle le déposa à une fête d'anniversaire. Caitlin demanda à l'un des parents qui assistaient à la fête s'il pouvait amener Jacob à une deuxième fête prévue ce jour-là (le déluge habituel des anniversaires du samedi), puis se rendit à son bureau pour rattraper le retard qu'elle avait pris dans son travail. Elle laissa un message aux Pawar en leur demandant de la rappeler pour lui donner des nouvelles de Maanik. Mais à midi, elle n'avait toujours pas de réponse, ce qui commença à l'inquiéter. Elle hésita à appeler le docteur Deshpande pour savoir s'il y avait du nouveau, mais elle ne voulait pas le braquer, à cause du secret médical. Elle préféra donc appeler Ben. La veille, elle lui avait envoyé quelques captures d'écran de la vidéo de Maanik après avoir remarqué l'importance des mouvements de ses bras. Mais Ben n'y fit aucune allusion, il se contenta de lui demander de le retrouver pendant sa pause-déjeuner. Les négociations se poursuivaient pendant le week-end, et Ben précisa qu'elle devait le retrouver à l'ONU et non à l'appartement des Pawar.

Ces derniers ne voulaient-ils plus la voir ? Caitlin était désormais réellement inquiète.

On lui donna un passe pour accéder au bureau de Ben, un local à peine plus grand qu'un placard situé au cinquième étage. Son ami était l'ombre de lui-même. Il arborait une expression fermée et ne cessait de frotter l'os sous son oreille gauche, comme il le faisait depuis leur première année de fac chaque fois qu'il était stressé. Il se contenta d'un rapide salut et attrapa sa tablette avant d'entraîner Caitlin hors de son bureau et de l'emmener deux étages plus bas, dans une pièce un peu plus grande équipée d'une table et de deux chaises.

— C'est l'une des salles sécurisées contre toute intrusion électronique, expliqua-t-il. J'ai eu de la chance de l'obtenir.

— Qu'est-ce qui se passe, Ben ? demanda Caitlin, qui commençait à se sentir mal à l'aise.

— Ce n'est pas à propos de Maanik. Enfin, pas exactement.

— Je ne comprends pas.

— À 9 h 15 ce matin, l'ambassadeur a brusquement décrété une pause de trente minutes avant de s'enfermer seul dans son bureau. Il semblait distrait et agité, pas du tout comme à son habitude.

— Avait-il reçu un appel de chez lui ?

Ben secoua la tête.

— Honnêtement, je pense qu'il a simplement craqué à cause de Maanik, du stress lié à la tentative d'assassinat et des exigences de l'Inde et du Pakistan. Je vais te confier un secret : il a eu quelques crises d'angoisse en privé. La pression est insupportable, et la situation a empiré après le départ de l'ambassadeur. La délégation pakistanaise a abandonné toute réserve et commencé à affirmer que c'était là une « maladie diplomatique » qui cachait de noirs desseins.

—Ils veulent juste faire de l'esbroufe, tenta de le rassurer Caitlin, car elle voyait à quel point Ben était angoissé lui aussi.

—Non, l'un des plus radicaux a ouvertement affirmé que l'ambassadeur gagnait du temps pour permettre à l'Inde de déplacer ses civils hors des grandes zones métropolitaines avant une frappe nucléaire. Mais la plupart des membres de la délégation indienne ont pété un câble aussi. Ils croient que l'ambassadeur joue contre eux. Déjà qu'au départ ils n'étaient pas certains qu'il soit de leur côté…

—Ce qui est le cas. Il est partisan d'un autre camp.

—Hein ?

—Le camp du compromis, dit Caitlin.

—Oh, oui, bien sûr. Quoi qu'il en soit, cette pause lui a permis de recouvrer son calme. Je sais qu'il prie dans les moments de stress, et c'est peut-être ce dont il avait besoin. Mais quand les discussions ont repris, c'est comme si on était revenus au même point qu'il y a trois jours. (Ben tambourina nerveusement sur la table.) Caitlin, j'ai peur qu'ils appuient vraiment sur le bouton, cette fois. Je crois que l'envie d'utiliser la bombe est plus forte que leur instinct de survie.

Caitlin posa la main sur l'épaule de son ami en respirant profondément. Ils restèrent assis en silence quelques instants. Puis Ben se ressaisit et alluma sa tablette.

—Je me suis dit qu'il était urgent de donner de bonnes nouvelles à l'ambassadeur à propos de Maanik.

—D'accord…, dit Caitlin en essayant de le suivre, car il sautait d'un sujet à l'autre. Tu penses à quelque chose en particulier ?

Ben ouvrit les captures d'écran que Caitlin lui avait envoyées.

—Tu as raison à propos des mouvements des bras. Si elle s'exprime dans un langage cohérent, alors ils en font partie. Ils jouent peut-être le même rôle que les signes diacritiques de l'hébreu écrit. Certains changent les lettres et donc les mots, d'autres servent de ponctuation et d'autres encore représentent des concepts abstraits comme des nombres.

—Attends, es-tu en train de dire ce que je pense ?

—Oui.

—Quand as-tu étudié la vidéo ? demanda Caitlin.

—Disons que je n'arrivais pas à dormir.

—Pas étonnant que tu aies une tête affreuse.

—Tu t'es regardée ?

Ils se sourirent.

—D'accord, je te suis, reprit Caitlin. Mais les signes diacritiques de l'hébreu sont simples, ce sont juste des lignes.

—C'est vrai. Je ne sais pas encore quel rôle jouent ces gestes. Ce ne sont peut-être que des emphases, mais j'en doute, ils sont trop complexes.

—Pourraient-ils faire partie des mots, comme des préfixes et des suffixes ?

—Peut-être, mais regarde ici.

Ben montra une capture d'écran qu'il avait faite lui-même. Maanik était allongée par terre, la bouche ouverte pour parler, les mains calmement posées de part et d'autre de son corps.

—C'est à ce moment-là qu'elle a prononcé les premiers sons inconnus au milieu de l'anglais. Ses bras étaient immobiles. Les gestes n'ont commencé que lorsque son débit de paroles s'est accéléré.

Il passa à l'une des captures d'écran de Caitlin. Maanik était encore étendue par terre, mais elle avait les mains en l'air. La gauche formait un angle avec son corps, tandis que son bras droit commençait à former une diagonale en travers de sa poitrine.

—Tu vois ? Ça pourrait signifier quelque chose qu'on exprime d'ordinaire grâce aux subtilités du langage corporel.

—Quand tu dis « on », tu la dissocies de nous, comme s'il y avait quelqu'un d'autre dans l'équation.

—Je sais, c'est complètement dingue, confirma Ben en se frottant l'oreille. Mais ses expressions suivent un schéma bien précis. Je n'ai jamais rien vu de tel. Maanik n'improvise pas, Cai. Par contre, ça va être dur d'isoler des mots au sein de ce flot de paroles, puisque c'est à peine si elle s'arrête pour reprendre son souffle. C'est comme quand on entend une langue étrangère. Pour nous, c'est une bouillie incompréhensible qui va trop vite, mais pas pour celui qui parle.

—Et ici, celui qui parle est… quoi, d'après toi ?

—Je n'en ai vraiment aucune idée. J'en ai trop peu vu et entendu sur cette vidéo. C'est peut-être une forme de schizophasie ou de glossolalie…

—Mais les personnes atteintes de schizophasie utilisent des mots connus, et Mme Pawar aurait reconnu une incantation religieuse.

—Je ne dis pas qu'il s'agit de ça, mais de quelque chose qui s'en rapproche. Je ne sais pas. On est en terre inconnue, là. J'ai un programme qui devrait m'aider à transcrire les paroles de Maanik. Je m'y mets ce soir et je te tiens au courant.

Il éteignit sa tablette, se leva et, sans laisser le temps à Caitlin de dire quoi que ce soit, la serra dans ses bras, brièvement mais tout contre lui. Elle s'était demandé pourquoi il l'avait fait venir à l'ONU alors qu'il aurait pu lui dire tout cela en l'appelant par téléphone depuis cette même pièce sécurisée. Mais l'explication était là. Il lui avait demandé de venir pour cette brève étreinte. Caitlin tenta d'imaginer l'effet que cela faisait de rentrer dans un appartement vide jour après jour à la fin de négociations frustrantes. Un brusque sentiment de solitude la submergea.

—Tu sais, ils ont de la chance de t'avoir, lui dit-elle. Tu penses peut-être que le fait d'être traducteur te rend invisible, mais tu te bats pour rester calme et concentré, et je sais que ça fait du bien à tout le monde autour de la table, même s'ils n'en ont pas conscience. Tu fais un boulot formidable.

Ben la relâcha avant que l'un ou l'autre puisse se sentir gêné et la raccompagna vers la sortie sans rien ajouter.

Avant de quitter le bâtiment, Caitlin fit un détour par l'exposition qui se tenait de l'autre côté du hall récemment rénové : *Photographies de Hiroshima et de Nagasaki, 1945-1946.* Les images étaient effroyables. Caitlin eut les larmes aux yeux en voyant les morts ou les blessés qui hurlaient, les brûlures et les cloques, les torses entiers dépourvus de peau, les oreilles qui avaient disparu, les yeux aveugles. Et puis il y avait ces célèbres ombres humaines qui s'étaient imprimées sur les murs au moment de l'éclair atomique.

Comment, comment, comment, se demanda Caitlin, *peut-on regarder ces photos et souhaiter que l'histoire se répète ?* Ces images n'évoquaient pas seulement les bombes nucléaires, elles montraient l'impensable, la douleur et l'horreur de la guerre, quel que soit le conflit, quelle que soit l'époque. C'était un avertissement implicite, affirmant que la prochaine fois serait pire. *Et pourtant, nous voilà en pleine escalade nucléaire.*

À travers ses larmes, elle repéra la photo d'une jeune fille recroquevillée sur le corps de son petit frère mort. Caitlin fut frappée par sa ressemblance avec Maanik. Elle s'essuya les yeux. Une pancarte rappelait que ce lieu était réservé au recueillement. Caitlin vérifia que le garde lui tournait le dos, puis photographia l'image avec son téléphone.

En sortant de l'ONU, elle n'avait qu'une envie, serrer son fils dans ses bras. Mais il était à la deuxième fête d'anniversaire et, lorsqu'elle lui envoya un message pour lui dire qu'elle l'aimait, elle ne reçut pas de réponse. Elle se força donc à retourner s'occuper de la paperasse en retard plutôt que de le rejoindre.

Quatre heures plus tard, elle le récupérait en pleine forme, les yeux brillants et d'humeur câline parce qu'il s'était bourré de sucreries.

Caitlin l'emmena faire du ping-pong. C'était un petit plaisir qu'elle avait envie de lui offrir sans raison particulière mais, au bout d'une demi-heure à peine, elle reçut un coup de téléphone des Pawar. Ils étaient dans son quartier et espéraient lui rendre visite, si elle était disponible.

Alors même qu'elle donnait son accord, elle vit Jacob mettre les poings sur les hanches d'un air de défi. Très observateur, il avait vu la façon dont elle haussait les épaules d'un petit air d'excuses et le regard en coin qui signalait toujours un changement de plan.

— Encore une partie, demanda-t-il par signes lorsqu'elle raccrocha.

Elle secoua la tête en souriant.

— Pour que tu joues le plus lentement possible ?

Il ne put s'empêcher de ricaner, car elle avait vu juste.

— Quinze minutes, lui dit-elle. Et je suis désolée. Je n'interromprais pas la partie si ça n'était pas important.

Il haussa les épaules et servit une balle extrêmement rapide qu'elle ne put rattraper.

— Je ne veux pas m'en aller, signa-t-il. Il va me falloir une compensation.

Caitlin pouffa.

— Où diable as-tu appris à parler comme ça ? demanda-t-elle par signes.

— Dans un livre. Ne change pas de sujet.

— D'accord, qu'est-ce que tu proposes ?

— Une heure de télé en plus.

— Pas question.

— Alors, on commande à dîner.

Il avait répondu si vite qu'elle fut obligée d'en rire. Son fils apprenait à la rouler dans la farine.

— D'accord, répondit-elle, faussement résignée, mais c'est toi qui choisis le restaurant.

— Non, c'est moi !

Puis il éclata de rire en constatant qu'elle l'avait roulé à son tour.

En rentrant chez eux, au détour d'une rue, ils se retrouvèrent dans la lumière du soleil couchant. Brusquement, Caitlin eut de nouveau l'impression d'avoir un poids étrange sur la poitrine, comme si quelqu'un l'épiait, quelqu'un de plus intelligent, de plus vif et plus cruel qu'elle. Elle attrapa la main de Jacob et pressa le pas en regardant autour d'elle à la recherche d'un individu ou de quelque chose, n'importe quoi.

Je me fais des idées, se dit-elle sans conviction. *C'est dû à l'exposition et à Maanik.*

La berline noire garée devant son immeuble en grès rouge attira immédiatement son attention. Un grand blond muni d'une oreillette et portant un plâtre hocha la tête à sa vue, bien qu'elle ne le connaisse pas. Il ouvrit l'une des portières arrière, et l'ambassadeur Pawar en sortit, suivi par sa femme. Véritables icônes de stabilité, de calme et d'élégance en dépit des épreuves qu'ils traversaient, ils attendirent côte à côte près de la voiture.

—Bonjour.

Caitlin leur serra la main, puis leur présenta Jacob, qui les salua en langue des signes. Les Pawar comprirent qu'il était sourd et inclinèrent la tête vers lui en souriant.

—Merci de nous recevoir, dit l'ambassadeur, affable.

—Est-ce que tout va bien ? s'inquiéta Caitlin qui ne voulait pas attendre d'être à l'étage pour poser la question.

Il répondit avec un demi-sourire :

—Nous avons un proverbe qui dit : « *Durlabham hi sadaa sukham.* » On ne peut pas toujours être heureux.

Caitlin lui rendit son sourire.

Elle fit monter Jacob et les Pawar, envoya son fils dans sa chambre pour choisir des menus et fit asseoir ses invités dans le salon. Elle leur proposa du thé, mais ils refusèrent en disant qu'ils ne comptaient rester que quelques minutes.

—Comment s'est passée votre journée ? demanda-t-elle en s'adressant plus particulièrement à l'ambassadeur.

—C'était éprouvant, répondit l'intéressé.

—Et comment va Maanik ? reprit Caitlin en se tournant vers Hansa.

—Il n'y a pas eu d'autres incidents. J'ai expliqué à Kamala ce qu'il fallait faire. Elle nous appellera en cas de crise.

—Je vois, dit Caitlin.

— « Mûres », dit l'ambassadeur à mi-voix. C'est assez perturbant que l'on puisse avoir un tel pouvoir sur une enfant, ou sur n'importe quel être humain, même si je dois avouer qu'une telle méthode pourrait m'être bénéfique dans ma profession.

Caitlin sourit.

— Maanik a accepté le signal, lui rappela sa femme.

— Oui, je n'aurais rien fait sans son consentement, assura Caitlin. Et, croyez-moi, si elle a le sentiment que communiquer est plus important que se calmer, elle peut tout à fait ignorer le signal.

Le couple parut surpris.

— Elle n'est pas sans ressource, alors, commenta l'ambassadeur.

— Effectivement.

— Donc notre vraie fille est simplement enfermée quelque part dans son esprit ?

— D'une certaine façon, c'est le cas de bien des enfants que je suis. Mais, honnêtement, nous ne savons pas encore ce dont souffre Maanik.

Mme Pawar pressa les paumes de ses mains l'une contre l'autre, et l'ambassadeur parut tout à coup chercher ses mots – ou son courage.

— Docteur O'Hara, je sais que notre fille a besoin d'aide, une aide que nous devons continuer de lui fournir le plus discrètement possible. Ce n'est pas facile pour un père de faire passer ses responsabilités avant le bien-être de sa fille. Mais je n'ai pas le choix.

Il hésita. Caitlin sentit qu'il était sur le point de faire un immense acte de foi – ou, dans ce cas précis, qu'il s'apprêtait à choisir la science plutôt que la foi.

— J'aimerais vous demander de continuer à travailler avec Maanik, chez nous, par tous les moyens que vous jugerez nécessaires. Ce n'est pas parce que je peux « éteindre » ma fille, dit-il d'une voix qui manqua de se briser, que je peux prétendre qu'elle est guérie. De toute évidence, ce n'est pas le cas. J'aimerais que vous trouviez la cause de son mal, si c'est possible, et que vous le fassiez chez nous.

—Pensez-vous que le problème soit d'ordre psychologique ? demanda Hansa.

—Par opposition à un traumatisme crânien ? Oui, je le pense. Je n'ai repéré aucune bosse ni aucune plaie, et Maanik n'est sensible ni au bruit, ni à la lumière. Elle n'est ni irritable ni confuse et, de toute évidence, n'a aucun problème d'équilibre. En clair, elle n'a rien qui puisse suggérer même une petite blessure à la tête.

Le couple poussa un soupir soulagé en même temps.

—Alors continuez à la soigner, s'il vous plaît, l'implora Hansa.

Émue, Caitlin prit une grande inspiration pour se calmer.

—Je suis très touchée que vous me le demandiez et je serai ravie de continuer à traiter Maanik. Merci de votre confiance, ajouta-t-elle en leur prenant la main à tous les deux.

—J'ai peur, lui confia Hansa sans lui lâcher la main. Je ne veux pas vous imposer ce fardeau…

—Ce n'est pas du tout un fardeau, la rassura Caitlin en lui serrant doucement la main. Comme je l'ai dit, c'est mon métier. Mais d'abord, j'aimerais faire quelques recherches. Je vous appelle demain.

L'ambassadeur passa son bras autour des épaules de sa femme pour la réconforter. Il adressa un sourire reconnaissant à Caitlin tandis qu'elle les raccompagnait.

Après leur départ, elle commanda un repas indien selon les instructions de Jacob. Puis ils regardèrent la télé. Elle vérifiait ses mails toutes les deux minutes dans l'espoir d'avoir des nouvelles de Ben, mais il n'y avait rien. Elle décida de ne pas l'appeler.

Plus tard ce soir-là, allongée dans son lit, Caitlin se surprit à repenser à l'exposition de photos, à Maanik et à cette jeune Japonaise qui lui ressemblait. Elle posa la main sur le mur et tambourina doucement. Pour la première fois, c'était elle qui initiait ce rituel et non Jacob.

Quelques instants plus tard, il lui répondit. Cela la fit sourire. Alors, comme si un charme avait été rompu, elle s'endormit.

CHAPITRE 12

Marché de la Croix-des-Bossales, Port-au-Prince, Haïti

Le docteur Aaron Basher courait derrière la petite fille de sept ans en protégeant de son bras la trousse de secours qu'il portait en bandoulière. Une fine couche de boue, de nombreux déchets en plastique et le trop-plein des égouts qui débordaient dans la majeure partie de la ville rendaient le sol glissant. Le médecin gardait les yeux fixés sur la gamine qui avançait d'un pas décidé, même si elle portait des claquettes d'homme usées et trop grandes pour elle. Ces chaussures ne la protégeaient en rien de la boue qui maculait un peu plus ses orteils à chaque pas. Elle se retourna en dévoilant son tee-shirt « Lollipop Guild » qui, comme la plupart des vêtements des habitants de Port-au-Prince, avait été refusé par les friperies américaines, trié à Miami et envoyé à Haïti plus ou moins légalement.

— Elle agitait les bras, expliqua la petite, et elle prononçait des mots, des mots qu'on comprend pas. La plupart des femmes ont dit que c'était un esprit, mais d'autres ont dit que non, que c'était le diable. Elle parlait si vite, c'était très important pour elle, elle a même laissé tomber un des téléphones qu'elle nous a montrés !

Une nouvelle vague de puanteur chassa les gaz d'échappement qui saturaient la ville. Aaron se couvrit le nez de sa manche et entendit une femme hurler à proximité. Ce n'était pas un son qu'on entendait le jour, d'habitude, et ça ne ressemblait pas aux cris désespérés qui accompagnaient les attaques et les agressions dont était régulièrement victime la population après le coucher du soleil.

—Et puis elle a commencé à hurler, poursuivit la petite fille en glissant sur les immondices de plus en plus nombreuses et en regardant fièrement le cortège de petits enfants qui les suivaient à présent, curieux de voir ce que l'homme blanc en blouse de médecin allait faire.

Ils atteignirent un terrain dégagé entre les longs étals au toit orange du marché. Comme d'autres espaces du même type, le terrain était presque entièrement rempli de déchets. Ça allait des sacs en plastique pleins de pelures de fruits et de légumes à des carcasses d'animaux en passant par les déjections de ceux qui n'avaient pu accéder à temps aux rares toilettes portables. Tout cela pourrissait sous le soleil tropical de midi. Pourtant, ce furent les hurlements, plus terribles encore que l'odeur, qui retinrent l'attention d'Aaron.

Ils provenaient d'une jeune Haïtienne de moins de vingt ans qui portait un tee-shirt jaune arborant l'inscription « Twerkin' for the Weekend ». Contrairement à bon nombre de ses compatriotes, elle n'était pas maigre à faire peur. Cela signifiait qu'elle mangeait à sa faim et qu'elle ne faisait sans doute pas partie des plus pauvres. Elle se tenait pieds nus dans la boue, les mains légèrement levées comme pour supplier ou se protéger, ou peut-être les deux, et son corps tout entier était rigide. La bouche grande ouverte, elle contemplait le ciel au-dessus des abris.

Personne ne la touchait, mais toutes les femmes qui vendaient de la nourriture sur le marché l'observaient. Aaron entendit le mot « *fou* » revenir encore et encore dans la conversation. Il ne parlait ni le français ni le créole mais comprit qu'elles disaient que la jeune femme souffrait d'un épisode psychotique.

Il posa les mains sur ses bras. Elle refusa de les bouger. Il appuya légèrement ; elle résista. Il la lâcha alors et toucha son visage. Elle ne lui prêta aucune attention, même lorsqu'il tira doucement sur le coin de ses yeux pour tenter de l'obliger à le regarder. Elle ne cessa pas non plus de hurler.

Aaron avait l'habitude du syndrome de stress post-traumatique mais, là, c'était différent. Cela faisait cinq ans qu'il était arrivé à Port-au-Prince, trois semaines après le tremblement de terre dévastateur, et il avait vu des choses qui parfois l'empêchaient de dormir la nuit parce qu'il était trop occupé à vomir. Mais il n'avait jamais connu de cas comme celui-là. Cette jeune femme souffrait d'un traumatisme qui se déroulait *sous ses yeux*. Il n'y avait pourtant pas eu de tempête, et la terre n'avait pas tremblé. Elle ne portait aucune trace de sang sur elle.

Aaron posa sa trousse de secours en équilibre sur un tas de calebasses et fouilla son contenu en se demandant ce qu'il allait bien pouvoir utiliser. Il ne disposait pas, dans son équipement, des puissants sédatifs des pays riches.

En cas de doute, éliminer la douleur, même si sa source n'est pas flagrante. Il remplit une seringue de codéine et enfonça l'aiguille dans le biceps de la jeune femme. Elle n'eut aucune réaction.

Aaron recula pendant quelques instants et, par habitude, jeta un coup d'œil à sa trousse pour s'assurer que personne ne tentait d'y voler quelque chose pour l'utiliser… ou pour le vendre. Mais il s'aperçut que la plupart des enfants rassemblés autour d'eux regardaient un couple qui filmait la jeune femme, chacun avec son smartphone tourné à l'horizontale. La moitié de Haïti possédait désormais des téléphones portables ordinaires, mais les smartphones coûtaient sans doute encore relativement cher. Aaron n'avait pas le temps d'être écœuré. Il se rendit compte tout à coup qu'il entendait de nouveau les bruits de moteurs et de Klaxon en provenance de la route, ainsi que la musique enjouée d'un poste de radio à manivelle tout près de là. La jeune femme avait cessé de crier.

— *C'est la fille avec vous ?* demanda Aaron en français au couple, en se rappelant que, d'après la gamine, la jeune femme avait un téléphone.

— *Non, non,* répondit l'homme avec un accent américain en accompagnant cette dénégation d'un geste de la main, pour bien montrer qu'il n'avait rien à voir avec elle.

Sa compagne rangea son téléphone et tira sur sa manche pour qu'ils s'éloignent. Ils avaient à la main des colifichets achetés sur le marché. Des touristes, sans doute, qui avaient décidé de filmer une fille du coin en pleine détresse. Aaron se demanda ce que les pickpockets leur avaient pris pendant qu'ils se livraient à ce plaisir malsain. Il n'éprouvait pas la moindre pitié pour eux. Ils auraient pu donner quelque chose, proposer un peu d'argent pour soigner la jeune femme.

Il se tourna de nouveau vers elle et vit qu'elle contemplait le ciel. Son attitude avait changé mais n'avait rien de réconfortant. La tête penchée en arrière et la bouche grande ouverte, elle semblait retenir son souffle. Ses bras bougeaient lentement d'avant en arrière et ses mains crispées faisaient penser à des serres. On aurait dit qu'elle voulait également remuer les jambes, mais ses pieds étaient cloués au sol au milieu de l'infâme bouillie d'ordures.

Et maintenant, je fais quoi ? s'angoissa Aaron. Il passa de nouveau en revue le contenu de sa trousse : des bandes, de la gaze, de l'ibuprofène, rien qui puisse l'aider dans ce cas précis.

La foule de commères qui murmuraient entre elles s'écarta. Certaines bougèrent avec empressement, d'autres plus à contrecœur. Quelques-unes firent un signe de croix, tandis que d'autres faisaient claquer leur langue d'un air désapprobateur, une sacrée insulte en Haïti. D'autres encore hochèrent respectueusement la tête à l'intention de la personne qui approchait. Aaron sentit brusquement une odeur de cigare qui réussit, par il ne savait quel miracle, à surmonter la puanteur des ordures.

— Mambo, dit quelqu'un, présentant ainsi la femme qui émergea de la foule.

La prêtresse vaudou dévisagea le médecin américain d'un air dédaigneux.

Elle devait avoir dans les cinquante ans et ne portait pas un vieux tee-shirt publicitaire, mais une blouse ivoire élimée à manches courtes, une jupe qui avait dû être rose pâle et un mince foulard blanc noué autour de ses cheveux. Elle avait les hanches et les coudes saillants à cause de la malnutrition, et des pommettes marquées qu'on lui aurait enviées dans un autre monde. Elle examina la jeune femme de ses yeux durs et farouches.

Sois respectueux, se dit Aaron en s'écartant pour lui faire de la place.

—Cette fille est en train de se noyer, déclara la mambo dans un anglais limpide.

Aaron en resta sans voix.

—Je ne comprends pas, réussit-il à dire au bout de quelques instants.

—Vous feriez bien de vous dépêcher, insista la mambo. Elle a de l'eau salée glacée dans la poitrine.

Elle porta son cigare à ses lèvres tout en dévisageant le médecin.

Celui-ci s'arracha à la contemplation de la prêtresse pour regarder la jeune femme. La position de ses bras et de son cou, sa bouche ouverte, les gestes qu'elle mimait avec les mains... Oui, si elle avait été dans l'eau, on aurait pu croire qu'elle tentait de remonter à la surface. L'esprit cartésien d'Aaron s'opposa violemment à cette idée, mais... Dieu, les lèvres de la fille bleuissaient, et ses oreilles aussi. Elle tremblait de tous ses membres, et ses gestes ralentissaient.

Elle souffre d'hypothermie. En Haïti.

Aaron fit signe à plusieurs marchandes de déplacer des choux et des cannes à sucre pour dégager le drap sur lequel ils étaient disposés. Il sortit deux paquets de sa trousse et les ouvrit. Dès que l'espace fut libéré, il glissa les mains sous les aisselles de la jeune femme et la traîna le plus doucement possible avant de l'allonger sur le drap. Du premier paquet déchiré, il sortit une couverture de secours argentée qu'il étendit sur sa patiente pour lui tenir chaud sous le soleil brûlant. Puis il vérifia si ses voies respiratoires n'étaient pas obstruées. Mais il n'y avait rien. Aaron jeta un coup d'œil désespéré à la mambo qui fumait son cigare, puis entama un massage cardiaque. Il s'efforça d'ignorer son cerveau qui exigeait de savoir ce qu'il fabriquait.

Au bout de cinq compressions, il sortit un morceau de plastique du deuxième paquet et le posa sur la bouche de sa patiente pour éviter de la contaminer avec de possibles microbes. Puis il se pencha pour souffler de l'air dans ses poumons. À sa grande stupéfaction, il constata qu'elle avait les lèvres chaudes. Il recula en doutant brusquement de lui, mais sa bouche était bleue, impossible de s'y méprendre. Il lui donna donc de l'oxygène, puis recommença à masser son cœur. Une, deux, trois, quatre, cinq fois, puis inhaler, souffler, masser…

Brusquement, un spasme secoua le corps de la jeune femme qui se mit à tousser violemment. S'ils avaient été sur une plage, près d'une piscine ou au fond d'un bateau, un jet d'eau serait sorti de sa bouche. En l'occurrence, elle ne recracha rien, et pourtant, quand elle se rallongea, elle avait la toux rauque de quelqu'un qui, encore quelques secondes auparavant, était en train de se noyer.

— Bonté divine, murmura Aaron avant de regarder la mambo d'un air à la fois impressionné et perplexe. Merci.

Elle fit tomber la cendre de son cigare parmi les immondices.

— *Se bon ki se ra*, répondit-elle. La bonté, c'est rare.

Puis elle tourna les talons et s'enfonça au sein de la foule, qui se referma derrière elle.

Deuxième partie

CHAPITRE 13

Caitlin sacrifia son dimanche matin avec Jacob à l'un de ses copains d'école avec lequel il devait préparer un devoir de science. Bien décidée à ne pas travailler, elle se retrouva sur le canapé devant la télévision – et le visage de l'ambassadeur Pawar cerné par les micros des journalistes. Tôt ce matin-là, la délégation indienne au grand complet avait quitté l'ONU. Quelques minutes plus tard, la délégation pakistanaise avait fait de même. Les négociations avaient échoué.

L'ambassadeur se réfugia derrière sa façade de diplomate en lisant une déclaration : « Cela ne veut absolument pas dire que ces deux pays ont pris leur décision finale. Nous faisons simplement une pause avant de prochaines discussions. »

Caitlin espérait qu'il existait un fond de vérité dans ces paroles. Mais l'ambassadeur avait la mâchoire crispée, une expression qu'elle ne lui avait vue que lorsqu'il parlait de l'état de Maanik. La fin des négociations avait été provoquée par un problème autrement plus sérieux que la fatigue des parties en présence. Caitlin envisagea d'appeler Ben, dont elle n'avait plus de nouvelles depuis qu'ils avaient parlé de la vidéo.

Au même moment, son téléphone se mit à vibrer. *Quand on parle du loup…* C'était un SMS de Ben, mais il n'y avait pas de message, juste le lien d'une vidéo. Son auteur l'avait postée sous le titre *Haïti, c'est dingue*, avec un émoticône qui clignait de l'œil. Caitlin cliqua sur le lien et laissa échapper une exclamation de stupeur en voyant apparaître une jeune Haïtienne, les yeux levés vers le ciel, la main gauche formant un angle avec son corps, le bras droit en travers de la poitrine. C'était exactement la posture de Maanik pendant sa transe.

Le dos parcouru de frissons glacés, Caitlin regarda la vidéo dans son intégralité. Le discours incompréhensible, désormais familier, était difficilement audible. La psychiatre crut reconnaître deux autres gestes. Puis la jeune fille se mit à hurler, et l'enregistrement prit fin quelques minutes plus tard. Caitlin le visionna aussitôt une deuxième fois, en se penchant sur son téléphone.

Mais qu'est-ce qui se passe, à la fin ? se demanda-t-elle. Deux jeunes femmes qui n'avaient aucun point commun, que ce soit d'un point de vue géographique ou culturel, présentaient les mêmes symptômes physio-psychologiques ? S'il existait un déclencheur, il fallait absolument l'identifier. Si de nouvelles informations pouvaient aider Maanik, Caitlin devait les obtenir.

Juste au moment où elle prit conscience du silence derrière elle dans le coin salle à manger, elle entendit quelqu'un taper d'un coup sec sur la table. Elle leva les yeux et vit que les deux garçons la regardaient d'un air inquiet. Même s'il portait ses appareils auditifs, Jacob avait tapé sur la table pour attirer son attention.

— Maman, tu vas bien ? demanda-t-il à voix haute et par signes.

— Oui, tout va bien, répondit-elle avec les mains.

— Qui est-ce qui crie comme ça ?

Caitlin se rendit compte qu'elle aurait dû couper le son du téléphone pendant qu'elle regardait la vidéo.

— Une jeune fille. Une patiente, ajouta-t-elle en contournant la vérité.

— Tu vas l'aider ?

— Si elle veut bien, acquiesça Caitlin par signes.

Ce n'était pas un mensonge. Elle avait bien l'intention de rencontrer cette jeune fille, même si pour cela elle devait prendre un vol pour Haïti le soir même. Caitlin tapota l'épaule de son fils et s'éloigna vers sa chambre. Derrière elle, Jacob tapa de nouveau sur la table.

— Tu pars bientôt ? demanda-t-il par signes, avec un soupir.

Elle ne put s'empêcher de rire.

— Frappe avant d'entrer dans ma tête, chéri.

Il rit à son tour.

— C'est ce que j'ai fait !

Puis il retourna travailler avec son camarade. Il savait qu'il n'avait pas le droit de l'interroger à propos de ses « gamins », comme il les avait appelés un jour.

Le téléphone de Caitlin vibra dans sa main. Ce nouveau message lui donnait le nom d'une jeune femme, Gaëlle Anglade, avec une adresse à Jacmel, Haïti, et un numéro de téléphone international. Il y avait aussi un mot de Ben :

> Le bureau du développement pour la jeunesse à l'ONU dit qu'elle va bien. Elle a été transportée à l'hôpital qui l'a laissée sortir en moins d'une heure. Elle parle anglais.

Cette dernière phrase était un véritable encouragement. Ben connaissait trop bien Caitlin. Elle s'assit sur son lit, prit une profonde inspiration et composa le numéro de téléphone.

— Bonjour, vous êtes bien chez les bateaux de pêche Anglade, fit une voix de femme jeune.

— Bonjour, est-ce que je pourrais parler à Gaëlle Anglade ?

— C'est moi-même.

Caitlin ne s'y attendait pas. Son interlocutrice s'exprimait calmement, elle veilla à faire de même.

— Bonjour Gaëlle, je suis le docteur Caitlin O'Hara et j'appelle de New York. Auriez-vous une minute à m'accorder ?

Il y eut une brève hésitation.

—Vous avez besoin d'un bateau ?

—C'est très tentant, mais peut-être une autre fois, pouffa Caitlin. Gaëlle, je pense que ce qui vous est arrivé hier sur le marché s'est également produit chez l'une de mes patientes.

Gaëlle garda le silence pendant si longtemps que Caitlin se demanda si elle avait raccroché.

—Vous êtes une amie du docteur Basher ? demanda enfin la jeune femme d'une voix prudente et lourde de méfiance.

—Je ne le connais pas.

—Alors… vous avez vu la vidéo ?

—Oui, reconnut Caitlin. C'est une terrible violation de votre vie privée, et j'en suis désolée. J'aimerais vous aider.

Il y eut un nouveau silence.

—Comment ?

Ce n'était pas vraiment une question, plutôt un défi.

—Ma patiente a vécu plusieurs épisodes de cette nature. Je traite ses symptômes, mais j'en cherche encore la cause. En parler avec vous m'aiderait beaucoup. (Caitlin hésita.) Je suis inquiète pour vous comme pour elle. Cela m'intéresserait de savoir si vous avez eu d'autres crises, comme ma patiente.

—Je ne suis pas possédée, affirma Gaëlle, qui semblait mal à l'aise.

—Bien sûr que non ! s'empressa de répondre Caitlin. Évidemment.

Elle était parfaitement consciente des difficultés que devait rencontrer la jeune femme à cause de sa culture. En Haïti, les frictions entre catholiques, protestants et adeptes du vaudou n'étaient pas rares.

Caitlin entendit Gaëlle s'adresser en créole haïtien à un interlocuteur masculin derrière elle. Quand elle reprit l'appel, elle demanda à Caitlin de répéter son nom lentement et lui déclara qu'elle allait faire une recherche sur Internet.

Caitlin épela son nom et entendit la jeune femme taper sur un clavier.

—Vous habitez Jacmel ?

—Oui.

—Puis-je vous demander ce que vous faisiez à Port-au-Prince hier ?

—J'apprends aux femmes du marché à utiliser un smartphone. C'est à la fois un programme d'alphabétisation et de technologie.

—Vous travaillez pour une compagnie téléphonique ?

—Non, pour ma belle-mère. Elle emmène les gens pêcher. Je fais aussi des études d'infirmière. J'aimerais travailler dans le social, alors je suis bénévole pour des programmes d'entraide. J'ai trouvé votre site Web, docteur. (Sa voix monta dans les aigus.) Vous êtes psychiatre.

—C'est exact. Je travaille avec de jeunes adultes.

—Vous croyez que je suis malade. Mentalement ?

—Pas du tout, je pense que vous faites une réaction à quelque chose…

—Comme une allergie ? Aux cacahouètes ? On n'a pas d'allergie alimentaire en Haïti, expliqua Gaëlle avec dégoût. On n'en a pas les moyens.

—Je ne pense pas que ce soit un virus digestif ou présent dans l'air, répondit Caitlin comme si elle s'adressait à un collègue. Il s'agit d'autre chose.

—Je vois.

—J'aimerais découvrir de quoi il s'agit. Gaëlle, puis-je venir vous voir ? Vous seriez libre demain ?

Elle entendit la jeune femme dire « pas bon, pas bon » en créole, mais elle ignorait si ça s'adressait à elle ou à l'homme en arrière-plan.

—Gaëlle ? insista Caitlin, qui ne voulait pas qu'elle raccroche.

—Non, merci, répondit la jeune femme, sur la défensive. J'ai passé un scanner hier, à Port-au-Prince. Je n'ai rien. Tout va bien, c'est du passé.

—Gaëlle, ma patiente a subi de multiples crises cette semaine. Le passé s'invite parfois dans le présent. J'ai peur que ce qui vous est arrivé sur le marché ne se reproduise. Je veux juste m'assurer que cela ne sera pas le cas. C'est pourquoi je suis prête à prendre l'avion pour venir vous rendre visite.

La jeune femme ne répondit pas. Caitlin patienta.

—Je ne suis pas malade, répéta Gaëlle. Mais je veux être une bonne infirmière. Je veux vous aider à soigner votre patiente.

Ce fut seulement lorsqu'elle recommença à respirer que Caitlin se rendit compte qu'elle retenait son souffle.

—Merci. C'est tout ce que je vous demande. Vous acceptez de me rencontrer, alors ?

—Oui.

CHAPITRE 14

Gaëlle et Caitlin convinrent d'une heure et d'un lieu de rendez-vous le lendemain. Puis Caitlin appela ses parents à Long Island, et son père accepta de venir en ville pour s'occuper de Jacob. Ensuite, elle réserva en ligne un vol qui partait pour Haïti tôt le lendemain matin avec un retour le soir même. Elle réserva également les différents taxis dont elle aurait besoin, puis s'occupa de la dernière chose qui lui manquait : un guide qui soit aussi son interprète. L'idée d'appeler Ben ou même l'ambassadeur Pawar ne l'effleura même pas, car elle savait que la plupart des Haïtiens détestaient les Nations unies. Ils étaient convaincus que l'un de leurs camps de réfugiés avait introduit le choléra dans le pays pour la première fois depuis un siècle. Des milliers de gens étaient morts, et un procès contre l'ONU se frayait péniblement un chemin au sein du système judiciaire new-yorkais.

Caitlin appela Sharon Tanaka à l'Organisation mondiale de la santé. Sharon n'accordait pas facilement des budgets, mais elle possédait un sacré carnet d'adresses. Elle accepta de contacter quelqu'un qui retrouverait Caitlin le lendemain dans un hôtel de Port-au-Prince avant de l'emmener à Jacmel.

Lorsque tous les détails logistiques furent réglés, Caitlin alla chercher, en haut de son armoire, le sac qu'elle gardait pour ce genre d'urgence. Au passage, sans le faire exprès, elle donna un coup dans le mur.

De l'autre côté, Jacob tapa doucement en retour, comme pour lui dire de se détendre.

Elle lui répondit, un peu calmée. Le sentiment d'urgence ne l'avait pas quittée mais, au moins maintenant, elle avait un but.

Caitlin s'éveilla d'un sommeil sans rêves juste avant l'aube, une demi-heure avant que son réveil ne sonne. Elle entreprit de décaler tous ses rendez-vous. Le docteur Anita Carter était disponible, si l'un de ses jeunes patients avait une urgence. Caitlin envoya à Mme Pawar un mail comportant le lien de la vidéo de Haïti et expliquant pourquoi elle se rendait sur place. Elle ajouta que si Maanik expérimentait une nouvelle crise et que le signal ne parvenait pas à la calmer, il faudrait essayer de lui administrer un sédatif au cours de l'une des phases où elle parlait beaucoup, à supposer que les événements se déroulent comme les fois précédentes. Caitlin conclut en promettant de changer son billet de retour si nécessaire.

Elle prit également le temps de vérifier les informations en ligne avant le réveil de Jacob. Les gros titres s'affichaient en caractères gras, laids et menaçants. Les troupes indiennes et pakistanaises se massaient au bord de la ligne de contrôle entre l'État de Jammu-et-Cachemire indien et l'Azad Cachemire pakistanais, ainsi qu'à proximité du Point zéro, qui se situait entre les États indiens du Gujarat et du Rajasthan et la province pakistanaise du Sind. Les reporters étaient brutalement honnêtes, les éditoriaux suppliants et les visages sur les photos exprimaient la peur sous toutes ses nuances, qu'il s'agisse de citoyens, de soldats ou de politiciens.

Il suffirait d'une étincelle pour embraser ces frontières, songea Caitlin. Pas forcément des tirs là-bas, mais un mot mal choisi ici. Les Pawar feraient de leur mieux pour protéger Maanik et la tenir à l'écart de ces nouvelles, mais nul ne pouvait dire à quel point, inconsciemment, elle percevait l'angoisse de son père. Cela affectait forcément son état. Comment pourrait-il en être autrement ?

Jacob se faufila derrière Caitlin et l'entoura de ses bras. Elle se retourna et l'embrassa sur le front.

— Bonjour, mon chéri, lui dit-elle par signes.

— Je suis un zombie, répondit-il en faisant une grimace.

— Alors va nous préparer de la cervelle pour le petit déjeuner.

Jacob accueillit cette tentative d'humour par un grognement et se rendit dans la cuisine en traînant les pieds.

Joseph Patrick O'Hara arriva peu avant 7 heures. C'était un homme de haute taille avec une crinière de cheveux blancs et des yeux presque toujours enjoués. Jacob quitta la table du petit déjeuner pour lui faire un câlin tandis que Caitlin l'embrassait sur la joue.

— Merci papa, lui dit-elle. Je suis contente de te voir.

— C'est toujours un plaisir, répondit-il en ébouriffant les cheveux de Jacob.

Telle était, à peu de chose près, la teneur de leurs conversations chaque fois qu'il venait de Long Island pour s'occuper de Jacob. Elle était toujours en retard, il sous-estimait toujours l'ampleur du trafic, et ils finissaient par n'échanger que deux mots tandis qu'elle se précipitait dehors. Son père la serra rapidement contre lui avant de la laisser rejoindre le chauffeur qui l'attendait.

— Je vous aime tous les deux ! s'écria-t-elle sur le pas de la porte. Jacob, tu peux te coucher plus tard, mais pas de jeux vidéo, d'Internet ou de zombies après huit heures et demie. À mardi !

Caitlin passa la majeure partie des quatre heures de vol sur sa tablette pour répondre à des mails de patients et de collègues. Elle se rendit aussi sur le site de l'ONU, dans la partie développement pour la jeunesse. Les administrateurs avaient été les premiers à remarquer la vidéo de Gaëlle Anglade sur YouTube. On ne signalait aucun autre incident de ce genre, mais Caitlin ne pouvait s'empêcher de penser à ce jeune homme en Iran qui s'était exprimé dans une langue incompréhensible avant de s'immoler par le feu. Personne ne faisait état de gestes étranges dans son cas, mais peut-être… peut-être tirait-elle des conclusions hâtives. Tant qu'elle ne serait pas en face de Gaëlle, elle ne saurait même pas si son cas avait un lien avec celui de Maanik.

L'aéroport de Port-au-Prince était très moderne, et la navette qui la conduisit à l'hôtel dans Pétion-Ville, un quartier riche du sud de la capitale, ressemblait à une bulle parfumée dotée d'air conditionné. Caitlin ne verrait la « vraie » Haïti que lorsqu'elle sortirait de ce quartier.

La réceptionniste de l'hôtel lui conseilla d'aller attendre dans la partie couverte de la cour, près de la piscine. Elle lui expliqua que c'était là que les clients retrouvaient leurs guides.

Les tables et les chaises en osier se trouvaient plongées dans l'ombre, contrastant avec le soleil aveuglant qui brillait à l'extérieur. Caitlin regarda autour d'elle et vit se lever un homme blanc qui lui parut vaguement familier. Il portait une blouse de médecin et tenait compagnie à deux Haïtiens qui semblaient vêtus pour les marchés de Port-au-Prince plutôt qu'un hôtel de Pétion-Ville. Le duo resta assis à une table à l'écart du soleil tandis que l'homme blanc se portait à la rencontre de Caitlin.

—Je m'appelle Aaron Basher, dit-il en lui tendant la main.

Caitlin reconnut alors le docteur qui avait soigné Gaëlle dans la vidéo. Elle se présenta à son tour.

—Sharon Tanaka m'a demandé, ou plutôt elle a insisté pour que je vous emmène à Jacmel, expliqua Aaron.

—Ça lui ressemble bien, répondit Caitlin en souriant.

Elle le suivit jusqu'à sa table sans l'interroger à propos de ses compagnons. Il les lui présenterait le moment venu.

—Vous venez du New Jersey ? devina-t-elle à son accent.

—De West Orange, confirma Aaron. Allez les Jets, ajouta-t-il comme s'il s'agissait d'une mauvaise plaisanterie.

Il est vrai qu'un stade de foot doté de loges luxueuses était aux antipodes de Haïti.

Ils arrivèrent à hauteur de ses compagnons, étrangement immobiles sur leur siège en osier.

—Docteur O'Hara, j'aimerais vous présenter Mme mambo Langlois, dit Aaron en désignant une Haïtienne très maigre au port altier.

Il accentua subtilement le mot « mambo » en s'inclinant légèrement devant l'intéressée. Caitlin l'imita, car, de toute évidence, Aaron espérait qu'elle savait ce qu'était une mambo ou qu'elle remarquerait la déférence dont il faisait preuve. Elle s'inclina légèrement à son tour et remercia la femme d'avoir accompagné Aaron. L'étrangère ne se leva pas plus de sa chaise qu'elle n'ouvrit la bouche, mais elle tendit la main à Caitlin. Celle-ci la lui serra, prenant cette poignée de main comme une espèce de compliment de la part d'une haute prêtresse vaudou.

—Et voici le houngan Enock Capois, le fils de la madame.

Âgé d'une trentaine d'années, le prêtre vaudou avait hérité des pommettes saisissantes de sa mère. Il portait des lunettes de soleil à effet miroir ainsi qu'une bague de femme ancienne à la main droite. Au premier abord, cela parut bizarre à Caitlin, puis elle se souvint que l'or et les émeraudes devaient avoir une grande valeur dans ce pays, pauvre parmi les plus pauvres. Ce fut à peine si le houngan lui serra la main. Son dédain était évident.

—Allez, c'est parti pour Jacmel, annonça Aaron avec une gaieté forcée.

Le prêtre et la prêtresse se levèrent et sortirent les premiers. Aaron réussit à voler quelques instants en tête à tête avec Caitlin, le temps de récupérer sa petite valise.

—Ils attendaient devant chez moi ce matin, expliqua-t-il dans un murmure.

—Ça arrive souvent ?

Il secoua la tête.

—On dirait qu'ils « savent des choses ». C'est sûrement dû aux commérages.

— Ils parlent anglais ?

Aaron acquiesça.

Puis ils se retrouvèrent de nouveau à portée de voix et s'entassèrent dans le Land Cruiser blanc à cinq portes qu'Aaron avait emprunté. Enock Capois s'appropria le siège passager, si bien que Caitlin se retrouva assise à l'arrière, à côté de la prêtresse. Elle ravala un sourire. L'idée qu'ils respectent ainsi une hiérarchie bien établie semblait presque désuète, mais sa place lui paraissait préférable, de toute façon.

Aaron lança le véhicule tout-terrain à l'assaut des collines qui s'élevaient à l'extérieur de Pétion-Ville. Il emprunta la route 101 partant de Port-au-Prince en direction du sud. Cette route à deux voies au revêtement tout à fait correct était bordée de caniveaux pavés et parfois de murs en béton. Une végétation d'un vert foncé brillant cascadait sur les côtés, avec en toile de fond des palmiers et un ciel bleu sans nuages qui semblait aussi plat et tendu que la peau d'un tambour. Cependant, moins de dix minutes après leur départ, ils commencèrent à croiser des piétons qui marchaient le long de la route en portant des bidons, des sacs en plastique, des ballots en toile bleue et des pneus de voiture. S'il existait un signe universel de pauvreté, c'était bien celui-là, ces adultes et ces enfants qui recyclaient, réutilisaient ou revendaient des objets qui leur offriraient à peine un repas.

La mère et le fils ne paraissant pas d'humeur bavarde, Caitlin décida qu'il n'y avait pas de mal à interroger Aaron à propos de la crise de Gaëlle sur le marché. C'était, après tout, la raison de sa visite.

Aaron lui raconta son incroyable histoire (la noyade sur la terre ferme, la réanimation, Gaëlle qui recrachait de l'air plutôt que de l'eau) sans émettre de jugement, ce que Caitlin apprécia.

— Gaëlle m'a dit qu'on lui a fait passer un scanner ?

— Oui.

— J'ai été étonnée qu'elle puisse y avoir accès si facilement.

—Je l'ai fait entrer en douce, expliqua Aaron avec franchise. Généralement, on a besoin de l'appareil le samedi soir ou le dimanche. Le week-end, les gangs cassent les lampadaires qui fonctionnent grâce à des panneaux solaires afin de pouvoir agir dans le noir. C'est à ce moment-là qu'on a le plus de traumas crâniens.

—Les gens sont en colère, intervint Mme Langlois.

—Quelles gens ? demanda Caitlin en se tournant vers elle.

—Tous. Vous savez comment s'appelle le marché où la vidéo a été tournée ? La Croix-des-Bossales.

—Le marché aux esclaves, traduisit Aaron.

—On garde ce nom pour ne pas oublier. Quelqu'un veut toujours devenir le nouveau maître.

Son fils leva la main et inclina le rétroviseur d'Aaron de manière à pouvoir regarder Caitlin sans tourner la tête.

—Vous êtes psychiatre ? demanda-t-il avec un accent plus prononcé que sa mère, mais tout aussi raffiné.

—Oui.

—Moi aussi, je suis allé à l'université. Est-ce que vous apprenez aux gens à ne pas avoir peur du monde ?

—D'une certaine façon. Je les aide à voir que…

—C'est ce que vous allez dire à cette jeune Haïtienne ?

—Je ne le saurai pas tant que…

—La nature complote contre Haïti. Les gouvernements mondiaux et notre passé aussi. Cette fille n'a pas un brillant avenir devant elle.

—Il marque un point, marmonna Aaron.

—Est-ce pour cela qu'elle est si agitée ? demanda Caitlin en jetant un coup d'œil à la mère du jeune homme. Est-ce que quelqu'un ou quelque chose l'a choisie pour exprimer la douleur de Haïti ?

Elle était restée volontairement vague dans l'espoir de leur soutirer quelques éléments de réponse. Aaron parut se crisper. Le « quelque chose » ouvrait la porte aux dieux et aux démons, les personnifications de plusieurs siècles de peur.

Enock ne mordit pas à l'hameçon. Il se contenta d'un claquement de langue méprisant. Aaron garda les yeux rivés sur la route à lacets et les piétons.

Ce fut la prêtresse qui brisa le court silence :

—J'ai entendu dire que le docteur Basher avait soigné des blessures au couteau après les bagarres du Groupe Zéro avant-hier soir.

Enock cessa brusquement de s'intéresser à Caitlin pour inonder Aaron de questions à propos des victimes, parmi lesquelles figuraient apparemment certains de ses amis. Aaron rectifia discrètement l'inclinaison de son rétroviseur et répondit que les blessures n'étaient pas mortelles. Au passage, il lança un rapide regard à Caitlin pour lui recommander la prudence.

Tandis qu'Enock digérait les informations sur ses amis, sa mère tourna la tête vers la vitre à côté d'elle.

—Vous savez que le vaudou est actuellement illégal en Haïti ? demanda-t-elle à Caitlin sans la regarder.

—Je le croyais protégé par la Constitution.

—La nouvelle Constitution adoptée l'année dernière n'inclut pas cette protection.

—Je suis désolée. La liberté de culte ne devrait pas être une option.

—On nous attaque à cause de nos danses, de nos rites. Des prêtresses vaudou ont été lapidées.

—Je l'ignorais.

—Vous comprenez bien qu'au vu de la pression que nous subissons, nous sommes… prudents.

Caitlin hocha la tête. Cette femme ne lui présentait pas d'excuses, elle expliquait simplement sa réserve.

—Nous sommes des gens fiers aussi, ajouta-t-elle.

—Je comprends, et croyez bien que je me fais sincèrement du souci pour Gaëlle, assura Caitlin. Je n'émets aucun jugement.

—Mais vous ne croyez pas aux démons.

—Je ne crois pas aux étiquettes.

La madame acquiesça et se tourna de nouveau vers la fenêtre. Il y avait moins de maisons le long de la route désormais, et la plupart n'étaient que des cabanes. Le sommet arrondi des collines déboisées au cours du siècle précédent paraissait nu et aride.

—Puis-je vous demander si vous, vous croyez aux esprits ? demanda Caitlin en repensant aux paroles de Gaëlle et en formulant soigneusement sa question.

Sa compagne ne répondit pas. Le regard méfiant d'Aaron dans le rétroviseur apprit à Caitlin que la réponse était positive.

La psychiatre poursuivit respectueusement sur le même sujet :

—Que voyez-vous quand vous regardez dehors ? Est-ce juste un paysage pour vous, ou voyez-vous davantage ?

La prêtresse ouvrit son sac, en sortit un cigare, l'alluma et fuma en silence pendant quelques instants. Puis elle répondit :

—En Afrique, les éléphants entendent les bruits de pas de leurs congénères à des centaines de kilomètres de distance. Ils ont dans la tête une carte de leurs terres bien plus précise que les nôtres. Les pigeons aussi. Comme beaucoup d'autres oiseaux et animaux.

—La communication subsonique, approuva Caitlin en mélangeant l'univers de la science et celui de la magie.

—Les humains aussi en sont capables, reprit sa compagne entre deux ronds de fumée. Mais on ne s'en sert pas.

—Mais vous, oui ?

Dans le rétroviseur, Aaron fronça les sourcils.

—Je ne vois que mon pays fatigué, répondit-elle. C'est tout.

Cette fois, le silence se prolongea. Caitlin se laissa glisser dans un état méditatif en laissant les mouvements de la voiture la bercer. *Observe et lâche prise, inspire et expire.* Mais elle espérait que des réponses, ou tout au moins les bonnes questions, finiraient par émerger des profondeurs de son esprit. Le tourment de Maanik – et maintenant celui de Gaëlle – n'était jamais bien loin de ses pensées.

Une heure plus tard, ils parvinrent au sommet d'une colline et découvrirent la mer des Caraïbes qui scintillait en contrebas. La côte méridionale, parsemée de plages, semblait rafraîchir le souffle fatigué de Haïti. Les investisseurs étrangers découvraient peu à peu ces plages, ce qui représentait à la fois une bénédiction et une malédiction pour les gens du coin. Jacmel possédait déjà plusieurs centres de villégiature, et l'un d'eux était d'une blancheur agressive. Ses propriétaires avaient certainement voulu obtenir un effet gai et brillant mais, aux yeux d'un peuple qui construisait presque tout en béton gris, cette peinture était une insulte. Cependant, l'argent des touristes finançait des repas et des études. Les locaux des bateaux de pêche Anglade se situaient derrière les minces colonnes d'une maison vert pâle dans le style de La Nouvelle-Orléans. Ils n'auraient pas existé sans les vacanciers, et Gaëlle n'aurait pas pu se payer des études d'infirmière.

La porte des locaux était ouverte, et Caitlin, qui entra la première, vit Gaëlle se lever derrière son bureau pour accueillir leur petit groupe. La première chose que nota la psychiatre, ce furent les cernes autour de ses yeux noisette. Cette jeune femme ne dormait pas bien. Les cheveux tressés et remontés en chignon, elle portait un chemisier jaune pâle. Le bureau était à son image, propre et bien rangé. L'organisation y était aussi soignée que dans le poste des infirmières d'un hôpital. Et Gaëlle semblait résolue, presque brusque.

Elle ne parut pas particulièrement ravie de voir le docteur Basher ou la famille vaudou, mais elle les accueillit poliment et leur serra la main. Une femme d'âge mûr, étonnamment grande et musclée, au visage ridé et aux yeux inquiets, sortit d'une pièce à l'arrière des locaux. Gaëlle la présenta comme sa belle-mère, Marie-Jeanne. Celle-ci se montra cordiale avec les Haïtiens, un peu moins avec les deux Américains. Caitlin demanda à voir Gaëlle en tête à tête dans le petit jardin derrière les locaux. Marie-Jeanne accepta de tenir l'accueil pendant quelques minutes, et Aaron emmena la madame et son fils prendre un café un peu plus loin. Ils s'en allèrent sans protester, la femme en haussant les épaules comme pour dire qu'un café gratuit, ça ne se refusait pas.

Gaëlle était polie mais nerveuse. De toute évidence, elle n'avait aucune envie de perdre son temps en bavardages inutiles. Caitlin lui posa quelques questions simples sur les antécédents médicaux de sa famille et nota ses réponses dans un petit carnet.

—Je tiens à vous faire comprendre, poursuivit-elle, que vous n'avez pas à vous sentir gênée ou humiliée à propos de cette conversation.

—Je ne suis pas responsable de ce qui s'est passé, répliqua froidement Gaëlle. De quoi devrais-je avoir honte ?

—Je ne parlais pas de l'incident mais de mes questions, expliqua Caitlin.

Gaëlle parut embarrassée d'être ainsi sur la défensive et se radoucit un peu.

—Je vous en prie, posez-moi les questions nécessaires pour aider votre patiente.

—Merci. Vous dites que votre mère est morte quelques mois après votre naissance. Vous avez été élevée par votre père ?

—Jusqu'à mes seize ans, il y a quatre ans. Maintenant, il vit en République dominicaine. Il travaille dans un hôtel.

—Pourquoi est-il parti ?

—Les salaires sont meilleurs là-bas. Je l'ai encouragé à partir.

Caitlin sourit, ce qui n'eut aucun effet sur son interlocutrice.

—Le docteur Basher vous a-t-il expliqué ce qui vous est arrivé sur le marché ? Vous a-t-il dit que vous aviez tous les symptômes de la noyade et de l'hypothermie ?

Gaëlle acquiesça.

—Avez-vous déjà failli vous noyer ?

—Non.

—Vous arrive-t-il d'accompagner votre belle-mère sur le bateau de pêche ?

—Rarement. J'ai mon travail et mes études, et pas beaucoup de temps libre.

—Vous arrive-t-il d'aller nager dans l'océan ?

—Encore une fois, j'ai peu de temps libre.

—Et quand vous étiez enfant? insista Caitlin. Est-ce qu'il aurait pu vous arriver quelque chose à cette époque-là ?

—Docteur O'Hara, je viens d'une ville de montagne où il fallait marcher chaque jour pendant une heure pour aller chercher notre eau. On a emménagé ici en 2012. Une ONG a proposé de financer des entreprises de pêche pour les Haïtiens.

—Vous étiez donc à l'intérieur des terres lors du tremblement de 2010 ?

—Oui. J'étais loin du tsunami qui a frappé Jacmel. Je n'ai vu que des arbres tomber et des cabanes s'effondrer sur leurs occupants.

Elle se tut en pinçant les lèvres.

—Gaëlle, est-ce qu'il vous est arrivé quelque chose récemment, quelque chose qui vous aurait perturbée ?

Caitlin pensait à Maanik et à la tentative d'assassinat.

—La vie n'est pas facile ici. C'est perturbant.

—Je comprends, mais je pensais plutôt à un événement en particulier, quelque chose qui vous aurait effrayée.

Gaëlle prit le temps de réfléchir. Mais à voir son air pincé, elle ne fouillait pas dans sa mémoire, elle se demandait plutôt ce qu'elle pouvait partager avec la psychiatre.

—Il y a des gangs qui viennent de Port-au-Prince la nuit, expliqua-t-elle. On se réfugie à l'intérieur pour éviter les piqûres d'insectes, mais les autres prédateurs, ils savent où nous trouver.

Caitlin sentit monter en elle une vague d'angoisse en imaginant ce que cela devait faire d'avoir peur de se promener en ville le soir.

—Vous a-t-on fait du mal ?

Gaëlle secoua brusquement la tête.

—Vous a-t-on menacée ?

— Ils touchent, ils poussent, ils empoignent, répondit la jeune femme avec du dégoût dans la voix. Parfois trop. Ce n'est pas nouveau. Je vais bien.

Mais, de toute évidence, Gaëlle n'allait pas bien, et Caitlin avait mal pour elle, tout en se reprochant sa propre impuissance. Toutefois, la psychiatre en elle reconnut que cette conversation ne menait nulle part. Pire, Gaëlle était en train de se fermer comme une huître. Il fallait tenter une approche plus directe.

— Gaëlle, avez-vous déjà entendu parler d'hypnose thérapeutique ? Il s'agit de vous mettre en transe pour accéder à votre subconscient.

— Un peu. J'ai fait des recherches sur la psychiatrie hier soir sur Internet.

— Pourquoi ?

— J'aime bien savoir des choses, répondit-elle, évasive.

— Moi aussi, dit Caitlin en souriant.

La jeune Haïtienne resta de marbre. Elle refusait qu'un lien se crée entre elles.

— Gaëlle, j'utilise cette technique avec ma patiente. J'aimerais beaucoup essayer avec vous.

Avant même de poser la question, Caitlin savait déjà que Gaëlle allait refuser. La jeune femme se battait pour garder le contrôle de sa vie dans un pays qui ne lui en offrait guère. Un emploi du temps et un esprit structurés étaient les deux seules choses qui lui offraient un semblant de sécurité.

— Avant de me donner votre réponse, s'empressa d'ajouter Caitlin, je tiens à vous dire que je ne vous demande pas ça à la légère. S'il existait un autre moyen d'identifier la cause de votre crise, je vous le proposerais. En l'occurrence, il s'agit de médecine psychiatrique d'urgence.

Gaëlle la dévisagea en posant son menton dans sa main.

— Vous croyez que j'ai une maladie mentale ?

— Je vous l'ai dit au téléphone, je ne crois pas, non, affirma Caitlin avec conviction.

Gaëlle la dévisagea encore un peu, puis se leva.

—Je vais en parler avec ma belle-mère. Revenez dans une demi-heure, s'il vous plaît.

CHAPITRE 15

Caitlin passa cette demi-heure à regarder les vagues s'échouer sur la plage. Quand elle était petite, elle adorait se rendre à Coney Island ou à Jones Beach. À l'époque, l'océan représentait une aventure. Désormais, c'était un mystère. Caitlin n'avait pas oublié son rêve, et cette vague noire qui déferlait sur elle.

Est-ce là l'ultime paradoxe de la vie, le fait que l'univers se complique quand on vieillit ?

Oui, décida-t-elle en jetant un dernier regard admiratif à la mer tout en époussetant le sable de ses fesses. Elle contempla l'un des nombreux grains au bout de son index.

— Tu étais là avant nous, lui dit-elle.

Elle ne se débarrassa pas du sable restant, préférant le garder sur elle comme une seconde peau, et retourna vers la maison vert pâle. En laissant la fraîcheur de l'océan derrière elle, elle commença à transpirer sous son chemisier. La chaleur dépassait les 32 °C, ce qui était typique d'un mois d'octobre en Haïti. L'obscurité et les vents qui souffleraient plus fort en provenance de la mer des Caraïbes apporteraient un peu de répit dans la soirée mais, au même moment, les moustiques et les puces feraient leur apparition. L'univers avait un sens de l'humour cruel.

Une dizaine de personnes étaient rassemblées dans la rue près des locaux Anglade, mais pas trop près de la véranda. Toutes d'origine haïtienne, elles étaient plus ou moins réparties en deux groupes, celles qui contemplaient la maison en silence et celles qui parlaient entre elles. Apparemment, tout ce petit monde avait appris que les Anglade avaient des visiteurs, mais était-ce Caitlin ou la famille vaudou venue de la capitale qui attirait leur attention ? Dès que l'une d'elles aperçut la psychiatre, toutes les têtes se tournèrent vers elle et la regardèrent approcher dans un silence glacial. Il n'y avait aucun sourire, juste des regards méfiants et des mentons levés comme pour se protéger.

Un homme qui portait le col blanc d'un prêtre s'adressa à elle en français ou en créole. Caitlin répondit seulement : « Excusez-moi. » Il continua de parler, mais elle ne ralentit pas pour autant. Ce n'était pas le moment d'engager la conversation.

La porte des locaux Anglade était ouverte, comme le voulait la coutume sous les tropiques. Mme Langlois, son fils et Aaron étaient revenus avant Caitlin. Le houngan Enock parlait à Marie-Jeanne avec ferveur ; il s'interrompit à l'arrivée de Caitlin. Perchée sur un siège dans un coin, la prêtresse tenait son sac en toile bleue sur ses genoux avec toute la patience du monde. Aaron téléphonait depuis son portable dans la pièce voisine du bureau. Il parlait avec quelqu'un de la clinique et tenait à la main une bouteille d'eau de deux litres.

Caitlin nota que Gaëlle était assise derrière son bureau, comme si elle cherchait à maintenir un semblant de normalité dans cette journée. Du thé au jasmin refroidissait dans une tasse pendant que la jeune femme dessinait sur un petit bloc-notes. Caitlin se pencha pour regarder de plus près. Elle découvrit des symboles en forme de croissant qui constituaient des triangles. Regroupés tous ensemble, ces triangles en formaient un autre, plus grand. Ce dessin ne disait rien à Caitlin, mais elle n'eut pas le loisir de l'examiner plus longtemps, car Gaëlle mit le carnet de côté et posa une brochure dessus. Elle semblait de nouveau sur la défensive, et Caitlin jugea qu'il valait mieux ne pas l'interroger à propos de son dessin.

—Est-ce que tout va bien ? lui demanda-t-elle.

Gaëlle acquiesça.

—Avez-vous eu le temps de réfléchir par vous-même ? (Caitlin ne mit aucune emphase sur les trois derniers mots, mais le sens de sa phrase était clair.) C'est votre décision, ajouta-t-elle.

Gaëlle secoua la tête. Elle était sur le point de répondre lorsque le houngan Enock l'interrompit :

—Nous n'aimons pas la solitude, en Haïti, docteur.

—Qu'entendez-vous par là ? demanda Caitlin en se rendant compte qu'elle était de plus en plus sur la défensive, elle aussi.

—Simplement ce que je viens de dire. Nous sommes là pour l'aider à prendre cette décision importante.

Tout d'un coup, le brouhaha en provenance de la rue augmenta. Caitlin regarda par la fenêtre et vit que les gens rassemblés dehors étaient plus nombreux et plus énervés.

—Vous avez effectivement ramené beaucoup de monde pour « l'aider », remarqua-t-elle calmement.

Gaëlle lui adressa l'ombre d'un sourire. *Le courant passe enfin*, se dit la psychiatre.

La belle-mère de Gaëlle dit quelque chose en créole. La jeune femme traduisit pour Caitlin :

—Elle vous demande de ne pas en vouloir à nos visiteurs. Depuis que la vidéo s'est retrouvée sur Internet, beaucoup d'inconnus viennent nous voir. Certains sont haïtiens, d'autres blancs.

—Vous ont-ils dit ou fait quelque chose, Gaëlle ? s'inquiéta Caitlin.

—Ils ne font que parler, répondit la jeune femme d'un air malheureux. Ce n'est pas grave.

—Si, ça l'est. Vous ne devriez pas avoir à supporter ça. (Prudemment, Caitlin avança sa main sur le bureau en direction de Gaëlle.) Je vous en prie, laissez-moi vous aider.

—Pour que ces gens l'ennuient encore plus ? la défia Enock.

—Pour mettre fin à une crise si jamais vous deviez en subir une autre.

Gaëlle regarda Caitlin, puis son bureau, et secoua lentement la tête.

—Je dois refuser, docteur.

—Mais pourquoi ?

La belle-mère de Gaëlle prononça quelques mots rapides et fit le geste de couper quelque chose avec sa main. Gaëlle traduisit, bien que cela ne soit pas nécessaire :

—Notre décision est prise.

Enock sourit et se percha sur le coin du bureau entre la jeune femme et Caitlin. Il se mit à sortir des petites boîtes et des sachets de son sac en plastique. La psychiatre tenta d'attirer l'attention de la prêtresse, mais celle-ci regardait son fils d'un air impassible.

Caitlin s'écarta. Ce qui allait suivre devenait évident.

—Gaëlle, est-ce votre souhait d'obtenir de l'aide par le biais d'une cérémonie vaudou ? demanda-t-elle.

Brusquement, plusieurs voix dans la rue se lancèrent dans un chant chrétien. Marie-Jeanne et Enock commencèrent à parler en créole, mais Gaëlle leur coupa la parole à tous les deux :

—Non, c'est moi qui vais y aller.

Elle se leva et se dirigea vers la porte avec une élégance innée. Par la fenêtre, Caitlin la vit parler avec le prêtre catholique. Il ne semblait pas spécialement important pour elle, mais elle se montrait respectueuse et pas du tout intimidée. Les gens qui entouraient le prêtre lui lancèrent des regards méfiants.

Appuyé contre le chambranle de la porte de la pièce voisine, Aaron s'adressa à Caitlin :

—Les gens sont sur les nerfs.

—Visiblement.

—Ce n'est pas seulement à cause de Gaëlle. Début novembre, il y a toujours un gros pic de violence à Port-au-Prince. Ce sont les jours saints du calendrier vaudou. Les pilleurs de tombes profanent le territoire vaudou, jettent des pierres sur les prêtres et les prêtresses, ce genre de choses. Parfois, il y a même des émeutes, même si, à mon avis, c'est surtout lié à toute la pauvreté qu'il y a ici.

Caitlin comprit immédiatement où il voulait en venir : la moindre étincelle suffirait à déclencher la fureur de cette foule, surtout si elle croyait que quelqu'un était possédé. Voilà pourquoi Gaëlle avait été si prompte à le nier quand elles en avaient discuté au téléphone.

— Et puis, il y a les préjugés des Blancs, renchérit sèchement Enock. Ils viennent nous dire qu'on est des sauvages, mais ils ignorent tout de notre foi. Les gens apeurés répandent des mensonges éhontés. Ils disent que le vaudou est responsable du tremblement de terre. Ils disent qu'on marchande avec les démons. Mais on ne trempe pas dans cette magie noire ! s'écria-t-il en regardant Caitlin d'un air accusateur.

— Je n'ai jamais dit une chose pareille, répliqua la psychiatre.

— Vos questions dans la voiture étaient… hautaines.

— Je n'avais pas l'intention de…

— Non, évidemment. Vous, les Blancs, vous êtes tous pareils ! (Avec colère, il désigna la foule et le prêtre.) Vous manipulez la vérité avec arrogance, c'est là une magie plus noire que la nôtre ! (Il posa violemment un bocal de poudre rouge à côté de lui.) Nous contemplons la réalité dans toute sa profondeur. Vous vous contentez de la déformer.

— Comment ? voulut savoir Caitlin en essayant de rester concentrée et compréhensive.

— Vous la morcelez et vous étudiez les morceaux au lieu du tout. Ce n'est pas un remède ! C'est… (Il chercha le mot juste.) C'est ce que vous appelez une dissection. Une autopsie.

Caitlin commençait à s'irriter malgré elle. Mais elle se garda bien de répondre.

— D'après ce que j'en sais, dit Aaron à la cantonade, le vaudou permet aux gens de se réunir, de raconter leurs problèmes, de partager de la nourriture et de danser. Ça leur permet de sentir qu'ils sont importants, qu'ils font partie de quelque chose de plus grand.

—Votre explication, c'est comme la surface de la mer, se renfrogna Enock en mimant le mouvement des vagues avec ses mains. C'est ce que l'homme blanc voit.

—Vous m'avez mal compris, rétorqua Aaron. Je crois que toutes ces choses sont essentielles pour notre âme.

—Je vous le dis : vous ne savez rien, ricana Enock. Aucun de vous deux !

—Alors expliquez-nous, on ne demande qu'à apprendre ! protesta Caitlin.

Marie-Jeanne dit à Enock quelque chose qui le coupa dans son élan. Il hésita, puis traduisit ses paroles à Caitlin :

—Elle dit qu'elle sait ce qui a provoqué le *fou* de Gaëlle sur le marché.

Toutes les têtes se tournèrent vers Marie-Jeanne qui se massait le front en regardant le plafond. Enock continua de traduire :

—Vous n'avez pas besoin d'hypnotiser Gaëlle. Elle vous le racontera. Il y a trois jours, un touriste est tombé du bateau de Marie-Jeanne. Celle-ci a plongé et a réussi à le sauver, mais elle a failli se noyer. Quand Gaëlle l'a appris, elle était bouleversée.

Caitlin ne fit aucun commentaire, mais elle avait l'impression d'avoir été heurtée en pleine poitrine par l'une des vagues qui venaient s'échouer sur le rivage. Il ne pouvait s'agir d'une coïncidence.

Dans la rue, les voix se lancèrent dans une nouvelle hymne. Caitlin regarda par la fenêtre et vit qu'il y avait à présent entre trente-cinq et quarante personnes devant la maison. Gaëlle tourna le dos au prêtre et rentra dans les locaux en fronçant les sourcils.

—Parfois, ils se conduisent comme des enfants. Ils ne cessent de se disputer à propos de choses qui ne les regardent pas.

Caitlin entendit mais n'écouta pas vraiment les paroles de Gaëlle, car elle pensait encore à ce qu'Enock avait traduit.

— Gaëlle, il faut que je vous parle. Au départ, je suis venue pour aider ma patiente de New York, pour apprendre…

— Non ! dit la jeune femme, catégorique, avant même de s'asseoir. C'est terminé. Pas de confession, pas d'hypnose, rien du tout. Je ne suis pas malade, et j'en ai assez de ces bêtises !

— Vous avez parfaitement raison, répondit Caitlin, qui venait d'avoir une inspiration. (Elle devait convaincre Gaëlle en lui montrant ce qui était en jeu.) Ce n'est pas une maladie. C'est une espèce d'agression.

Elle sortit son téléphone et fit défiler ses documents.

— Qu'est-ce que vous dites ?

— Tenez, laissez-moi vous montrer…

Caitlin retrouva la célèbre photo de la jeune fille de Hiroshima et la montra à Gaëlle. La compassion et la peur se peignirent sur le visage de la jeune Haïtienne.

— Qui est-ce ?

— Une jeune fille qui venait juste de survivre à l'explosion d'une bombe nucléaire. Cette expression sur son visage et l'intensité de sa souffrance correspondent en tout point à ce que j'ai vu chez ma patiente à New York. Et je crois que c'est ce que vous avez vécu, vous aussi.

Enock, Aaron et Marie-Jeanne regardèrent tous par-dessus l'épaule de Gaëlle. Pendant un instant, Caitlin crut que la jeune femme allait se mettre à pleurer. Elle tendit le téléphone à sa belle-mère et lui parla en créole.

Enock se leva alors d'un air péremptoire.

— Vous ne faites que la manipuler. La compassion n'est pas une révélation, pas plus qu'une action. Je vais vous montrer les deux.

Il saisit le petit bocal qu'il avait violemment posé sur la table un peu plus tôt, puis déplaça deux chaises pour libérer de l'espace. Il ferma ensuite la porte de la véranda. Comme si elle savait ce qui allait suivre, la foule dans la rue réagit aussitôt en scandant son mécontentement.

Mais qu'allait-il se passer ? Caitlin avait l'impression d'avoir fait des progrès avec Gaëlle, mais ce silence était-il l'unique réponse de la jeune femme ? Allait-elle se soumettre à Enock ?

Le houngan ouvrit le bocal et traça une longue ligne sur le sol avec la poudre qu'il contenait. Caitlin perçut une odeur très faible mais familière : il s'agissait de poivre de Cayenne. Enock termina la première ligne et entreprit d'en tracer une deuxième, perpendiculaire à l'autre.

Caitlin s'apprêtait à aller parler à Aaron quand Mme Langlois se leva, lui tendit son sac en toile bleue et posa son regard farouche sur son fils. Elle s'adressa sèchement à lui en créole. Il lui répondit comme s'il se défendait. Caitlin crut reconnaître le mot « papa » et interrogea Aaron à ce sujet.

—Papa Legba est le *loa* qui garde la porte entre notre monde et le leur, chuchota le médecin à son oreille. Aucun esprit ne peut traverser sans son accord.

—Je ne comprends pas, répondit-elle sur le même ton. Enock essayait-il de le contacter ?

—Je l'ignore, avoua Aaron.

La prêtresse se dirigea d'un air décidé vers la pièce voisine et ordonna à son fils de la suivre. Enock arborait une expression maussade, mais il la suivit en bousculant Aaron au passage. Laissant la porte ouverte, ils se disputèrent violemment en créole. Gaëlle parut légèrement soulagée.

—Qu'est-ce qui ne va pas ? demanda Caitlin.

—Il allait tracer le symbole de l'esprit du Papa sur le sol, expliqua la jeune femme. Son *veve.*

—Pourquoi Mme Langlois l'en a-t-elle empêché ?

—Ça se fait avec de la farine ou de la semoule de maïs, pas du poivre. Elle lui demande comment ça se fait qu'il ait du poivre de Cayenne en si grande quantité. Ça coûte cher. Il lui répond que c'est plus puissant. (Gaëlle se tut et tendit l'oreille.) Elle dit que le pouvoir vient de l'invocateur, pas de la poudre. Le poivre va l'affaiblir… (Elle chercha le bon mot.) Le rendre négligent.

En dépit de la gravité de l'instant, Caitlin ne put s'empêcher de sourire. Cela ressemblait à n'importe quelle querelle familiale dans n'importe quel coin du monde.

— Vous avez du cran, lui dit Aaron.

Caitlin haussa les sourcils d'un air étonné.

— Vous tenez le sac d'une prêtresse vaudou, lui fit-il remarquer.

Captivée par le débat dans la pièce voisine, Caitlin en avait effectivement oublié le sac. Par la porte ouverte, elle vit la mère saisir la main de son fils, celle portant la bague, puis la repousser d'un air dédaigneux. Caitlin se demanda si cette querelle rendrait Gaëlle moins sensible aux arguments du houngan. Peut-être que la prêtresse allait lui accorder un peu plus de marge de manœuvre.

Brusquement, la psychiatre baissa les yeux en direction du sac de toile bleue. Elle l'avait senti bouger. C'était un mouvement infime mais bien réel. Il se reproduisit d'ailleurs, un peu plus fort cette fois. Caitlin serra le sac pour ne pas le lâcher.

— Madame, souffla-t-elle.

L'interpellée contempla Caitlin, évalua la situation d'un seul regard et revint immédiatement dans la pièce. Enock la suivit, mais elle pointa un doigt dans sa direction et lui intima de s'asseoir sur la chaise la plus proche. Puis elle récupéra le sac et le soupesa doucement, deux fois, comme un maraîcher estimerait le poids d'un sac de raisins.

— Très intéressant, murmura-t-elle à Caitlin. Damballa est présent dans ta vie.

Caitlin ne savait qui ou ce qu'était « Damballa », mais elle n'avait pas du tout envie de poser la question. Elle demeura parfaitement immobile.

— Il protège les affaiblis, poursuivit la prêtresse. C'est pourquoi je l'ai amené.

Caitlin nota qu'elle n'avait pas dit « les faibles » mais « les affaiblis ». La distinction était intéressante. La mambo posa son sac sur le bureau de Gaëlle et l'ouvrit. Lentement, à deux mains, elle en sortit une pochette parfaitement blanche qui ressemblait à la taie d'oreiller d'un hôtel. Son extrémité était nouée, rabattue et maintenue par des rubans blancs.

—Enock, dit la madame.

Son fils se leva rapidement, regarda autour de lui et s'empara de la bouteille dans laquelle Aaron avait bu. Il prit la soucoupe sous la tasse de thé froid de Gaëlle et y versa quelques mesures d'eau. Puis il la posa près de sa mère et retourna s'asseoir.

Tandis que Mme Langlois défaisait les rubans blancs, Caitlin sentit l'étau glacé de la peur se refermer sur sa gorge et sur son cœur.

—La peur, c'est le respect, commenta la madame comme si sa voix venait de loin.

Elle ouvrit la taie d'oreiller. Lentement, presque amoureusement, elle en sortit un serpent enroulé sur lui-même.

Caitlin ne respirait presque plus.

—Le serpent souffre, lui annonça la madame. (Elle se pencha vers le reptile.) Damballa te remercie pour ton sacrifice.

Caitlin était incapable de détacher son regard du serpent. Il n'était pas très gros, doté d'écailles d'un gris ardoise tachetées de points cuivrés comme un léopard. D'après l'un des devoirs de Jacob, le serpent ne s'enroulait ainsi sur lui-même que lorsqu'il avait très peur. Caitlin vit un infime tremblement parcourir la peau de l'animal. Était-ce cela qu'elle avait senti à travers le sac ? Mais celui-ci était trop épais… La madame approcha le serpent de l'eau, mais l'animal ne bougea absolument pas, pas plus qu'il ne sortit sa langue fourchue pour sentir son environnement.

—Pourquoi est-ce qu'il réagit comme ça ? demanda Caitlin. Est-ce que vous le torturez ?

—Ces mains minuscules ne peuvent lui faire du mal. Il fait le travail de Damballa.

Lentement, presque furtivement, Mme Langlois se rapprocha de Gaëlle. Celle-ci pleurait en silence et recula quand le serpent fut près d'elle. Brusquement, du liquide rouge suinta des yeux, des narines et de la gueule du serpent avant de dégouliner au sol. Un flot de bile remonta dans la gorge de Caitlin. Elle se souvint que certains serpents saignaient par tous leurs orifices en présence d'un prédateur. Ce reptile avait peur, et plus particulièrement de Gaëlle.

Caitlin repensa aussitôt au comportement de Jack London.

La prêtresse s'écarta de la jeune femme, mais le serpent continua de saigner. Elle désigna la main gauche de Caitlin.

— Posez le bout de vos doigts sur lui.

— Moi ? protesta Caitlin, mortifiée.

— Oui, vous qui savez tant de choses.

Non sans hésitation, Caitlin leva la main et vit que sa paume était couverte de sueur. Elle envisagea de gagner du temps en posant quelques-unes des innombrables questions qu'elle avait à l'esprit mais, finalement, avec prudence et de manière presque irrésistible, elle posa l'extrémité de ses doigts sur l'anneau du serpent le plus proche d'elle…

Brusquement, elle bascula à la renverse, et le monde vira au rouge. Elle suffoquait sous d'épais nuages de soufre. Elle tenta de reprendre son souffle pour hurler, en vain. Tous les muscles de son corps étaient tendus et noués, comme si elle était devenue le serpent. Et puis, elle sentait des *présences.* C'était la seule façon dont son cerveau parvenait à les décrire. Des ombres, des spectres, éphémères mais bien *présents.*

Des gens ? Des robes agitées par le vent ? Des éclats rouges, le feu et les éclairs, qui illuminaient des flèches rocheuses, pâles et acérées.

Tout bascula alors en tournoyant, des cercles au sein d'autres cercles. Au centre se trouvait un visage terrible aux yeux immenses. Sa bouche énorme grimaçait en un horrible sourire. Caitlin leva le bras droit pour se protéger et, en un instant, les robes et le vent, le feu et la roche, tout parut percuter son bras et jaillir de sa main…

Gaëlle heurta violemment le mur à l'autre bout de la pièce. Avait-elle été projetée ? Brusquement, Caitlin put voir de nouveau. Elle découvrit la jeune Haïtienne contre le mur, le corps parcouru de spasmes. Elle agitait les bras en criant des mots incompréhensibles. Puis elle se mit à hurler, encore et encore.

Marie-Jeanne poussa un cri et se précipita pour prendre sa fille dans ses bras. Aaron la suivit en tentant de soutenir la tête de la jeune femme.

—Arrêtez ! cria-t-il à la prêtresse.

À l'extérieur, un chorus de voix s'éleva. Certaines poussaient des exclamations de colère, d'autres chantaient avec désespoir. Parmi la foule, quelques courageux frappèrent violemment à la porte. Caitlin regarda derrière elle les visages pressés contre la vitre. Puis ses yeux se posèrent sur la prêtresse. La vieille femme étouffait.

Presque inconsciemment, Caitlin se précipita vers elle. Elle posa la main sur sa nuque. La vieille femme était glacée et avait la chair de poule du cou jusqu'aux épaules. Chose incroyable, elle tenait encore le serpent dans sa main droite. Caitlin introduisit ses doigts dans la bouche de la femme et palpa à la recherche d'un élément qui obstruerait ses voies respiratoires, mais il n'y avait rien. Puis, brusquement, la prêtresse inspira à pleins poumons et toussa pour s'éclaircir la gorge. Elle hocha la tête pour remercier Caitlin, comme si ce genre de choses lui arrivait tous les jours. Puis elle s'agenouilla et se pencha sur Gaëlle. Tout en tenant fermement le serpent de la main droite, elle posa la gauche sur la cheville de la jeune fille. Une violente secousse parcourut le corps de la vieille femme, mais elle ne lâcha pas le serpent pour autant.

Alors, brusquement, la crise prit fin.

Gaëlle échappa à toutes les mains qui se tendaient vers elle et se recroquevilla contre le mur en pleurant. Quelqu'un ouvrit la porte d'entrée à la volée et se précipita dans la pièce. C'était le prêtre. Il ne toucha pas Gaëlle et ne pria pas au-dessus d'elle. Il se contenta de lui parler à voix basse en la protégeant des regards de ceux qui rôdaient dehors devant les locaux.

Une demi-heure plus tard, le calme revint chez les bateaux de pêche Anglade, mais ce ne fut pas sans mal. Une échauffourée épique avait eu lieu entre la foule et deux policiers, et une autre entre le prêtre catholique, Marie-Jeanne, Enock et Aaron, qui ne parvenaient pas à se mettre d'accord sur les soins à donner à Gaëlle. Même la prêtresse avait élevé la voix avec indignation, avant de s'allier à Caitlin. Ensemble, elles étaient physiquement intervenues pour emmener Gaëlle dans la pièce adjacente. Caitlin installa la jeune femme sur un lit de fortune qu'elle prépara avec des coussins étanches destinés à la navigation.

Tandis que Gaëlle passait des larmes à l'épuisement, la prêtresse revint dans la pièce pour remettre le serpent dans sa taie d'oreiller et le poser sur une étagère où Gaëlle ne le verrait plus. Caitlin caressa les cheveux et le front de la jeune femme et lui essuya les joues jusqu'à ce qu'elle s'endorme.

—Il va la protéger, annonça la vieille dame en désignant le serpent, puis Gaëlle.

Caitlin acquiesça. Elle ne comprenait pas ce qui s'était passé ni le rôle qu'avait joué le serpent, mais il lui était impossible de nier que des forces puissantes étaient à l'œuvre. Elle avait fait de nombreux cauchemars après sa rencontre avec Maanik, et ils étaient aussi effroyables que la vision qu'elle avait eue ici. Quel que soit l'agent responsable de ces crises, il était assez résistant pour sauter d'un subconscient à l'autre.

Pour l'heure, Caitlin n'avait qu'une envie, se rouler en boule et dormir elle aussi. Cette impulsion était due non seulement à la fatigue, mais aussi à la peur. Elle souhaitait juste faire comme si rien de tout cela n'était arrivé. Mais dormir était impossible, que ce soit d'un point de vue logistique ou pragmatique. Dès qu'elle fermait les yeux, le souvenir de ce visage dément revenait la hanter.

—Vous êtes bien, lui dit Mme Langlois.

Caitlin ne savait pas si cela signifiait qu'elle était en bonne santé, ou simplement une bonne personne. Quoi qu'il en soit, elle la remercia.

—J'ai mauvaise conscience pour le serpent, lui dit Caitlin en la regardant droit dans les yeux.

La prêtresse hocha la tête.

—Moi aussi. Il existe d'autres solutions.

—Sont-elles dangereuses ? pour Gaëlle ou le serpent ?

—Non. Je vais fabriquer un *wanga*, ce que vous appelez un fétiche. Il fera le travail du serpent. Je vais m'en occuper aujourd'hui.

Caitlin acquiesça. Qu'il s'agisse des dieux du foyer dans l'ancienne Égypte, des totems amérindiens ou des icônes chrétiennes, elle avait toujours compris pourquoi les gens pensaient que des objets inanimés possédaient un grand pouvoir. Leurs croyances modifiaient leur état d'esprit et leurs actes et influaient sur leur état physique à la manière d'un effet *placebo*. Mais peut-être que le phénomène ne se limitait pas à cela. Elle avait senti le pouvoir derrière le serpent et vu la prêtresse se battre avant de réussir à le dominer. Si elle arrivait à canaliser ce pouvoir dans un objet…

Mais tu ne crois pas à tout ça, protesta son côté rationnel. *Les serpents n'interceptent aucune énergie, pas plus que les grenouilles ne donnent des pustules. Et les yeux de triton réduits en poudre n'ont jamais fait en sorte que quelqu'un tombe amoureux. Cette femme serrait cette pauvre bête et l'étranglait. C'est cette comédie qui a fait réagir Gaëlle, et qui t'a fait réagir, toi. Le pouvoir de suggestion, voilà ce que c'est. Tu as revécu ton cauchemar parce que tu étais dans un état affaibli et réceptif.*

Peut-être, répondit Caitlin à son cerveau. *Peut-être pas.*

Timidement, elle demanda :

—Est-ce qu'un objet inanimé peut supporter autant de… Qu'est-ce que c'était, au juste ? De l'énergie ? De la douleur ?

—Ce ne sera pas facile, admit Mme Langlois, avant de sourire, de façon inattendue, malgré la fatigue qui se lisait sur son visage. Je vais rester ici avec elle. Et s'il le faut, j'en prendrai une partie. C'est ma responsabilité, ajouta-t-elle en haussant les épaules. C'est mon boulot.

Caitlin sourit, ferma les yeux et appuya la tête contre le mur. Au-dehors, elle entendait des gens, des touristes sans doute, poser des questions dans un méli-mélo de plusieurs langues. Ils semblaient aussi perdus qu'elle, car elle n'était plus certaine que d'une seule chose : comme l'univers lui-même, ce mystère continuait de prendre de l'ampleur.

— Docteur, dit Mme Langlois.

Caitlin ouvrit les yeux et la vit arracher une feuille d'un petit bloc-notes. Elle la lui tendit. C'était le dessin de Gaëlle avec les croissants et les triangles.

— Prenez-le, ordonna-t-elle. Ce n'est pas du vaudou.

Chapitre 16

Caitlin se réveilla en sursaut dans l'avion.

Le bourdonnement des moteurs juste de l'autre côté du hublot eut sur elle un effet apaisant tandis qu'elle émergeait doucement de…

De quoi, au juste ?

Le visage cauchemardesque de sa vision en Haïti avait investi son esprit avec une férocité et un mépris surprenants. Caitlin avait rêvé d'une scène rassurante et familière où elle nourrissait le poisson de Jacob pendant que son fils dormait chez un copain. Puis cette horrible *chose* était apparue avec son affreux rictus et son regard mort, comme si cette vision lui avait marqué le cerveau au fer rouge.

Le vol du soir de Haïti à New York était presque vide, si bien qu'elle avait toute l'intimité qu'elle souhaitait dans le noir. Caitlin avait beau prendre l'avion fréquemment, elle n'aimait pas vraiment ça. Elle aurait préféré qu'il existe un moyen de voler en dehors de l'appareil afin d'avoir une vue dégagée sur le ciel et de respirer l'air frais, plutôt que ce truc conditionné. Elle s'installa sur le côté et posa les pieds sur le siège voisin, avant de se rouler en boule comme l'avait fait Gaëlle contre le mur.

Le souffle court, Caitlin tremblait comme sous une attaque de panique. Elle avait l'impression de porter un épais manteau d'hiver qui lui serrait la gorge. Elle essaya de tapoter du bout des doigts le côté de ses orbites et de se masser le sternum avec les jointures pour libérer ses voies respiratoires. Aucune de ces deux techniques ne fonctionna. Elle avait l'impression d'être au bord des larmes. Mais elle s'était trop souvent querellée en pleine rue avec des compagnons, des collègues, des dizaines de chauffeurs de taxi ou encore Jacob qui, quand il était petit, ne manquait pas de piquer des crises dans des restaurants. Depuis dix ans, Caitlin était gênée à l'idée de manifester une quelconque émotion en public.

Elle tremblait toujours et posa sa tête dans la paume de ses mains. Aucune larme ne coula, mais l'ampleur de l'expérience qu'elle venait de vivre la submergea : *Comment puis-je aider ces jeunes filles ? Leurs expériences sont-elles liées ? Et si c'est le cas, quel peut bien être le mécanisme ? Qu'est-ce que je ne vois pas ?*

Et puis, il y avait le vaudou.

Une vieille dame excentrique et son fils arrogant. Un serpent possédé, à moins qu'il ait été drogué ? Tout ça n'était peut-être que de la poudre aux yeux. La prêtresse et son fils avaient très bien pu orchestrer une sorte de supercherie pendant que Caitlin était distraite par Gaëlle. Même cette vision d'un visage démoniaque avait pu être induite par un mélange de suggestion et de drogue que Caitlin aurait respirée ou ingérée. Elle n'avait pas appliqué la moindre méthodologie scientifique ce jour-là. Les données de l'expérience étaient inutilisables.

C'en est trop pour moi, se dit-elle. *Je vais confier ce cas à quelqu'un d'autre, adresser Maanik à un autre expert.* Peut-être que ce dont elle avait besoin, ce dont Maanik et elle avaient besoin toutes les deux, c'était précisément ce que représentait la prêtresse : quelqu'un qui incarnait la foi plutôt que la raison.

Mais une autre partie de son cerveau tentait de lui faire passer un message.

Tu as le choix.

C'était le même choix qu'elle explicitait à chacun de ses patients au cours de leur thérapie, car cela faisait partie intégrante du fait d'être humain et vivant : il fallait choisir entre la peur et la colère.

La peur était une réaction naturelle, mais si Caitlin choisissait de rester dans cet état, cela la handicaperait. Elle devait mettre fin à cette spirale infernale avant de sombrer. Cependant, elle n'était pas naïve. Pour nombre de raisons liées à l'évolution et à la biochimie, toutes les pensées positives du monde et les « vas-y, ma vieille » ne suffiraient pas dans le cas présent. Cela ne lui donnerait pas l'énergie nécessaire pour se sortir de l'impasse.

Alors, Caitlin choisit la colère. Non pas la fureur spontanée et arrogante qui pourrait se retourner contre elle et compliquer davantage la situation, mais un instinct de protection clair et décisif. Quelle que soit la cause des crises de Maanik et de Gaëlle, quoi que Caitlin elle-même ait pu ressentir, il en résultait une certaine forme de torture tout simplement inacceptable.

Caitlin se redressa et alluma la lampe au-dessus de son siège. Elle abaissa la tablette devant elle et sortit de son sac un stylo et quelques polycopiés qu'elle retourna pour écrire au dos. Qu'avaient donc en commun les crises de Maanik et de Gaëlle ? Quels étaient les aspects qu'elle connaissait et qu'elle avait l'habitude de traiter ?

Commence par ce que toi, tu as vécu, songea-t-elle.

Freud était convaincu que les rêves se composaient d'un contenu manifeste et d'un contenu latent. Le contenu manifeste était celui dont on se souvenait immédiatement au réveil. Freud pensait qu'il dissimulait la véritable signification du rêve, ses éléments interdits et subconscients.

Caitlin se surprit non pas à écrire, mais à dessiner. Avant même de comprendre ce qu'elle faisait, elle recréa de manière très précise l'énorme visage au sourire terrifiant qui s'était manifesté en Haïti et qui l'avait réveillée quelques minutes plus tôt. Voilà qu'elle l'avait devant elle, sur papier. Son esprit n'avait cessé de lui balancer une nuée de mots pour le décrire, comme « surnaturel », « diabolique » ou encore « étrange ». Mais cette image était bien réelle et c'était ce qui importait. La preuve, Caitlin l'avait sous les yeux.

Qu'es-tu ? demanda-t-elle au dessin.

Brusquement, ses poils se dressèrent sur sa nuque, et le froid envahit son corps. La peur réapparut, celle-là même qu'elle avait éprouvée en sortant de son bureau le jour où elle avait cru qu'on l'épiait. Caitlin ressentit des picotements sur tout le corps. Elle pivota sur son siège pour parcourir du regard, lentement, l'avion plongé dans la pénombre. Seul le bourdonnement des moteurs lui paraissait familier et rassurant. L'obscurité lui faisait l'effet inverse. L'un de ses professeurs avait dit un jour : « Les jeunes humains et les animaux ont instinctivement peur du noir. Qui sommes-nous pour leur dire qu'ils ont tort ? »

Ils avaient raison. Le silence et les ténèbres autour d'elle lui donnaient l'impression qu'elle était à quelques courtes respirations de la mort. La petite lampe au-dessus de sa tête amplifiait les ténèbres partout ailleurs. Les minuscules points lumineux des étoiles révélaient l'immensité de la nuit à l'extérieur et représentaient pour Caitlin l'étendue limitée de son savoir face à l'immensité de son ignorance – ce qui, en soi-même, était terrifiant.

Peut-être que quelqu'un l'épiait, après tout. Peut-être s'agissait-il du steward. Ou bien du visage aperçu pendant la transe induite par le vaudou.

À cet instant, Caitlin puisa dans sa colère et choisit de ne plus s'en soucier. Elle ignorait qui l'observait, mais ils pouvaient bien la regarder autant qu'ils voulaient tant qu'ils n'interféraient pas dans son travail. Elle étudia de nouveau son dessin et sortit celui de Gaëlle pour les comparer. Le triangle formé par les croissants faisait penser à un symbole celtique et n'avait rien à voir avec le visage cauchemardesque. Caitlin rangea le symbole et contempla sa vision pendant plusieurs minutes. Elle ne pouvait s'empêcher de lui trouver un air familier. Elle ferma les yeux et passa en revue les différentes cultures qu'elle avait côtoyées au cours de ses voyages et de ses recherches. Cela ne ressemblait pas au masque du démon Hannya, cornu et pourvu de crocs, du théâtre nô. Intuitivement, Caitlin penchait plutôt pour une sculpture. Les statues de l'île de Pâques ? Non, ce n'était pas ça non plus. La bouche était différente. Celle de sa vision était dotée de lèvres représentées par une mince ligne qui entourait huit ou neuf grosses dents ovales. Quelque part à Hawaï, alors ? Ou en Nouvelle-Zélande, chez les Maoris ?

Un tiki ! songea-t-elle brusquement. Ces statues avaient de grosses bouches et des yeux très proches de ceux qu'elle avait dessinés. Caitlin sortit son téléphone et prit une photo de son dessin, grimaçant sous l'éclat aveuglant du flash. Puis elle envoya la photo à Ben accompagnée d'un message :

Ça a un rapport avec Gaëlle. Longue histoire. Influence polynésienne ?

Ensuite Caitlin fit ce qu'elle avait soigneusement évité jusque-là. Elle rédigea le récit complet de son voyage à partir du moment où elle était descendue de l'avion. Elle détailla tout ce dont elle se souvenait, sans fioritures et sans explications. Elle n'hésita que brièvement au moment où il fallut expliquer comment Gaëlle avait été projetée contre le mur. Pouvait-on parler d'une force, d'une énergie ? Était-ce lié au vaudou ? Caitlin se demanda si une force électrique pouvait se trouver à l'origine de cet événement. Cela vaudrait la peine de se pencher sur la question plus tard. Elle écrivit jusqu'à en avoir mal à la main, ce qui ne l'empêcha pas de parvenir au terme de son récit. Elle plia soigneusement les pages et les numérota au cas où elles s'éparpilleraient. Puis elle les rangea avant d'essayer de dormir à nouveau. Son esprit allait reprendre des forces et ne lui rejouerait pas le rêve du démon, pas si elle pouvait l'éviter. Elle éteignit la lumière.

Elle s'endormit sur un dernier souvenir de Haïti, quelque chose qu'elle avait vu par la fenêtre du Land Rover en retournant à Port-au-Prince : un groupe de jeunes arbres sur le versant d'une colline. Le gouvernement avait récemment annoncé qu'il allait replanter les forêts décimées de Haïti. Caitlin espérait que la prêtresse et son fils les verraient en rentrant et qu'ils retrouveraient un peu de foi en cette humanité imparfaite et maladroite qui, parfois, cherchait des solutions.

Caitlin arriva chez elle à 2 heures du matin, mais son père était encore debout et vint lui ouvrir la porte. Il l'accueillit en la serrant dans ses bras et l'emmena dans la cuisine brillamment éclairée. Caitlin posa son sac sur la table et s'assit.

— Comment va-t-il ? demanda-t-elle.

— Bien, bien, répondit Joe. Mais je l'ai trouvé étrangement calme à un moment donné.

— Quand ?

— Tout à l'heure, dans la soirée. Il est resté planté devant la fenêtre pendant deux minutes, je dirais. Je l'ai laissé faire. Il s'est « réveillé » tout seul.

Caitlin frissonna. Deux minutes, c'était à peu près le temps qu'avait duré sa propre transe.

— Mais laisse-moi te dire qu'il était vachement fier quand il a réussi à me faire manger du chou kale, pouffa son père.

Caitlin revint au moment présent.

— Tu as aimé ?

— C'était meilleur que je ne le pensais, mais ne le dis pas à ta mère, répondit Joe d'un air malicieux.

Caitlin rit à son tour. Elle ouvrit son sac et tria ses affaires en séparant celles qu'elle comptait laisser dans le sac et celles qu'il lui faudrait ranger.

— Ça ne peut pas attendre demain matin, Cai ? On dirait que tu as bien besoin d'aller dormir.

Elle secoua la tête et poursuivit son tri.

— Comment ça s'est passé en Haïti ? lui demanda son père.

Elle s'immobilisa et lui lança un regard en coin.

—Papa, c'est quoi le truc le plus bizarre qui te soit jamais arrivé ? Quelque chose que tu n'as jamais pu expliquer ?

—Hum.

Il s'assit en face de sa fille, et son regard se perdit dans le vide, comme Caitlin quand elle avait besoin de réfléchir. Joe O'Hara était un homme grand et large d'épaules, ses yeux rapprochés d'un bleu typiquement irlandais, et arborant un air éternellement jeune.

—Pour être honnête, je dirais que c'est toi.

Caitlin le dévisagea d'un air étonné.

—Tu as toujours eu une sacrée personnalité depuis le jour où tu es née, expliqua-t-il. Ou peut-être dès le lendemain de ta naissance. Tu observais tout avec tes grands yeux inquisiteurs et tu ne disais pas grand-chose.

—Maman dit que j'ai toujours été très calme.

—Oui, mais tu n'étais pas, comment dire ? dans la lune, ou ennuyeuse. Tu étais toujours alerte, je le voyais à ton regard. Pour répondre à ta question, je ne sais pas d'où viennent les âmes, mais je sais qu'elles existent parce que j'ai vu la tienne. Je l'ai vue dans tes yeux.

Caitlin sentit monter les larmes qui avaient refusé de couler dans l'avion. Son père posa sa main sur son épaule.

—Qu'est-ce qui ne va pas ? Ça s'est mal passé en Haïti ?

Caitlin secoua la tête. Joe lui lâcha l'épaule. Il savait quand il valait mieux ne pas insister. Elle fut soulagée lorsqu'il changea de sujet.

—Je me souviens que tu aimais les histoires de fantômes quand tu étais petite, dit-il. Tu lisais toutes celles que tu pouvais trouver. Je me suis toujours demandé si c'était parce que tu en avais vu un.

Caitlin se mit à rire.

—Vraiment? Je me souviens des livres de mythologie, notamment ceux d'Edith Hamilton. Oh, et Alice et le phare ou la maison hantée, quelque chose comme ça.

— Oui, voilà. On ne t'a plus laissée lire ce genre d'histoires quand tu as commencé à faire des cauchemars.

— Je faisais des cauchemars ? s'exclama-t-elle, surprise.

— Comme tous les enfants. C'est ce que le docteur nous a dit. On a fini par donner tous les livres, et tu n'as plus fait de mauvais rêves.

Ce fut au tour de Caitlin de marmonner un « hum » songeur. Elle posa ses feuilles sur la pile d'affaires à ranger. Son dessin se trouvait sur le dessus. Joe le prit pour le regarder.

— Où diable as-tu trouvé ça ? demanda-t-il en riant.

— Tu sais ce que c'est ? Je crois que c'est un tiki, une statue polynésienne.

— Je n'ai pas souvent l'occasion de te dire que tu te trompes, commenta-t-il en souriant jusqu'aux oreilles.

— Comment ça ?

Il lui tapota la main en agitant le dessin.

— Ceci provient de ton lointain passé, ma petite.

Chapitre 17

Flora Davies, quarante ans, présidente du Groupe, verrouilla la porte hermétique du sous-sol qui donnait sur la Neuvième Rue. Otis Davies, le fondateur du Groupe, avait acheté cet hôtel particulier à l'angle de la Cinquième Avenue au début du XXe siècle. Baptisé le Club des Explorateurs du monde, l'endroit accueillait les voyageurs qui faisaient étape en ville et avaient besoin de se reposer entre deux expéditions. Ils pouvaient se détendre parmi d'autres aventuriers, échanger leurs anecdotes, étudier des cartes et des livres rares dans la bibliothèque ou laisser en dépôt des trésors qu'ils reviendraient chercher plus tard. Ces trésors, le Groupe les examinait sous toutes les coutures. Les statues, vases, tablettes et autres découvertes en lien avec les intérêts particuliers du Groupe faisaient progresser ses recherches ultra-secrètes. Cet arrangement profitait à tout le monde. Les résultats de tous les efforts de l'organisation, autrefois dispersés à travers le monde dans des coffres et des entrepôts secrets, reposaient désormais dans ce sous-sol.

Flora émergea de l'immeuble et gravit l'escalier qui permettait d'accéder à la rue silencieuse. Elle s'apprêtait à retourner à son appartement pour rattraper un peu de sommeil en retard avant l'arrivée de Mikel et du dernier artefact en provenance des Malouines. D'autres membres les rejoindraient d'ici quelques heures pour l'étudier, et il y aurait beaucoup à faire. Chaque nouvelle trouvaille était une clé, et celle-ci pourrait bien être celle qui augmenterait leurs connaissances, confirmerait leurs soupçons et, au bout du compte, réduirait le champ de leurs recherches.

Mais, pour l'heure, Davies ne pensait pas à l'artefact. Elle s'arrêta sur la dernière marche, au niveau du trottoir, et regarda vers le sud en direction du parc. Quelque chose clochait. Elle entendait des voix, ce qui n'avait rien d'inhabituel, même à cette heure, et des chiens qui aboyaient, ce qui n'était pas rare non plus. Mais elle ne comprenait pas pourquoi elle ne voyait pas l'imposant arc de triomphe en marbre blanc dédié à George Washington. Il avait disparu.

Elle se dirigea d'un pas vif vers le Washington Square Park où aurait dû se dresser le monument. En arrivant à proximité, elle se rendit compte qu'elle avait tort. L'arc était bien là, mais il n'était pas blanc et il n'était pas en marbre.

À travers l'ouverture au centre du monument, elle vit une dizaine d'étudiants reculer à bonne distance et se regrouper près de la fontaine. Ils prenaient des photos et des vidéos avec leurs téléphones portables, mais leurs appareils ne pouvaient restituer l'aspect sinistre d'une structure de près de vingt-cinq mètres de haut intégralement recouverte de rats.

Quand Davies comprit de quoi il s'agissait, elle s'arrêta net avec une exclamation de stupeur. Les rongeurs devaient être des centaines, voire des milliers. Elle n'avait jamais rien vu de tel et n'en avait jamais entendu parler non plus. Passé l'effet de surprise, elle commença par songer qu'il s'agissait sûrement d'un trucage pour une émission de télé-réalité ou un projet d'étudiants en cinéma.

C'est obligé. Ces rats ne peuvent pas être réels, pas vrai ?

Brusquement, des taches blanches apparurent sous cette couverture qui ondulait. Des petites d'abord, puis de plus en plus grosses, de formes irrégulières. Les étudiants de l'autre côté se mirent à hurler. Davies comprit que les rats abandonnaient leur perchoir par groupes entiers.

— C'est la débandade ! plaisanta quelqu'un.

Les rongeurs s'égaillèrent dans toutes les directions. Un bon nombre d'entre eux se dirigèrent vers elle telle une vague déferlante. Un torrent de fourrure gris foncé dévala le centre de la Cinquième Avenue ainsi que ses deux trottoirs. Davies resta paralysée, pas tellement par la peur ou la révulsion, même si elle éprouva l'une et l'autre en sentant les rats passer sur ses pieds, mais parce que les bestioles étaient réelles, qu'il n'y avait pas de caméra et que, même si son cœur battait la chamade, son esprit fonctionnait à plein régime pour essayer de comprendre ce qui se passait.

Elle se tourna vers le Club comme pour le protéger, et ce fut à ce moment-là que l'horreur l'envahit pour de bon.

L'escalier en béton devant la porte du sous-sol grouillait de vermine. Les rats s'entassaient les uns sur les autres. Tentaient-ils d'entrer dans le bâtiment ? En tout cas, ils couinaient en se griffant les uns les autres pour arriver toujours plus haut. Ils formaient un véritable triangle mouvant sur le seuil de la cave. À la lumière des lampadaires, Davies vit des touffes de fourrure voler et le sang gicler. Les rats qui ne parvenaient pas à atteindre ce petit espace devant la porte s'engouffrèrent dans le jardin devant le Club. Ceux qui ne tenaient pas dans l'escalier étaient tournés dans la même direction et alignés, autant que possible, dans un axe nord-sud.

Davies se rapprocha le plus possible sans pour autant toucher les animaux. Les doigts tremblants, elle sortit son téléphone portable de son sac et filma la scène. L'activité des rats était inexplicable, certes, mais leur comportement n'était pas tout à fait sans précédent, ce qui la troublait beaucoup.

Tandis que des lumières apparaissaient dans les appartements environnants et que les gens se levaient pour connaître la cause des cris dans le parc et des étranges grattements à leurs portes, Davies éteignit son portable et recula dans l'ombre.

Elle repensa à l'appel qu'avait passé Mikel lors de son escale à Montevideo. L'agent avait mentionné un étrange incident. Un vol d'albatros s'était jeté sur l'avion en venant du nord.

Davies rangea son portable et gravit le vaste escalier qui menait au perron du Club des Explorateurs du monde. Elle ne dormirait pas cette nuit-là.

Chapitre 18

Obéissant aux ordres de Joseph P. O'Hara, Caitlin ne put envoyer qu'un seul mail à propos du dessin avant d'aller se coucher.

— Pas un de plus, jeune fille, dit-il de cette voix qu'il prenait, voilà bien longtemps, pour l'autoriser à passer un coup de téléphone ou manger un biscuit avant d'aller au lit.

Elle tenait absolument à prévenir Ben, et à le faire tout de suite. Cela ne pouvait pas attendre. Elle emporta donc sa tablette dans sa chambre, s'assit en tailleur contre la tête de lit et prépara un mail avec, en pièces jointes, ses notes et une photo du dessin de Gaëlle. Puis elle écrivit :

> Tu vas me prendre pour une cinglée, mais oublie la Polynésie. Je n'ai pas dessiné un tiki, mais un drakkar. C'est mon père qui l'a identifié. Les dents représentent soit les boucliers circulaires sur la coque, soit les gens assis à l'intérieur. Les yeux sont les grandes figures incurvées à la proue et à la poupe. Mon père s'intéresse à la généalogie, et nos racines irlandaises se mélangent à des souches écossaises et nordiques. Il a consulté quelques collections de musées sur

le Net et vu une broche qui ressemblait beaucoup à mon dessin. Gaëlle aussi a dessiné un symbole (voir le JPEG ci-joint) qui me paraît celtique. Ce drakkar pourrait-il avoir un lien avec la noyade de Gaëlle ? Je sais que ça a l'air dingue, et tu es sûrement trop occupé pour me voir, mais appelle-moi demain si tu peux. Enfin, je veux dire aujourd'hui. Mardi. Merci.

Bises,
C.

Caitlin posa la tablette par terre et s'endormit comme une souche. Son esprit et son corps étaient au bout du rouleau, et elle n'eut aucun mal à dormir toute la nuit.

Elle se réveilla fraîche et dispose mais en proie à une certaine agitation. Elle se sentait prête à explorer ce mystère. Son père, avant de quitter la ville, déposa Jacob à l'école. Caitlin consulta son agenda. Elle n'avait rien de prévu jusqu'à midi, mais le reste de la journée était bien chargé. À sa grande surprise, elle vit non seulement que Ben avait appelé et laissé un message, mais qu'il avait du temps pour la voir. Elle le rappela dès que ses « hommes » furent partis.

Il décrocha dès la première sonnerie.

— Salut, Cai.

— Les nouvelles ne sont pas bonnes, n'est-ce pas ? C'est pour ça que tu as du temps libre.

Elle n'avait pas vraiment besoin de poser la question, car le ton grave de son ami était suffisamment explicite.

— Non, elles ne sont pas bonnes. Les diplomates de haut rang ne sont pas revenus à la table des négociations. À la place, ils ont envoyé leurs sous-fifres, tout au plus du personnel de confiance, en fait. Ces gens-là ne peuvent pas dire grand-chose, alors ils prennent beaucoup de pauses.

—Le monde est donc au bord de l'implosion ?

—Pas plus qu'hier. Mais il suffirait d'un éternuement pour la déclencher. Je t'en dirai plus de vive voix, ajouta-t-il prudemment. Je t'en prie, parlons de problèmes qu'on a une réelle chance de résoudre.

—Bien reçu. Je dois dire que je suis vraiment contente qu'on puisse se voir.

Ben rit, non sans une certaine ironie.

—Parce que tu as un problème ou juste parce que tu avais envie de me voir ?

—Les deux, répondit Caitlin en riant, avant de raccrocher.

Elle but le café que son père avait préparé et sortit de chez elle. C'était l'une de ces journées d'une douceur exceptionnelle que la fin de l'automne offrait parfois à New York. Caitlin apprécia cette transition en douceur après la chaleur de Haïti et envoya un message à Ben pour lui proposer une balade. Il accepta volontiers.

Elle prit un taxi pour le rejoindre et découvrit, sur le petit écran à l'arrière du véhicule, la vidéo déjà célèbre de la meute de rats qui avait envahi Washington Square. Les images faisaient froid dans le dos. *A priori*, le remplacement de câbles électriques sous terre aurait poussé les rongeurs à sortir de leurs abris. La vue de dizaines de dératiseurs descendant la majestueuse Cinquième Avenue pour poser des pièges et jeter les rats morts dans des sacs était plus sinistre encore que l'invasion des bestioles.

Caitlin serra chaleureusement Ben dans ses bras, si bien que, l'espace d'un instant, les traits tirés et maussades du traducteur s'éclairèrent d'un semblant de sourire. De l'ONU, ils prirent la direction du nord en traversant le petit parc de Turtle Bay. Le soleil faisait miroiter l'East River. Caitlin et Ben ouvrirent leur manteau.

—Rien de nouveau du côté de Maanik ?

—Il y a eu un petit incident. Hansa l'a trouvée en train de parler au chien au milieu de la nuit. Le plus étrange, c'est que l'animal semblait l'écouter. Quand Hansa a tenté de ramener sa fille au lit, Maanik s'est débattue en sanglotant, mais ton signal a fonctionné.

— Comment vont ses parents ?

— Je n'ai pas parlé à Hansa, mais il y a du changement chez l'ambassadeur. Il est moins anxieux, il a l'air plus triste cependant. C'est dû en partie, je suppose, à l'échec actuel du processus de paix, mais je me demande aussi s'il ne se rend pas responsable de ce qui arrive à sa fille. Il a dit qu'il allait devoir prendre des mesures avant qu'elle ne se retrouve dans cet état à vie. Je lui ai dit que tes recherches progressaient. Est-ce le cas ? demanda-t-il en la regardant franchement.

— Peut-être. J'ai tellement de choses à te raconter...

Ben posa la main sur le bras de Caitlin.

— Avant, il faut que je te dise...

Caitlin sentit que les mots avaient du mal à venir, alors elle posa sa main sur la sienne pour le rassurer.

— J'ai mauvaise conscience de t'accabler avec ça, avoua Ben en regardant le trottoir.

— Vas-y, n'aie pas peur. Tu sais que ça restera entre nous.

— OK. D'après la rumeur, et j'insiste sur le fait que ce n'est qu'une rumeur, certains pays envisagent de fermer leurs ambassades en Inde et au Pakistan et de rapatrier leurs employés. Nous en faisons partie, tout comme le Royaume-Uni et le Japon.

— Oh mon Dieu, murmura Caitlin.

— Dieu ? répéta Ben. Où est-ce que tu vois Dieu là-dedans ? ou n'importe où ailleurs ?

Caitlin ne répondit pas. Cette question lui fit penser à sa vision, aux prophètes, aux mystiques et aux chamans qui en avaient depuis des millénaires, et aux débats sans fin sur la difficulté de faire la distinction entre la foi et la folie. Elle revint au sujet qui les préoccupait :

— L'implosion dont nous parlions tout à l'heure, elle est si proche que ça ?

— Ce n'est peut-être qu'une manœuvre politique, mais ce genre de choses a une nette tendance à échapper à tout contrôle. Nos politiciens cherchent peut-être simplement à prendre la température, ou alors ils estiment que les délégués indiens et pakistanais reviendront s'asseoir à la table des négociations si on leur donne la bonne impulsion. (Il soupira en frottant inconsciemment l'os sous son oreille.) Je n'en sais rien.

— Mais tu as ton avis sur la question.

Il hésita.

— Je pense que c'est une ruse.

— Est-ce que tu m'aurais donné cette réponse dans tous les cas, pour que je ne m'inquiète pas trop ?

— Non, Caitlin. Jamais je ne te mentirais.

— D'accord. (Elle lui serra de nouveau la main.) Tu te rappelles les parapluies de Magritte, noirs sur l'extérieur et bleus avec de jolis nuages blancs quand tu es en dessous ? Toi et moi, on va se mettre sous l'un de ces parapluies parce que, si je ne laisse pas de côté ce que tu viens juste de me dire, je serai incapable de me concentrer.

Ben hocha la tête avec un sourire en coin.

— J'ai l'impression d'être l'un de tes patients à qui tu viens de donner l'image d'un refuge.

— C'est le cas, répondit-elle en souriant à son tour.

Sur ce, elle se lança dans le récit de son voyage et termina par sa discussion avec son père.

— Donc, son idée loufoque, c'est que mon dessin renvoie aux Vikings. Quand je le dis à voix haute, ça paraît peu crédible mais, Ben, il en était sûr à deux cents pour cent.

— Ce n'est pas si loufoque que ça, répondit Ben. Mon logiciel linguistique a analysé les bribes de langage dont nous disposons, et j'ai fait quelques comparaisons. Une partie des mots qui sont sortis de la bouche de Maanik semblent appartenir au vieux norrois.

Caitlin s'arrêta, bouche bée. Certaines pièces du puzzle commençaient enfin à trouver leur place. Elle eut un grand sourire.

— Ne t'emballe pas trop, la prévint Ben. Il y a aussi de nombreux éléments du mongol.

— Oh, mais le mongol et le norrois n'ont aucun lien, du moins pas que je sache.

Ben secoua la tête en riant.

— Aucun. Pas plus qu'avec les quelques bribes de japonais prononcées par Maanik. Ce genre de découverte pourrait entrer dans l'histoire. Hier, quand j'ai identifié toutes ces langues, j'ai vécu la soirée la plus excitante de toute ma vie. Merci Cai, c'est grâce à toi.

— Ce que toute femme rêve d'entendre ! (Elle sourit et se rendit compte qu'elle flirtait avec lui. Elle mit ça sur le compte de l'enthousiasme de Ben, si contagieux, et reprit une attitude professionnelle.) Tu peux me donner des détails ?

Il lui répondit lentement et délibérément pour bien faire passer le message :

— Cette langue hybride ne devrait pas exister. Pourtant elle existe, et elle est porteuse de sens. Les gestes qui nous ont marqués sont des superlatifs, mais ils s'appliquent aux noms comme aux adjectifs. Par exemple, si je dis *hergha*, ça signifie « feu », expliqua-t-il en roulant le *r* et en raccourcissant la deuxième syllabe. Mais si je le prononce en faisant ça, ajouta-t-il en faisant un cercle avec sa main, la paume tournée vers le torse, et en le poussant sur le côté, exactement comme Maanik et Gaëlle, ça signifie « le plus grand de tous les feux », une conflagration.

— Est-ce qu'on peut s'asseoir ?

Caitlin avait du mal à en croire ses oreilles. Elle avait besoin de se poser pour absorber ces informations. Elle secoua la tête, émerveillée mais aussi soulagée. C'était profondément réconfortant de voir son vieil ami faire ce geste sans pousser des hurlements ni tenter de se griffer.

— Tu es incroyable, lui dit-elle.

— Bah, j'ai juste un bon logiciel, répliqua-t-il en souriant et en balayant le compliment d'un haussement d'épaules. Je n'ai traduit que vingt-cinq pour cent des mots, et on n'en a pas tant que ça. Le plus facile, ce sont les noms. Ce qui me paraît le plus intéressant, c'est que le mot « feu » et son superlatif apparaissent très près du mot « ciel ».

— Tu sais pourquoi ?

— Je préfère être prudent quand il s'agit d'interpréter quelque chose, mais je doute que cette proximité soit accidentelle. On la retrouve dans la Chine ancienne avec le yin yang, le ciel étant l'énergie du « feu » et la terre étant une énergie d'« eau ». Mais, dans cette langue, le superlatif du mot « feu » apparaît aussi très près des mots qui signifient, à mon avis, « bras » et « douleur ». Alors peut-être que…

Il se tapota frénétiquement les avant-bras comme s'il essayait d'éteindre des flammes.

— Mon Dieu, mais c'est ça ! s'exclama Caitlin. Si des étincelles tombaient sur mes bras et me brûlaient la peau, je tenterais de les enlever avec mes ongles, comme Maanik. D'accord, alors, au sens le plus large possible, qu'est-ce qui peut provoquer l'apparition de feu dans le ciel ? Soit il s'agit d'un événement provoqué par l'homme, comme l'explosion d'une bombe, soit il s'agit d'une cause naturelle. Un éclair ? Un volcan ? Une météorite ?

— Tout est possible, confirma Ben.

Il reproduisit un autre geste vu sur la vidéo : il éloigna sa main gauche en formant un angle et posa la main droite en travers de son corps.

— *Ogrusse.* Apparemment, c'est le superlatif pour « eau ». Ça signifie « la plus grande des eaux » et il apparaît très près du mot « ciel » lui aussi.

— Tu veux dire qu'ils sont interchangeables ? Le « ciel » et l'« eau » ? Parce qu'ils sont bleus ?

— Je ne crois pas. À mon avis, ça veut plutôt dire que l'eau touche le ciel.

— Comme un tsunami ?

— Encore une fois, ce n'est qu'une conjecture, mais c'est une possibilité.

Caitlin repensa à Phuket.

—Il faudrait être assis sur la plage pour le percevoir de cette façon, arrivant de l'horizon.

—Si on parle des récents tsunamis, d'accord. Mais si c'était un tsunami géant ? dit Ben en écartant les bras.

—De quelle ampleur on parle, là ?

—À notre époque ? Lituya Bay, Alaska, 9 juillet 1958. Un tremblement de terre de magnitude 7,8 le long de la faille Fairweather a provoqué un glissement de terrain qui a précipité près de trois millions de mètres cubes de terre et de glacier dans l'étroite embouchure de la baie. Il en est résulté une vague de cinq cent vingt mètres de haut. C'est le plus grand mégatsunami des temps modernes. Mais tellement d'événements se sont produits avant que l'humanité ne commence à garder la trace de son histoire…

—Apparemment, dit Caitlin.

Elle secoua la tête, troublée, puis serra son compagnon contre elle, pour le remercier mais aussi parce qu'elle avait besoin de réconfort.

—Merci, Ben. Je ne le dirais jamais assez, merci.

—Yaencorepleindemotsàdéchiffrer, répondit-il, le nez enfoui dans son col.

Ils rirent de sa voix étouffée. Caitlin le libéra.

—Il y a encore plein de mots à déchiffrer, répéta-t-il. J'espérais que tu me rapporterais une vidéo ou du contenu avec plus de phrases, mais j'ai l'impression que tu n'en as pas eu la possibilité.

—Non, reconnut Caitlin d'un air abattu. J'ai rapporté des trucs, mais je ne sais pas vraiment ce que c'est.

—Des écrits ?

—Non.

—Caitlin ?

—La vision que j'ai eue là-bas, et ensuite le cauchemar dans l'avion… Quand j'ai été assaillie par ces… ces choses, j'ai senti de la chaleur, j'ai vu du feu.

—Pouvoir de suggestion ?

—Oui, peut-être. Mais venant de qui ? La prêtresse et son fils n'ont jamais parlé de feu. Je suffoquais à cause de l'odeur de soufre, Ben. Qu'est-ce qui pourrait provoquer ça, à part un volcan ?

—Mais tu n'étais pas près d'un volcan à ce moment-là. Tu en as déjà vu un ?

—J'ai vu une caldeira, une fois, en Californie du Sud.

—D'accord, ça ne compte pas. Et l'encens alors ? Il y en avait en Haïti ? Ou quoi que ce soit d'autre qui aurait pu te suggérer cette odeur ?

Caitlin secoua la tête. Ben prit une profonde inspiration.

—Donc, un volcan. Comment ? Où ?

—Pourquoi pas *quand* ?

—Non, refusa catégoriquement Ben. Je n'y crois pas.

—Sincèrement, je ne sais pas encore où cette hypothèse va me mener, mais écoute-moi. On sait que ces deux jeunes filles ont eu des cauchemars, des visions ou des hallucinations, quel que soit le nom que tu souhaites leur donner. Et on sait aussi que ça ne s'était encore jamais produit dans leur courte vie. La seule chose qu'elles ont en commun, c'est qu'un de leurs parents ou beaux-parents, en tout cas un adulte proche d'elles, a récemment failli mourir.

—Et le garçon dont tu m'as parlé, celui qui s'est immolé par le feu en Iran, il ne venait pas de perdre quelqu'un de sa famille ?

—Si, son frère, qui a été exécuté. Ces réactions physiologiques, visuelles et linguistiques sont donc déclenchées par un traumatisme familial, même quand il n'y a pas de lien de parenté direct.

—Ce qui nous apprend quoi ? demanda Ben. À part qu'un stress post-traumatique est un possible déclencheur ? Où est le volcan ? Où est l'eau qui touche le ciel ? Tu dis que vous avez tous vécu une partie de cet événement. Où ça ?

—C'est bien ça le problème, répondit Caitlin. Je n'en ai aucune idée.

—Quelles autres explications pourrait-on trouver ? La mémoire cellulaire ? Le vaudou ? Des aliens ?

Caitlin s'affala sur le banc. Elle réfléchit un moment, avant de secouer lentement la tête.

—Je n'en suis pas là non plus. (Puis elle retrouva son excitation.) Mais attends un peu ! Tu as parlé de mémoire cellulaire. Et s'il s'agissait de quelque chose de similaire ? Jung s'est intéressé aux émotions et aux idées que nous transmettent nos ancêtres. Peut-être que ces trois liens familiaux créent un portail vers cet inconscient collectif.

—Mais on ne parle pas de vagues émotions ou même d'idées, là. Maanik et Gaëlle étaient transportées, presque complètement, d'ailleurs.

—Moi aussi, dit Caitlin.

—Vers où ? Un volcan quelque part dans le passé ? demanda Ben.

—Il n'y a pas que le volcan, il y a aussi les Vikings. Et une langue perdue.

Puis elle murmura, presque comme si ces mots provenaient directement de son inconscient :

—Non, ce n'est pas de la mémoire cellulaire. C'est trop spécifique et propre à chaque individu. En plus, Gaëlle n'est pas apparentée à sa belle-mère, en tout cas pas par le sang. Pourrait-il s'agir d'une mémoire raciale, Ben ? Des expériences en groupe…

—Tu veux dire : comme des vies antérieures ?

—Honnêtement, je n'en sais rien. Mais les filles et moi avons quelque chose en commun : moi, j'ai vu un drakkar et elles, elles ont prononcé des mots en vieux norrois.

Ben secoua la tête.

—C'est un lien très mince et vraiment très spécifique. En plus, que fais-tu des éléments mongols et japonais ?

—Je n'en sais rien, mais on a affaire à quelque chose de bien plus ancien que nous qui, d'une façon ou d'une autre, se manifeste ici et maintenant.

—Je ne sais pas, Caitlin. Si tu commences à parler de mémoire raciale et de vies antérieures, qu'est-ce qui t'empêche d'envisager aussi les vies futures, ou… ?

— Tu as raison, acquiesça la psychiatre.

— Cai, je plaisantais.

— Mais moi pas. Penses-y, Ben ! Et si ces phénomènes, ou un phénomène unique et gigantesque, échappaient d'une manière ou d'une autre aux contraintes du temps ? Et s'il existait une espèce de canal collectif transmettant des images et un langage, des informations en fait, d'une époque quelconque à maintenant ? Et si nous étions là pour les recevoir et les transmettre ?

— Pourquoi vous quatre ?

— Je n'en sais rien, reconnut-elle. Il faut que je fasse des recherches sur Pompéi, je me souviens qu'il existe des témoignages…

— Pline le Jeune, confirma Ben. C'est un texte effroyable. L'un de mes camarades l'a traduit pour sa thèse.

— L'Atlantide, marmonna Caitlin.

— Cai, non.

Mais elle n'écoutait qu'à moitié, car son cerveau faisait des associations libres à travers toutes les régions du globe et tous les calendriers connus.

— Il est temps de revenir sur terre, insista Ben. Tout ça va bien au-delà de simples hypothèses.

— Crois-moi, je me bats contre moi-même.

— Quoi ?

— L'un de mes profs a toujours dit que les conjectures faisaient partie de la méthode scientifique et que, si on sautait cette étape, on ne faisait que continuer à vivre dans la boîte qu'on nous a donnée à la naissance. Je n'ai jamais vraiment apprécié cette espèce de saut à l'élastique intellectuel, mais voilà que je m'y mets !

— Et tu plonges droit vers les rochers. Tu te souviens du surnom que t'avait donné ta camarade de chambre en deuxième année ?

— La fille aux pieds sur terre, répondit Caitlin. Ouais, j'aime que les choses aient un sens. Et cette histoire *a priori* n'en a pas. Mais il faut que je trouve une explication, ajouta-t-elle d'un air rêveur.

Son portable se mit à vibrer. Elle avait reçu un message provenant de Hansa Pawar :

Mon mari m'a suggéré de vous l'envoyer. C'est un dessin de Maanik.

Caitlin ouvrit la pièce jointe, et un triangle fait de plusieurs autres triangles constitués de croissants emplit l'écran.

—Oh non. Non.

Elle montra l'image à Ben.

—Bon sang, souffla-t-il. C'est impossible.

—Je vais aller voir les Pawar. (Elle se leva en tapant une réponse à Hansa.) J'ai encore deux heures de libres avant mon premier patient.

Caitlin prit la direction de l'immeuble des Pawar, puis se retourna et dit, tout en marchant à reculons :

—Merci, Ben. Merci pour tout.

—De rien. Pour tout.

CHAPITRE 19

Caitlin attendit un long moment dans le couloir devant la porte de l'appartement des Pawar. Il y régnait la même atmosphère pesante et inhospitalière que la fois précédente. Puis la psychiatre entendit un petit cliquetis de l'autre côté du judas. Quelqu'un venait de soulever le clapet pour regarder dehors. Quand la porte s'ouvrit, Caitlin comprit pourquoi Hansa s'était servie du judas. La femme d'un diplomate indien n'autorisait sans doute pas beaucoup de personnes extérieures à sa famille à la voir sans maquillage et vêtue d'une robe d'intérieur. De toute évidence, elle ne mangeait ou ne dormait pas assez. Lors de leur première rencontre, elle avait déjà de profonds cernes noirs autour des yeux, mais ses joues s'étaient creusées depuis. Caitlin fut presque choquée par son apparence.

—Désolée de vous avoir fait attendre, s'excusa Hansa.

—Ne vous inquiétez pas pour ça, répondit Caitlin en entrant dans l'appartement. (Elle attendit que la porte soit refermée.) Est-ce que Maanik va bien ?

Hansa verrouilla la porte derrière elle.

—Le signal « mûres » a enfin fonctionné, répondit-elle sans la moindre trace de soulagement.

—« Enfin » ? répéta Caitlin.

Kamala restait en retrait à quelques pas de là. Face à la menace qui pesait sur sa fille, Hansa tentait sans doute de reprendre le contrôle sur tout, et notamment sa maisonnée.

— Juste après que je vous ai envoyé son dessin, Maanik s'est mise à courir partout dans la pièce en criant, expliqua Hansa en guidant Caitlin jusqu'à la chambre de sa fille. Elle ne m'entendait pas, ou elle ne voulait pas m'écouter, je l'ignore. Finalement, son père a réussi à l'immobiliser, et j'ai pu utiliser votre signal.

— Je suis désolée que vous ayez à subir tout cela, dit Caitlin en la prenant gentiment par le bras pour la retenir. Dites-moi, vous et votre mari, faites-vous des cauchemars en ce moment ?

— Pour faire des cauchemars, il faudrait déjà que nous dormions, répondit Hansa en ravalant bravement ses larmes. Notre monde semble sur le point de s'écrouler. Il n'existe aucun refuge, ni ailleurs, ni dans cette ville, pas même dans notre foyer. Non, docteur O'Hara, nous ne faisons pas de cauchemars.

— Je comprends.

Caitlin lâcha son bras et elles gagnèrent la chambre.

La proximité et le lien familial étaient clairement deux facteurs dans cette histoire. Les cauchemars que Caitlin avait eus pour avoir approché Maanik et Gaëlle provenaient d'un lien créé par l'hypnose… ou peut-être le vaudou. L'une et l'autre agissaient à un niveau subtil et inconscient. Cependant, même en acceptant ce postulat, Caitlin ne voyait pas comment de telles forces pouvaient amener deux personnes très différentes à dessiner le même symbole.

Dans la chambre colorée de Maanik, les effluves suaves des fleurs et ceux, plus âpres, d'un parfum chimique ne parvenaient pas à masquer l'odeur de renfermé. Caitlin aperçut un désodorisant branché, de manière incongrue, sur la multiprise parafoudre qui alimentait également l'ordinateur de la jeune fille. Une dizaine de petits bouquets étaient disposés dans la pièce. La plupart s'ornaient de peluches et avaient dû être envoyés par les amis de Maanik. Ceux-ci avaient certainement appris que leur camarade allait manquer une semaine de cours. Ils avaient compris que ce n'était pas à cause d'une simple grippe. Peut-être les Pawar mettaient-ils son absence sur le compte du stress lié à la tentative de meurtre.

L'ambassadeur était assis sur le lit, un bras autour des épaules de sa fille, dans une attitude à la fois rassurante et protectrice. Le poignet de Maanik, recouvert d'un bandage tout neuf, reposait dans la main ouverte de son père. L'autre main de l'adolescente se trouvait sur le dos de Jack London qui ronflait, roulé en boule. L'ambassadeur leva les yeux en voyant arriver Caitlin. Il hocha poliment la tête mais n'eut pas la force de lui sourire. Maanik dormait et respirait un peu fort par la bouche. Contrairement à sa mère, elle semblait manger à sa faim, car elle avait de jolies couleurs et le teint frais. Mais il y avait comme une ombre sur son front, et ses sourcils étaient légèrement froncés. Sa détresse se voyait même dans son sommeil.

—Merci d'être venue, dit l'ambassadeur en libérant doucement son bras.

Il se leva, transmit à sa femme la mission de soutenir leur fille et serra la main de Caitlin. Elle vit que, par nécessité, il réussissait mieux que Hansa à dissimuler son malaise.

—Je me sens si démuni, avoua-t-il toutefois.

Impulsivement, Caitlin posa son autre main sur la sienne.

—Monsieur Pawar, nous faisons des progrès, je vous assure.

Il jeta un coup d'œil à sa fille qui dormait, épuisée par sa crise.

—J'aimerais vous croire.

Caitlin insista :

—Je viens juste de passer une journée avec une jeune femme qui souffre d'un mal similaire.

—Vous avez pu l'aider ? demanda Hansa, pleine d'espoir.

—J'ai pu apprendre d'elle, répondit Caitlin. (Elle fit défiler les photos de son téléphone et leur montra le dessin de Gaëlle.) Elle a dessiné ce symbole, elle aussi.

Les parents de Maanik hochèrent la tête d'un air stupéfait.

—Cette phase nous sert à ça, à apprendre, reprit Caitlin. Nous sommes pour l'instant incapables d'expliquer pourquoi ces deux jeunes filles ont des symptômes similaires ni pourquoi elles ont dessiné la même chose. (Elle rangea son téléphone.) Et il n'existe peut-être pas de traitement simple et rapide pour Maanik. Je travaille parfois en partenariat avec un lycée qui accueille des enfants de pays ravagés par la guerre. Ils ont vu des choses terribles avant que l'Amérique leur offre l'asile politique. Ils ont connu un traumatisme aussi intense que celui de votre fille, et cela peut prendre des mois, parfois même des années, avant qu'ils réapprennent à être des adolescents.

—Je ne veux pas entendre ça, affirma l'ambassadeur, comme si ce vœu pouvait l'aider à tenir.

—Je comprends. Mais laissez-moi vous dire ceci : vous avez de la chance, parce que Maanik bénéficie du soutien de tout son entourage et parce que c'est une battante.

L'ambassadeur garda les yeux baissés.

—Comprenez-moi bien. Je ne veux pas que Maanik soit une battante, je veux juste qu'elle redevienne ma fille.

—Bien sûr. C'est également mon objectif, acquiesça patiemment Caitlin. C'est pourquoi j'ai plusieurs demandes importantes à vous faire.

—Quel genre de demandes ?

—D'abord, j'aimerais hypnotiser de nouveau Maanik.

Hansa réagit instinctivement.

—Non ! Ma fille n'est pas un animal de laboratoire !

—On ne peut pas la protéger, Hansa, intervint calmement son époux. On ne peut que l'aimer, et cela signifie qu'on doit prendre les mesures nécessaires. Je suis d'accord, ajouta-t-il à l'adresse de Caitlin.

Hansa se raidit en entendant cela, mais elle ne souffla mot.

—Merci. Je ne vais pas la mettre sous hypnose tout de suite, mais il faudra le faire bientôt. Concernant mon autre demande, j'aimerais que Ben soit présent au cours de cette nouvelle séance.

Vous le connaissez, et Maanik le connaît, ce qui est important. D'autre part, ses dons linguistiques pourraient nous être d'un grand secours.

Cette fois, l'ambassadeur chercha du regard l'approbation de sa femme. En voyant le visage de celle-ci s'adoucir légèrement, Caitlin comprit qu'elle ne s'y opposait pas.

—Je fais confiance à Ben comme à un fils, reprit-il. Vous pouvez lui demander de venir.

—Merci.

—Ce sont là vos seules demandes? s'enquit-il en haussant légèrement les sourcils.

—Pas tout à fait, répondit Caitlin.

—J'admire votre détermination. Vous devriez peut-être me remplacer à la table des négociations.

—Ben pourra vous dire, monsieur, que je ne renonce jamais.

Cette réponse arracha enfin un sourire à l'ambassadeur. Caitlin lui sourit en retour chaleureusement, mais le prévint:

—Ne vous réjouissez pas trop vite, vous ne connaissez pas encore ma troisième demande.

—De quoi s'agit-il?

—Jack London.

L'ambassadeur la regarda d'un air perplexe.

—Eh bien?

—Je voudrais tenter une expérience. Elle prendra juste une minute.

M. Pawar écarta les mains en signe d'assentiment et s'assit sur la chaise de bureau. Sa femme et lui observèrent Caitlin se rapprocher du lit de Maanik et glisser doucement ses mains sous le petit corps de Jack London. Le chien ouvrit les yeux et lui lécha le bout des doigts. Caitlin le souleva et fit le tour du lit pour se retrouver à la droite de Maanik, du côté où elle s'appuyait contre sa mère. Elle approcha l'animal de la main droite de la jeune fille, qui reposait sur ses genoux. Aussitôt, Jack London tenta de mordre la main de Caitlin et les doigts qu'il venait juste de lécher.

La psychiatre retira sa main juste à temps, mais fut obligée de lâcher le chien qui grondait. Il atterrit sur le dessus-de-lit et prit une posture agressive en aboyant de toutes ses forces à l'adresse de la main de Maanik. Puis il sauta à bas du lit et courut de l'autre côté. Il tremblait et continuait d'aboyer, mais il essayait aussi de se rapprocher de Maanik. Il offrait un spectacle étrange, comme si des mains invisibles s'efforçaient de l'entraîner dans deux directions différentes.

Jack London semblait sur le point de sauter de nouveau sur le lit lorsque la mère de la jeune fille éleva la voix. Le chien se figea. Hansa s'adressa en hindi à son époux. Elle semblait protester de manière véhémente. Jack London la contempla d'un œil méfiant mais ne tarda pas à retourner à l'endroit où il dormait un peu plus tôt. Il se blottit contre le flanc gauche de Maanik et glissa son museau sous la paume de sa jeune maîtresse.

Caitlin entendit l'ambassadeur soupirer.

—Je suis désolée, lui dit-elle.

—Il ne faut pas. Comment saviez-vous qu'il allait réagir de cette manière ?

—J'ai remarqué combien il était nerveux la dernière fois et, en Haïti, j'ai vu des animaux réagir de manière étrange en présence de l'autre jeune fille.

Elle faillit parler des rats de Washington Square, mais décida que ces pauvres parents avaient bien assez d'horreurs à affronter. De toute façon, il n'existait aucun lien entre Maanik et cet incident.

L'ambassadeur soupira de nouveau.

—Ma femme veut faire piquer le chien.

—Je vous déconseille fortement de le faire, s'empressa de répondre Caitlin. Nous ne savons pas quel est le lien entre Maanik et son chien, mais il ne faut pas le rompre. (Elle montra le tableau que formaient l'animal et sa maîtresse.) J'ai voulu tenter cette petite expérience pour vous montrer qu'on n'est pas totalement dans le noir et qu'on comprend certaines choses. Le chien nous a devancés en réagissant à quelque chose que nous n'appréhendons pas encore. Mais j'ai bon espoir de découvrir de quoi il retourne.

Le père de Maanik avait le regard un peu plus lumineux qu'à son arrivée.

—Je ne suis pas sûr de vous suivre, mais c'est bon à savoir. Je dois retourner aux Nations unies. Quand reviendrez-vous nous voir ?

—Ce soir, si je peux m'organiser.

—À ce soir, alors.

Il s'attarda un instant auprès de sa femme en lui prenant la main. Puis il sortit de la chambre.

—Excusez-moi, dit Hansa. Je dois donner quelque chose à mon époux avant qu'il s'en aille.

Hansa se leva et confia Maanik à Caitlin. Tandis que la porte se refermait dans son dos, la psychiatre allongea délicatement l'adolescente. Jack London se déplaça pour rester près de la main gauche de sa maîtresse. Caitlin déposa gentiment la tête de Maanik sur son oreiller et sursauta.

La jeune fille avait les yeux ouverts et la regardait. Son regard était clair, alerte et incroyablement fixe, comme si deux lasers étaient tout à coup rivés sur Caitlin.

—Bonjour, souffla Maanik. Je vous ai surprise.

—Un peu, reconnut Caitlin.

—Vous m'avez surprise aussi, avoua l'adolescente avec un petit sourire en coin. Mais je suis trop fatiguée pour hurler.

Caitlin rit nerveusement.

—Je suppose que c'est une bonne chose. Est-ce que tu sais où tu es ?

Maanik acquiesça.

—Où sommes-nous ? insista Caitlin.

La jeune fille regarda autour d'elle.

—Ce n'est pas le Taj Mahal, alors il doit s'agir de… ma chambre.

Ses parents avaient mentionné son sens de l'humour. Caitlin était heureuse de voir qu'elle ne l'avait pas perdu.

— C'est bien ça. Sais-tu qui je suis ?

— Je crois. Docteur O'Hara ?

— Caitlin. Je suis ravie de te rencontrer en bonne et due forme.

— Moi aussi, répondit Maanik.

— Je n'ai pas l'habitude de parler ainsi avec toi, avoua Caitlin. Je ne t'ai vue que dans des situations d'urgence.

Elle avait souvent constaté dans son métier que l'honnêteté était ce qui passait le mieux auprès des adolescents.

— Je peux essayer de vous faire peur, si vous préférez.

— Comment t'y prendrais-tu ?

Maanik grimaça tout en tirant la langue.

— Qu'eche-que vous dites de cha ?

Caitlin se mit à rire. Elle avait devant elle la jeune fille enjouée qu'elle avait vue sur la vidéo de la pièce de théâtre.

— Comment connais-tu mon nom ? Que sais-tu à propos de moi ?

— Mes parents m'ont dit que vous êtes médecin. Psychiatre, pour être exacte. Est-ce que je serai bientôt guérie ?

— J'y travaille, assura Caitlin. Tu veux que je t'apporte quelque chose ? À manger ? À boire ?

— Non, ça va.

De la main gauche, Maanik commença à gratter Jack London derrière les oreilles. Il ne semblait absolument pas perturbé.

— Comment vont mes parents ? Ils sont là ?

— Ta mère est dans le salon. Ils vont aussi bien que possible compte tenu des circonstances.

Cela parut attrister Maanik, ce que Caitlin ne souhaitait pas. Elle ne savait pas de combien de temps elles disposaient. Cette période de lucidité allait-elle durer ?

— Hé, tu te sens de répondre à quelques questions ? J'en ai tellement à te poser.

— Je vais essayer. Je suis un peu paumée.

— C'est totalement compréhensible. Moi aussi, tu sais. (Caitlin amena la chaise de bureau près du lit et s'y installa.) Pour commencer, est-ce que tu gardes le souvenir de ce qui se passe pendant tes crises ?

Maanik se redressa.

—Je ne me souviens de rien. Je sais que je hurle et que je me griffe parce que mes parents me l'ont dit. Oh, et aussi parce que je suis couverte de bandages comme la Momie, ajouta-t-elle en levant son bras droit.

Cela fit rire Caitlin.

—Donc tu ne te rappelles pas t'être fait ça.

—Pas du tout.

—Ni ce que tu as dit ?

—J'ai parlé ?

—Pas comme on est en train de le faire. C'est plus comme… quand tu fais du théâtre, expliqua Caitlin.

—Non.

La psychiatre ne voyait pas l'intérêt de compliquer encore un peu plus les choses en mentionnant le fait qu'elle s'exprimait dans d'autres langues.

—Tu es généralement réveillée quand les crises surviennent. Que ressens-tu quand tu… ?

—Commences à péter un plomb ? l'interrompit Maanik.

Aussitôt, elle jeta un coup d'œil en direction de la porte pour être sûre que sa mère ne pouvait pas l'entendre.

—C'est bien ça, acquiesça Caitlin, que l'attitude de la jeune fille amusait.

Maanik détourna le regard et continua de caresser le chien, qui avait les yeux fermés.

—C'est bizarre, j'ai juste l'impression de… m'en aller.

—T'en aller comment ? Comme si tu t'endormais ?

—Pas vraiment.

—Tu as la tête qui tourne ? Ou bien quelque chose te paraît différent au niveau sensoriel ?

—Eh bien… (Maanik fronça les sourcils en signe de concentration.) C'est comme si je disparaissais. Non, ce n'est pas tout à fait vrai. D'abord, c'est comme si j'étais en morceaux, en tout petits morceaux, et puis je disparais.

—Je ne suis pas sûre de comprendre. Des petits morceaux?

—Mes oreilles entendent, mes doigts touchent, mon nez sent, mes yeux voient, mais ils ne sont pas connectés. C'est comme si chaque partie de moi formait les bougies d'un gâteau d'anniversaire.

—J'aime bien cette description, fit remarquer Caitlin en souriant. Continue.

L'adolescente devint brusquement très sérieuse.

—Maanik?

—Des bougies, murmura-t-elle en regardant Jack London.

—Eh bien?

—Les flammes qui tremblent.

De la main gauche, elle retourna le chien et lui grattouilla le ventre. Il renifla dans son sommeil.

—Qu'y a-t-il? insista Caitlin. Qu'est-ce qui ne va pas?

—Je ne sais pas, reconnut Maanik. Je me suis juste sentie triste.

Caitlin lui prit la main.

—Tu veux qu'on en parle?

La jeune fille ne répondit pas. Le silence qui s'installa dans la pièce rappela à Caitlin le calme oppressant qui régnait dans le couloir.

—Maanik, tu m'entends?

Elle avait les yeux rivés sur le chien.

—Tu te fais du souci pour Jack London?

Elle resta muette. Ses larmes se mirent à tomber sur le couvre-lit. C'étaient des pleurs de tristesse, un immense chagrin. Elle détourna la tête.

—Maanik?

—Mon bras, dit-elle tout bas, d'une voix monocorde.

Caitlin se pencha un peu plus pour mieux voir le visage de Maanik et obliger la jeune fille à la regarder.

— Qu'est-ce qu'il a, ton bras ?

— Mon bras gauche. Il n'est plus là.

— Ce n'est pas vrai. Tu es en train de caresser Jack London. Ton bras va bien.

— Non.

Caitlin la laissa faire une pause. Elle sentait que Maanik n'avait pas fini de parler.

— Mon bras est en sang, il a été arraché, c'est horrible. (Elle commença à se tortiller.) L'animal… est mort.

— Maanik, écoute-moi. Ce que tu vois n'est pas réel.

La jeune fille ne parut pas l'entendre.

— Je disparais comme des morceaux de papier dans un feu.

— C'est un rêve, insista calmement Caitlin. (Elle passa de la chaise sur le lit pour prendre Maanik dans ses bras.) Tu es juste ici, dans ton appartement, dans ta chambre, avec moi.

— Non, c'est en train de se produire. *Aidez-moi !*

— Qu'est-ce qui est en train de se produire ?

Elle parut chercher les mots justes.

— La fin, sanglota-t-elle. C'est la fin.

CHAPITRE 20

Du coin de l'œil, Caitlin vit Hansa apparaître sur le seuil. Aussitôt, elle leva la main pour l'empêcher d'entrer.

Les bras de Maanik se soulevèrent, et un torrent de mots se déversa de ses lèvres. Ce n'était pas de l'anglais, ni de l'hindi. Mais Caitlin avait l'impression, à voir son regard, qu'un peu de la vraie Maanik était encore là. Ses yeux la suppliaient. Jack London sauta à bas du lit et se mit à tourner en rond en aboyant.

La jeune fille n'était plus capable de répondre à des questions, et Caitlin ne voulait pas prendre le risque de la perdre de nouveau. Elle lui toucha l'oreille gauche en articulant le mot « mûres ».

Aussitôt, comme si on avait coupé des cordes la soutenant, Maanik s'écroula. Ses paupières se fermèrent, et elle se détendit en sombrant dans le sommeil. Libéré de sa propre transe, Jack London s'assit et se mit à hurler.

Caitlin entendit Hansa respirer bruyamment sur le seuil.

— Qu'est-ce qui vient de se passer ?

— Je ne sais pas, répondit la psychiatre. Maanik s'est réveillée, elle paraissait bien et puis elle a fait une rechute. Je vous en prie, promettez-moi de ne rien faire au chien.

— Pourquoi ? Qu'est-ce qu'il a à voir avec ça ?

—Je n'en sais rien, reconnut Caitlin, mais je suis de plus en plus certaine qu'il a son importance. S'il vous plaît ?

Hansa hocha la tête à contrecœur.

Caitlin traversa la pièce d'un pas mal assuré. Une vague de culpabilité l'envahit. Avait-elle provoqué cette rechute en bousculant Maanik ? Sa présence était-elle le déclencheur de cette nouvelle crise d'angoisse ?

C'est quand elle a parlé des bougies qu'elle a commencé à perdre pied.

Les flammes étaient-elles une métaphore pour désigner les coups de feu tirés contre son père qui l'avaient traumatisée ? Maanik transformait-elle ainsi une situation inconnue et terrifiante en un concept qu'elle pouvait comprendre ?

Ce n'était pas la première allusion au feu que Caitlin entendait depuis qu'elle avait fait la connaissance de l'adolescente. Ben avait interprété dans son étrange discours les mots « feu », « bras » et « douleur ». Caitlin avait vu des flammes dans sa vision avec Gaëlle. Et Atash, l'étudiant iranien, s'était immolé par le feu.

Mais n'est-ce pas une impasse ? se demanda-t-elle. Le feu n'avait rien de rare.

—Docteur ?

Caitlin sortit brusquement de sa réflexion.

—Oui ?

—Puis-je vous demander à quoi vous pensez ? Je me sens si impuissante.

Caitlin se tourna vers Hansa.

—Bien sûr. Je suis désolée. Madame Pawar, pourriez-vous me dire comment votre mari parvient à gérer son stress ?

—Il prie, répondit son interlocutrice, le regard las.

—Dans l'appartement ?

—Quelquefois. Il doit être vu et montrer publiquement qu'il est un homme humble, alors il va prier dans un temple du quartier, ou bien il se mêle à d'autres Indiens sur la Troisième Avenue. Mais il préfère prier dans le salon.

—Dans « la paix de nombreux choix », cita Caitlin.

Le visage de Hansa s'éclaira.

—Oui.

—Dans ce cas, vous comprendrez, peut-être, ce que je m'apprête à vous expliquer. Quand nous prions, nous fermons les yeux. Notre corps se détend. Nous accédons à un aspect spirituel de notre être qui est gouverné par la foi et non par la logique. Je crois que c'est ce que fait votre fille, mais de manière encore plus profonde. Elle a eu le temps de me dire qu'elle avait l'impression de « disparaître ». Maanik a peut-être créé ce qu'elle croyait être un refuge à l'intérieur d'elle-même, sauf que ses peurs s'y sont engouffrées également. Elles se matérialisent sous forme de flammes, de chagrin et de douleurs physiques.

—Ma pauvre enfant…

—Madame Pawar, s'il s'agit d'une transe auto-induite, je dois aller chercher Maanik dans ce « refuge » et l'en sortir.

Hansa acquiesça, une lueur d'espoir au fond des yeux.

—Je vais revenir ce soir avec Ben, promit Caitlin. En attendant, je voudrais que vous fassiez quelque chose pour Maanik.

—Tout ce que vous voudrez.

—Prenez soin de vous. Nourrissez-vous, autorisez-vous une sieste si possible, allez vous promener, ne serait-ce que pour faire le tour du quartier avec Jack London.

—Mais je suis dans un tel état. Si je croise une connaissance…

—À mon avis, tous ceux que vous pourriez croiser sont inquiets à cause de la situation au Cachemire. Ils comprendront et respecteront votre intimité.

Hansa acquiesça, et Caitlin vérifia sa montre. Elle pouvait encore arriver à temps pour recevoir son patient de midi et demi. Elle prit congé et se dépêcha de sortir de l'appartement. Dans le couloir, en attendant l'ascenseur, elle trouva l'atmosphère différente. La menace qui planait dans l'air semblait s'être renforcée.

Caitlin laissa un message sur le répondeur de Ben pour lui demander de se libérer ce soir-là, puis elle sauta dans un taxi.

Sur le chemin de son bureau, elle passa en revue tout ce qu'elle savait à propos du jeune Iranien. Son frère avait été exécuté, lui-même s'était immolé par le feu et se trouvait actuellement à l'hôpital. Elle chercha de nouveau son cas dans la newsletter qui parlait de lui. Le texte faisait état de sa logorrhée mais ne mentionnait ni un langage inconnu, ni des gestes particuliers. Il était vrai que cela s'était passé en Iran. Même les informations médicales avaient du mal à sortir du pays.

Atash avait-il essayé de reproduire une douleur quelconque qu'il ressentait, et qui aurait été liée au feu, ou existait-il une autre explication, une cause plus profonde et involontaire ? Peut-être essayait-il simplement de se rebeller contre le meurtre de son frère ? Caitlin voulut faire une recherche en ligne pour découvrir si ce garçon était encore vivant, mais elle n'en eut pas le temps avant la fin de son trajet. Pendant les heures qui suivirent, elle enchaîna les rendez-vous avec des patients. Lors d'une courte pause en fin d'après-midi, elle se renseigna sur l'infestation de rats. Apparemment, celle-ci se concentrait autour d'un vieil hôtel particulier de la Cinquième Avenue, un club ultra-sélect pour globe-trotters. Il n'y avait pas d'adolescents dans ce lieu, pour autant qu'elle puisse en juger par cette recherche rapide entre deux rendez-vous.

Tout au long de l'après-midi, Caitlin jugea que ses patients réguliers allaient étonnamment bien. La plupart s'étaient rabattus sur la thérapie de groupe en son absence, un système qu'elle avait mis en place depuis plusieurs mois. Après le départ de son dernier client, elle lut un message de Ben lui disant qu'il la retrouverait chez les Pawar.

Avant de quitter son bureau, Caitlin alla voir sa collègue, le docteur Anita Carter, qui la remplaçait en cas d'urgence. Cette Afro-Américaine originaire d'Atlanta avait une façon très new-yorkaise d'aborder un problème : l'analyser, le résoudre, le classer et aller dîner. Caitlin lui enviait énormément cette incroyable facilité à tout compartimenter.

—Je tiens à te prévenir, deux comptables ont exprimé leur mécontentement suite à ta récente période d'indisponibilité, lui dit Anita.

—Laisse-moi deviner. Lauren, de l'administration de l'hôpital, et Phil de l'université de New York.

—Ma parole, tu n'es pas seulement médecin, tu es aussi médium !

—Je parie qu'ils ont utilisé précisément ces termes-là : « période d'indisponibilité », ça leur ressemble bien.

—Pourquoi utiliser le mot « absence » quand on peut employer une expression ronflante ? Essaie juste de calmer le jeu, tu veux ?

—Ouais. Je vais leur envoyer un mail pour leur expliquer que mes patientes souffrent d'un traumatisme extrêmement grave.

—Elles sont suicidaires ?

—Je ne crois pas, mais elles sont hautement imprévisibles.

—Eh bien, rappelle à Lauren et à Phil qu'on pourrait nous tenir pour responsables si on ne mettait pas notre meilleur atout, c'est-à-dire toi, sur ce cas. Comme ça, ils te laisseront tranquille. (Anita posa sur Caitlin un regard entendu.) Tu veux qu'on en parle ?

—Peut-être plus tard, répondit Caitlin, qui ne pouvait dévoiler l'identité de Maanik. Mais je peux au moins te dire que je suis crevée. Comment vont les autres ?

—C'est plutôt calme en ce moment. Il reste encore une ou deux semaines avant que le stress des examens de décembre ne frappe.

—Tu n'as donc rien vu qui sortait de l'ordinaire ?

Anita secoua la tête.

—Tu penses à quelque chose en particulier ?

—Non, je demandais juste comme ça.

—Ma belle, ça ne te ressemble pas. Qu'est-ce qu'il y a ?

Caitlin fit la grimace.

—La tension entre l'Inde et le Pakistan semble affecter tout le monde.

— Deux des gamins en ont parlé, mais il y a tant d'exagérations sur le Net que c'est dur de savoir s'il s'agit d'une peur réelle ou passagère. Quand une célébrité se tue dans un accident de voiture, les gamins ont peur des voitures pendant un jour ou deux, parfois trois. Puisqu'on en parle, quand tu auras le temps, j'aimerais qu'on étudie la possibilité de créer des groupes de réflexion sur les paranoïas véhiculées par Internet et les réseaux sociaux.

— Une angoisse partagée, commenta Caitlin. L'idée me plaît.

— C'est comme chez les terriers, dit Anita. Si l'un s'affole, il transmet son stress à ses congénères, et ça l'angoisse encore plus.

— C'est vrai que tu as deux Jack Russell, se rappela Caitlin. Ils font souvent ça ?

— Chaque fois que la sonnette retentit. Le plus marrant, c'est que malgré tous les problèmes, je bénis Internet chaque jour, sincèrement. Plus je prends connaissance de nouveaux cas, plus j'ai d'exemples à analyser et plus j'ai l'impression qu'on peut aider les gens.

Caitlin remercia de nouveau sa collègue pour son aide et prit à pied la direction de son appartement. Elle était heureuse d'apprendre que les chiens d'Anita se comportaient normalement. Elle s'inquiétait déjà bien assez pour les humains. Elle ne put s'empêcher de réfléchir, en revanche, aux propos d'Anita sur l'angoisse de masse.

Comment qualifie-t-on l'attitude d'un groupe qui se déplace d'un côté puis de l'autre en même temps ?

L'instinct grégaire. Se regrouper pour se protéger mutuellement d'un danger, des peurs qui traînent comme un bourdonnement sourd et lent.

Comme les hommes de Neandertal dans leurs grottes. Notre cerveau a évolué, mais notre corps est resté bloqué à l'époque du pléistocène.

Brusquement, Caitlin eut froid comme si un vent d'hiver mordant avait balayé la rue dans sa direction. Elle aurait pu mettre cela sur le compte de l'évocation de la période glaciaire mais, en réalité, c'était venu à cause d'une idée en lien avec les propos d'Anita.

L'instinct grégaire ne se manifestait pas seulement physiquement, les gens se regroupaient aussi grâce aux ordinateurs, aux téléphones et au Wi-Fi. Et si les millions d'adolescents qui se rassemblaient sur les réseaux sociaux ne le faisaient pas uniquement pour avoir l'impression d'être les maîtres de leur grotte et décomposer leur univers en parties plus facilement gérables ? Et s'il existait réellement une menace externe, à peine perceptible, qui les poussait à se regrouper tel un vol d'oiseaux migrateurs ? Et si Maanik, Gaëlle, Atash peut-être et Dieu sait combien d'autres étaient les premiers à capter de manière semi-consciente ce signal ?

Mon Dieu, songea Caitlin. Étaient-ils donc si près de l'implosion, comme l'avait dit Ben ? Le Pakistan représentait-il la menace imminente ? Celle-ci était-elle suffisamment forte pour déclencher ce genre de réaction à l'échelle mondiale ? Ou ces adolescents réagissaient-ils à autre chose, quelque chose de plus terrible encore ?

Dans ce cas, de quoi s'agissait-il ?

CHAPITRE 21

Hôpital Motahhari, Téhéran

Depuis la veille, Atash Gulan n'était plus sous respirateur, si bien qu'un silence inhabituel régnait dans sa chambre. De temps en temps, on entendait dans les couloirs le cliquetis métallique d'un chariot. À l'extérieur, il y avait très peu de circulation. Le niveau de pollution était si élevé que seuls les hôpitaux et les banques restaient ouverts. Un brouillard jaunâtre emplissait la fenêtre et obscurcissait partiellement les arbres dans la cour en contrebas.

Atash était l'unique occupant de la chambre. Deux infirmières en tenue bleue et foulard noir changeaient les pansements sur ses jambes. Elles travaillaient en silence en espérant ne pas se faire remarquer, de peur de se retrouver entraînées dans un nouveau débat sur les femmes qui soignaient les patients masculins. Cet hôpital relativement petit souffrait de la pénurie nationale d'infirmiers, et pourtant le médecin s'insurgeait de voir des femmes au chevet d'Atash chaque fois qu'il venait voir son patient. La dispute se terminait toujours de la même manière, le médecin secouant la tête en disant : « Puisqu'il s'agit du frère d'un criminel, je suppose que ça n'a pas d'importance. Changez les pansements. »

Atash ne recevait aucun visiteur. Il n'y avait ni bouquets de fleurs, ni courtepointe aux couleurs vives, ni photographies dans sa chambre. Sa présence plongeait l'hôpital dans l'embarras.

Une heure plus tôt, Atash avait reçu suffisamment d'antidouleur pour le préparer à ces soins qu'il subissait deux fois par jour et qui visaient à stimuler la circulation du sang avant de refaire ses pansements. Les médicaments l'avaient plongé dans un état de rêve éveillé. Son corps à moitié redressé était presque entièrement immobilisé au niveau du torse et des bras. La couverture remontée sur sa poitrine recouvrait ses cathéters mais dévoilait ses jambes pour que les infirmières puissent travailler. L'une manipulait doucement sa cheville gauche pour lui donner la possibilité de recouvrer toute sa mobilité, si jamais il remarchait un jour. L'autre lui retirait les pansements de la jambe droite. Son pied et son mollet étaient brûlés au quatrième degré. Il ne restait plus que quelques lambeaux de peau noircis. Son talon avait brûlé jusqu'à l'os, et les muscles atrophiés de son mollet étaient à nu. Atash avait des brûlures sur quatre-vingt-dix pour cent du corps. Sa survie tenait du miracle.

— Il expie les péchés de son frère, voilà pourquoi il est toujours en vie, avait marmonné un religieux après avoir appris son identité.

Seules les deux femmes qui n'auraient pas dû le toucher éprouvaient un peu de compassion pour le jeune homme.

Atash était à peine conscient du miracle de sa survie. Dans son rêve éveillé, il courait après son grand frère, Rashid, ou plutôt il flottait derrière lui tandis que Rashid suivait un entraînement militaire de style parkour. Poursuivi par la police, il piquait des sprints effrénés, escaladait des murs et sautait par-dessus des escaliers et des fontaines.

— Ne cours pas, Rashid ! criait Atash. Ça ne fera qu'empirer les choses !

Mais il connaissait déjà l'issue du procès. Le seul « crime » de Rashid, c'était son homosexualité, mais on allait ajouter trafic de drogue et sédition à ce premier chef d'accusation, afin de donner l'impression que les homosexuels étaient profondément débauchés.

Brusquement, la silhouette trapue de Rashid cessa de courir et se tourna vers Atash, qui se trouvait à présent sur la terre ferme. L'air autour d'eux s'emplit rapidement d'une espèce de fumée, qui bouillonnait comme le *haboob* dans le désert. Sauf que ce n'était pas du sable ni de la fumée. La gorge et les yeux d'Atash se mirent à brûler comme l'air était saturé d'acide.

— Mon frère ! s'écria-t-il en plissant les yeux pour l'apercevoir malgré le brouillard.

Mais était-ce bien Rashid ? Il lui paraissait étrangement différent… Pourtant, Atash était sûr d'avoir couru après son frère. À travers les nuages qui s'épaississaient, il avança en direction de la silhouette indistincte.

— Rashid !

Celui-ci se découpait en ombre chinoise sur le brouillard. Atash suffoquait à cause du soufre tandis que des vents violents sifflaient à ses oreilles. Il tendit la main vers son frère au moment où la fumée engloutit sa silhouette.

— Viens vite, c'est urgent, il faut qu'on s'en aille !

— Pour aller où ? demanda l'autre d'une voix mélodieuse mais désaccordée, comme un chant aigre.

— Dans la cour ! Il faut retourner là-bas !

Son frère lui cria sa réponse, mais si Atash entendit bien les mots, il ne comprit pas leur signification. Il disait quelque chose à propos de bateaux… la mer…

— Qu'est-ce que tu dis ? Je ne comprends pas !

Son frère avait entièrement disparu dans la fumée, mais Atash entendait encore sa voix, ou du moins une voix stridente et apeurée.

— Je te dis que les Croyants et toi, vous êtes fous !

— Et toi, tu es aveugle ! répliqua Atash d'une voix qui n'était plus la sienne – le timbre semblait bien plus aigu et plus jeune.

— Aveugle ? Ce sont tes *glogharasor* qui sont aveugles !

Son frère venait de lancer une insulte. Ce mot signifiait « stupides sacrifices ». Atash n'aurait su dire comment il le savait.

La silhouette réapparut brusquement à travers la fumée. Seulement, il ne s'agissait plus du tout de Rashid, bien que ce soit quand même un frère. Sa peau pâle et ses traits n'avaient rien de familier. Il portait plusieurs couches de vêtements superposés qui volaient au vent, maintenus sur sa poitrine par une broche en argent étrangement incurvée. Il ramassa un sac de marin et prit Atash par la main.

— Viens ! cria-t-il. Maintenant !

Atash attrapa un pic à glace qui tenait debout comme un bougeoir et frappa son frère aîné sur le crâne, pas trop fort, juste assez pour l'assommer. Puis il le prit sous les aisselles et l'entraîna dans les rues. Mais il comprit vite, en regardant autour de lui, qu'il ne s'agissait pas de Téhéran. Cet enfer brûlant se trouvait ailleurs.

Tout en avançant péniblement à reculons, Atash vit que son frère saignait à la tête. Bizarrement, il savait où il allait. Il n'avait qu'une courte distance à parcourir à travers les nuages de suie et la puanteur. L'absence de badauds dans les rues facilitait sa progression, mais il pleuvait des cendres qui lui bouchaient les narines et lui asséchaient la gorge. Il s'arrêta pour mettre une espèce de foulard sur sa bouche. Des gens hurlaient et couraient dans les autres rues. Puis il aperçut les Croyants, éclairés par le feu au centre de la cour. Ils formaient le cercle sacré au milieu des hautes colonnes sombres et rectangulaires, et leurs tuniques jaune et blanc tournoyaient sans fin. Ils levaient les bras, les baissaient et les bougeaient de côté. Atash traîna son frère jusqu'au cercle et voulut prendre place parmi les Croyants, mais un homme de grande taille leva la main pour l'empêcher d'aller plus loin.

Atash avait oublié l'huile. Il posa la tête et les épaules de son frère sur les pavés lisses, puis courut dans la maison la plus proche et fouilla sur les étagères. Il trouva de l'huile et retourna dans la cour au plus vite. En prononçant des mots qui lui étaient familiers même s'il en ignorait le sens, il versa l'huile sur son frère et sur lui. Puis il le souleva de nouveau et entra dans le cercle de tuniques tourbillonnantes…

Mais c'était trop tard. Son visage et sa poitrine heurtèrent de plein fouet un mur de chaleur si puissant, si intense, qu'il projeta Atash à la renverse et fit basculer les colonnes autour de lui. L'huile se mit à crépiter sur les parties de sa chair à nu, puis partout ailleurs lorsque son corps tout entier s'embrasa. Son frère reprit connaissance en poussant un cri perçant, tandis qu'autour d'eux des hurlements fendaient l'air tels les spectres de ceux qui étaient déjà morts. Avant de fondre, les yeux d'Atash ne parvinrent pas à appréhender le chaos et l'ampleur de ce qui se trouvait derrière cette vague d'extrême chaleur.

Les infirmières relevèrent la tête en entendant les petits bruits qu'émettait leur patient.

—Il parle dans son sommeil, dit l'une d'elles à voix basse.

—Je me demande à quoi il pense, murmura l'autre.

—Je parie qu'il regrette son geste.

—Peut-être qu'il explique comment il a réussi à embraser de l'huile de tournesol froide.

—Ne commence pas avec ça.

—Mais c'est impossible…

—Silence ! Tu veux déclencher des accusations de magie noire ?

L'infirmière curieuse tint sa langue et poursuivit sa tâche en silence.

CHAPITRE 22

Avant de prendre le temps de dîner, Caitlin se consacra à quelques préparatifs en vue de sa séance avec Maanik. Il lui restait encore certaines questions à régler en elle-même.

Entre son retour de Haïti et les événements de la journée pour le moins déroutants, elle fut surprise par la normalité de ce dîner avec Jacob. D'habitude, quand elle rentrait de voyage, son fils la bombardait de questions sur l'endroit où elle s'était rendue, les personnes qu'elle avait rencontrées et ce qu'elle avait fait. Caitlin avait toujours pensé qu'en plus de renouer le contact cela lui donnait l'impression qu'il ne l'avait pas perdue pendant ces quelques jours, comme si elle collectait des informations et vivait des expériences pour les partager avec lui.

Ce soir-là, cependant, Jacob ne s'intéressa pas le moins du monde à Haïti. Caitlin le testa en prononçant quelques phrases à propos de son voyage, mais il ne mordit pas à l'hameçon. Il se livra plutôt à un long monologue à propos de *Vingt mille lieues sous les mers,* qu'il lisait pour l'école. Il comptait s'appuyer sur le roman pour rédiger une dissertation à propos des espèces animales en danger.

—L'axolotl est perdu, c'est sûr, dit-il avec une telle ferveur qu'il s'exprimait à moitié par signes et à moitié avec la voix. Les lamantins et les orques aussi, même si ce sont de grosses bêtes.

— Lequel est ton préféré ? demanda Caitlin.

— Je les aime tous. Je me demandais : tu crois que le capitaine Nemo se battrait pour protéger l'océan s'il vivait à notre époque ?

— Mon chéri, il n'a jamais vécu. C'est un personnage de fiction.

Jacob rejeta cette affirmation en secouant la tête.

— Tous les personnages de fiction s'inspirent de personnes réelles. C'est mon professeur d'anglais qui nous l'a dit.

— Oh ? fit Caitlin. Et Winnie l'ourson, alors ?

— C'était un vrai ours en peluche, à l'origine.

Elle s'avoua vaincue, car il avait raison.

Il se comportait comme s'il s'agissait d'une soirée ordinaire. Caitlin se rendit compte qu'elle attendait de lui une réaction différente parce qu'elle-même l'avait vécue comme une épreuve. Mais lui n'était pas à la dérive. Elle, si, en revanche, et Jacob était son ancre.

Tout en dégustant sa glace, Jacob était en train de lui raconter qu'il voulait lire *L'Île mystérieuse*, la deuxième aventure de Nemo, lorsque Caitlin l'interrompit de manière impulsive :

— Hé, tu veux tenter une expérience avec moi ?

Il haussa les épaules comme un adolescent indifférent, mais replia l'une de ses jambes sous lui et se pencha vers sa mère, prouvant ainsi son intérêt.

— On va se tenir la main pendant une minute, expliqua Caitlin par signes.

Jacob ouvrit de grands yeux ronds, puis fit mine de mourir sur sa chaise.

— Ne t'inquiète pas, ça n'a rien de sentimental, je veux juste voir ce qui se passe, le rassura Caitlin.

— Est-ce que je peux être responsable du chrono ? demanda-t-il par signes.

Caitlin lui confia son téléphone, puis lui expliqua qu'elle ne voulait pas qu'il fasse ou qu'il pense à quoi que ce soit pendant qu'ils se tiendraient la main. Elle en ferait autant de son côté, et ils verraient bien si quelque chose se produisait spontanément.

Jacob acquiesça, preuve que l'expérience lui paraissait un tantinet intéressante, puis lança le chrono sur le téléphone et donna le signal du départ. Caitlin prit la main droite de son fils dans la sienne.

Il ne se passa rien de son côté. Elle se sentait toujours perturbée. Jacob commença à s'agiter, mais uniquement comme un gamin de dix ans peut le faire le temps que les secondes s'égrènent. Quand le téléphone se mit à biper, Caitlin demanda à son fils s'il avait senti quelque chose. Il répondit que non.

— D'accord, on recommence, lui dit-elle.

— C'est la dernière fois ? demanda-t-il.

Elle haussa les épaules d'un air évasif.

Cette fois, quand le compte à rebours fut lancé, ce fut la main gauche de Jacob qu'elle prit dans son autre main.

De nouveau, rien ne se produisit dans son cœur ou dans son esprit. L'attention de Jacob ne cessait de dériver vers le téléphone, et Caitlin fut obligée d'intervenir pour qu'il ne joue pas avec.

Après le bip, elle demanda à refaire l'expérience une troisième fois.

Jacob soupira mais lança le chrono. Caitlin prit la main gauche de son fils dans sa main droite. Pendant quelques secondes, rien ne se produisit. Puis l'enfant se concentra brusquement, comme la fois où il avait vu un faucon passer près de la fenêtre. Difficile de dire sur quoi il focalisait son attention cette fois-ci, puisqu'il semblait regarder la table plutôt que sa main, mais elle vit son corps s'immobiliser et son visage devenir très sérieux. Elle-même ne ressentait rien mais, de toute évidence, il se passait quelque chose pour lui.

Brusquement, Jacob lui lâcha la main, sans violence mais avec une certaine urgence, comme s'il avait touché quelque chose de chaud. Il se pencha au-dessus de la table et posa les mains sur les joues de Caitlin. Les yeux plongés dans ceux de sa mère, il dit « Maman » comme pour affirmer que c'était bien elle.

— Je suis là. Tu vas bien ?

Il lâcha son visage pour lui répondre par signes mais garda les yeux rivés sur elle.

— Je suis désolé. Je ne suis pas assez grand pour les aider à le contenir.

À voir son expression, il pensait ce qu'il disait.

— Contenir quoi ? demanda-t-elle.

Mais il se leva sans la regarder et la serra brièvement contre lui avant de gagner sa chambre. Caitlin s'apprêtait à le suivre lorsqu'elle fut interrompue par l'arrivée de la baby-sitter, Theodora, qui devait le garder pendant sa séance avec Maanik.

Après avoir fait entrer Theodora, Caitlin entrouvrit la porte de Jacob, la pensée de leur expérience ne la quittant pas. Son fils faisait ses devoirs et lui montra le dessin qu'il avait fait du capitaine Nemo.

— Très joli, commenta-t-elle par signes.

Elle était sincère. La barbe de Nemo l'enchantait particulièrement, car elle ressemblait à une vague blanche gelée.

— Jacob, tout à l'heure, qu'est-ce que tu voulais dire par « contenir » ?

Son fils tapota le coin de sa bouche avec trois doigts, puis écarta les mains : « eau » et « grand ».

Caitlin frissonna. Elle se plaça devant lui de manière qu'il puisse bien lire sur ses lèvres.

— Tu veux parler de l'océan ? demanda-t-elle à voix haute en répétant les signes qu'il avait faits pour « grande eau ».

Jacob le voyait plusieurs fois par an quand il rendait visite à ses grands-parents à Long Island. Il hocha la tête.

Caitlin se détendit un peu.

— Tu as vu l'océan pendant que tu me tenais la main ?

Il secoua la tête pour dire « non ».

— Alors comment sais-tu de quoi il s'agissait ?

— C'était vraiment très grand et ça bougeait.

— Comme les vagues sur la plage ?

Il secoua de nouveau la tête.

—J'ai du travail maintenant, maman.

Il retourna à ses devoirs comme une mini-Caitlin. Elle s'attarda un moment au cas où il déciderait d'en dire plus. Voyant que ce ne serait pas le cas, elle se pencha pour lui souhaiter bonne nuit et l'embrasser. L'expérience ne semblait pas l'avoir perturbé, ce qui soulageait Caitlin, mais elle n'en était pas moins troublée par sa réaction. Pourquoi avait-il parlé d'une vague ? Avait-il, d'une manière ou d'une autre, puisé dans sa vision à elle ?

En sortant de chez elle, au milieu de l'escalier, Caitlin se souvint de la manière dont elle avait un jour décrit la psychiatrie à Jacob : il s'agissait d'aider les gens à mettre leurs problèmes en pleine lumière jusqu'à ce qu'ils les résolvent. Peut-être que son fils sentait qu'elle se faisait du souci pour ces jeunes femmes traumatisées et qu'il se réfugiait dans un endroit qui l'apaisait toujours, l'océan.

Caitlin avait l'impression que le sol se dérobait sous ses pieds. C'était pire que la fois où elle avait travaillé avec des centaines de gens après le tsunami à Phuket. À l'époque, elle avait dû traiter une multitude de personnes traumatisées par la tragédie. Cette fois, elle avait affaire à deux jeunes filles qu'elle connaissait, à qui elle avait parlé. Elle qui avait toujours su si bien préserver son équilibre, voilà que tout d'un coup elle flanchait. Rien d'étonnant à ce que Jacob l'ait remarqué.

Dans le taxi qui l'emmenait vers l'East Side, Caitlin lut rapidement quelques documents. Puis, quand elle arriva chez les Pawar, elle demanda à rester seule quelques minutes sur le balcon avant de voir Maanik. Kamala la conduisit à l'extérieur et referma la porte derrière elle. Caitlin contempla les lumières des appartements et des lampadaires qui ondoyaient sur l'East River et leva les yeux vers les nuages se découpant sur la pleine lune. Ben était sur le point d'arriver, mais elle se sentait étrangement seule, peut-être parce que leur histoire lui faisait penser à un numéro de cirque. Parfois ils étaient suspendus au même trapèze, parfois ils se trouvaient chacun à une extrémité du chapiteau, et parfois ils chutaient à toute vitesse vers le filet. Leur relation n'était pas vraiment une chose à laquelle ils pouvaient se raccrocher.

Malgré tout, elle fut heureuse de le voir lorsqu'elle retourna dans l'appartement. Il lui adressa un sourire chaleureux (et détendu, pour la première fois depuis des jours) et lui tendit un sac plein d'appareils électroniques : un Caméscope, un magnétophone de secours et une tablette.

— Tu as passé une bonne journée ? lui demanda-t-elle, pleine d'espoir.

— Presque, chuchota-t-il. Les représentants de chaque pays sont restés dans leur coin, alors je n'ai pas eu beaucoup de conversations à traduire aujourd'hui.

Ils installèrent l'équipement dans la chambre de Maanik. La jeune fille les regarda faire sans prononcer le moindre commentaire. Elle semblait plus distante qu'elle ne l'avait été le midi, mais ne faisait preuve d'aucune appréhension. Se sentait-elle résignée ? S'armait-elle de courage ? Difficile à dire.

Caitlin s'assit auprès d'elle et lui expliqua tout ce qu'elle allait dire et faire pendant la séance. Maanik l'écouta sans souffler mot ni même réagir à sa présence. Ben s'accroupit à quelques pas de là, prêt à allumer les appareils et à prendre des notes sur sa tablette. Les Pawar prirent place côte à côte à l'autre bout de la chambre, sur des chaises empruntées à la salle à manger. Jack London rôdait à proximité, mais le bas du pantalon de Ben semblait l'intéresser davantage que Caitlin.

Celle-ci garda le chien à l'œil tout en mettant Maanik sous hypnose grâce à un compte à rebours. Il n'y eut aucun changement notable dans l'attitude de Jack London, à part le fait qu'il cessa de renifler le pantalon de Ben pour fourrer son museau dans l'une de ses chaussettes.

Maanik aussi était imperturbable. Elle glissa dans une transe profonde et détendue sans la moindre résistance.

Caitlin avait longuement hésité sur la façon de présenter cette séance à l'adolescente. Devait-elle parler de régression dans une vie antérieure ? Le sujet continuait de lui arracher une grimace, mais elle avait pris le temps de l'étudier pendant le trajet en taxi. À sa grande surprise, elle avait découvert que le procédé était très proche de l'hypnose ordinaire. Malgré tout, elle décida que le fait de parler de vies antérieures risquait de fausser la donne. Elle voulait que Maanik lui décrive ce qu'elle voyait et ce qu'elle éprouvait en toute spontanéité.

Caitlin commença par demander à la jeune fille de choisir un endroit paisible où elle se sentait chez elle et en sécurité. Elle pourrait y revenir chaque fois qu'elle le désirait.

— As-tu trouvé cet endroit ?

— Oui, j'y suis, répondit Maanik.

— Décris-le-moi.

— Je suis sous une tente rose et jaune qui oscille. Elle se trouve sur le dos d'un éléphant, ajouta-t-elle en riant.

Tout le monde pouffa.

— C'est merveilleux, commenta Caitlin. Tu te sens en sécurité là-haut ?

— Oh oui, répondit Maanik en poussant un soupir de contentement. Devant moi, il y a une rangée d'hommes sur des chevaux blancs, et nous avançons lentement à travers les champs en direction des montagnes. Mais elles sont loin, nous n'y arriverons pas ce soir. Il fait chaud, mais la brise est agréable. Je joue aux cartes avec ma tante. Ce sont des cartes rondes entièrement peintes.

Une exclamation étouffée retentit du côté des Pawar.

— Le *Ganjifa*, souffla la mère de la jeune fille.

— Ce jeu sert à enseigner le *Mahabharata*, l'épopée hindoue, ajouta l'ambassadeur. Il date de plusieurs siècles.

Caitlin hocha la tête mais garda les yeux rivés sur Maanik qui prit brusquement un air rêveur en disant :

— Le corps n'est que cendres mais le souffle est immortel.

— Ça vient des Veda ? demanda Ben tout bas.

L'ambassadeur acquiesça, et son épouse eut l'air surprise.

— Les Upanishads, les textes philosophiques de la religion hindoue, précisa-t-elle. Maanik ne les a jamais étudiés, ajouta-t-elle en contemplant sa fille.

— Elle m'a peut-être entendu en parler, glissa l'ambassadeur.

Mais il ne semblait pas très convaincu.

— D'accord, Maanik. N'oublie pas, tu peux revenir sous ta tente sur l'éléphant à n'importe quel moment. Tu comprends ?

La jeune fille marmonna une réponse positive.

— Je vais te demander à présent de retourner dans cet autre endroit, celui que tu as déjà visité et où tu sembles avoir tellement de soucis.

Le sourire de Maanik s'effaça brusquement.

— Je ne veux pas, protesta-t-elle d'une toute petite voix que Caitlin ne lui avait jamais entendue.

— Je sais que c'est beaucoup te demander. Mais c'est pour mieux me permettre de t'aider. Tu veux bien être courageuse et faire ça pour toi ?

Maanik hésita, puis hocha la tête. Elle déglutit péniblement et croisa les bras comme pour se protéger. Caitlin vit que ses yeux bougeaient sous ses paupières tandis qu'elle regardait autour d'elle. Puis son corps tout entier tressauta et ses yeux s'ouvrirent brusquement, mais ce n'était plus sa chambre qu'elle voyait. Elle écarta brusquement les bras puis, tout aussi vite, se mit à frapper ses pansements d'une manière qui fit frémir Caitlin. Elle empoigna Maanik par les épaules et se pencha sur elle pour l'empêcher de se faire du mal. La jeune fille hurlait de nouveau en silence, sa bouche formant un grand O. Jack London se mit à hurler lui aussi.

— Maanik, dis-moi où tu es ! demanda fermement Caitlin.

L'adolescente luttait visiblement pour reprendre le contrôle de sa bouche. Ses lèvres torturées laissèrent passer un torrent de mots inconnus tandis qu'elle se remettait à faire les grands cercles et les gestes brusques que Ben avait identifiés comme étant des superlatifs. Mais elle faisait des efforts pour continuer de parler et se faire comprendre, bien qu'elle s'exprimât dans un langage inconnu. La peur se lisait dans ses yeux.

— Maanik, je sais que tu m'entends, reprit Caitlin. S'il te plaît, trouve un moyen de me dire où tu es.

— Je vois de grands poteaux. Des morceaux s'en détachent et tombent autour de nous…

— Des poteaux ? En bois ?

— En pierre. Ils sont sculptés. Il y a des vagues derrière… je sens l'odeur du sel.

— C'est l'océan ?

Maanik ne répondit pas, mais Caitlin crut voir les cheveux de la jeune fille bouger légèrement, non pas à cause d'un mouvement de sa part, mais comme si quelque chose derrière elle les soulevait. La fenêtre était pourtant masquée par des rideaux, et il n'y avait pas de bouche d'aération au sol ou au plafond. Maanik frissonna. Son regard s'étrécit tandis qu'elle levait la tête.

— Le ciel ! *Il est en feu !* s'exclama-t-elle.

— À cause du coucher de soleil ?

La jeune fille secoua lentement la tête.

— Je ne sais pas. (Elle plissa le front.) Je… Je ne crois pas.

— Concentre-toi, s'il te plaît, insista Caitlin. Il fait jour ou nuit ?

Maanik continua de secouer la tête, puis son visage se tordit sur un autre hurlement silencieux. C'était plus douloureux à voir que si elle avait réellement crié. Son corps se raidit, et ses pieds s'agitèrent sur le lit.

Son père se leva.

— Docteur O'Hara, je vous en prie. Je sais que j'ai donné mon accord, mais vous devez mettre un terme à cette séance. J'insiste ! dit-il d'une voix tendue par le chagrin.

— Je suis désolée, mais je veux qu'elle reste ainsi le plus longtemps possible, expliqua Caitlin. Il nous faut cette information.

— « Nous » ?

— Oui, « nous ».

— Mais elle souffre !

Sans lâcher Maanik, Caitlin se retourna comme elle put pour regarder franchement l'ambassadeur.

— Monsieur Pawar, Maanik subit ce traumatisme depuis plus d'une semaine. Avec des symptômes aussi sévères, s'il ne s'agissait pas de votre fille, je l'aurais fait hospitaliser depuis longtemps. Mais elle recevrait un traitement médicamenteux très lourd, et je ne pourrais la voir que de façon limitée. Ni vous ni moi ne souhaitons une chose pareille, pas plus que nous ne voulons d'une telle publicité !

Caitlin se sentait un peu coupable de retourner cette peur contre l'ambassadeur, mais elle ne voulait surtout pas interrompre la séance, pas maintenant. Il ne répondit pas.

— Cai, intervint Ben en désignant le lit.

Maanik se tortillait comme une anguille, et sa bouche s'ouvrait et se refermait sur des cris silencieux.

— Nous ne connaissons pas l'étendue de son état, se radoucit Caitlin en se tournant de nouveau vers les Pawar. Elle ne parvient pas à l'exprimer pleinement. Si nous ne réussissons pas à comprendre de quoi elle souffre, je ne pourrai plus, en tout état de cause, la garder dans cette chambre bien longtemps. En revanche, s'il existe une possibilité de comprendre, de la soigner, je crois que nous devrions la saisir.

Les Pawar semblaient au supplice.

— Elle est forte, reprit Caitlin en accordant de nouveau toute son attention à la jeune fille. Je vais continuer à lui parler le plus longtemps possible.

Elle entendit l'homme se rasseoir lourdement derrière elle.

— Maanik, s'il te plaît, concentre-toi. Peux-tu me dire si c'est le jour ou la nuit ? Regarde autour de toi.

La jeune fille se força à utiliser des mots :

— C'est… la nuit. La lune… si grande ! La lumière rouge dévore la lumière blanche.

— Cette lumière, c'est le soleil ? Ou est-ce que c'est plus près ? Un incendie ?

—Des flammes… (Elle fit mine de mordre.) Le dragon… des vagues rouges. Tellement *infernal*!

Maanik croisa le regard de Caitlin quelques instants seulement, mais ce fut suffisant pour lui montrer qu'elle était toujours là, toujours elle-même. Puis elle refit le geste qu'elle avait fait quelques jours plus tôt, quand Caitlin lui avait donné du papier et un crayon. C'était la seule chose à laquelle Caitlin et Ben n'avaient pas pensé. Ben fourra sa tablette dans les mains de Caitlin. Une application de dessin était déjà ouverte. Caitlin glissa l'appareil sous la main droite de Maanik. La jeune fille hurlait de nouveau, mais ça ne l'empêcha pas de dessiner plusieurs lignes longues et ondulantes. Puis elle lâcha la tablette et attaqua de nouveau ses avant-bras, avec les ongles cette fois.

Tandis que Caitlin tentait de la maîtriser, Ben récupéra la tablette entre elles.

—Maanik, retourne sur l'éléphant!

La jeune fille heurta violemment ses oreillers et se détendit tout d'un coup. Ses mains se posèrent mollement de part et d'autre de son corps, ses yeux se fermèrent, et elle prit une très longue et vigoureuse inspiration.

—Tu y es, Maanik? Tu es de retour sous la tente rose et jaune?

Un long moment s'écoula avant qu'elle ne réponde par l'affirmative:

—Oui.

Caitlin vit un frisson traverser tout le corps de sa patiente.

—C'est génial, tu t'en sors très bien, Maanik.

—Oui. (Mais elle semblait répéter la phrase précédente plutôt que de réagir au compliment de Caitlin.) Oui, j'y suis.

—Je suis tellement fière de toi…

Brusquement, Caitlin s'interrompit. Maanik s'adressait-elle vraiment à elle?

—Oh non, s'écria l'adolescente d'une voix terrorisée. Ils m'ont retrouvée! Ils viennent ici! Je vois des cendres!

Son corps se raidit de nouveau, et elle poussa un hurlement si pétrifié et si douloureux que son père laissa échapper une exclamation de stupeur et que les yeux de Caitlin s'emplirent de larmes. Elle ravala un sanglot et se pencha pour toucher l'oreille de Maanik en disant :

— Mûres.

La jeune fille s'écroula, mais dans un mouvement sinistre, comme si quelqu'un lui avait coupé tous les ligaments.

Un horrible silence s'installa. L'atmosphère nauséabonde qui régnait à l'extérieur de l'appartement des Pawar se trouvait désormais à l'intérieur. Caitlin avait presque l'impression d'en sentir le goût âcre sur sa langue. Elle se retourna en entendant Jack London vomir sur le tapis sous le bureau de Maanik, son petit corps parcouru de convulsions. Sa jeune patiente recommença à respirer à peu près normalement, mais Caitlin resta en état d'alerte. Elle avait peur de regarder autour d'elle et de confirmer ce qu'elle ressentait, à savoir que *quelque chose* était bel et bien revenu avec l'adolescente.

Chapitre 23

Caitlin resta avec Ben pendant qu'il démontait sa modeste installation, composée d'un Caméscope et d'un trépied. L'ambassadeur se pencha en avant en se frottant le front, tandis que sa femme s'asseyait sur le lit à côté de sa fille endormie, après avoir demandé à Kamala de nettoyer les vomissures de Jack London.

Caitlin surveillait le chien de près. Il avait bien failli se faufiler hors de la pièce mais s'était arrêté juste devant la porte.

Qu'est-ce qui se passe dans ta tête ? se demandait-elle.

Elle comprit que le chien tentait de rester loin de l'endroit où il avait vomi, mais qu'il ne voulait pas abandonner Maanik. En voyant que personne ne le grondait, il revint sur ses pas et fit le tour de la chambre en reniflant un peu partout, à commencer par les bordures des fenêtres. Les épaules rentrées, il était aux aguets.

Caitlin analysa elle aussi son environnement, mais de façon plus discrète. L'air nauséabond qui l'avait prise à la gorge se dissipait un peu. La pression qui pesait sur elle avait également disparu : elle se sentait presque légère à présent, comme lorsqu'elle enlevait les poids qu'elle attachait à ses chevilles quand elle faisait du jogging. Elle était persuadée que Jack London avait perçu la même chose qu'elle. Malgré tout, ce fut avec beaucoup de prudence qu'il se rapprocha du lit – et de Maanik, qui s'était trouvée à l'épicentre de ce qu'il avait vécu. Quand enfin il sauta sur la couverture pour renifler la jeune fille, il fit preuve d'une aversion non seulement pour sa main droite, mais aussi pour sa tête, aversion qui se traduisit par un infime mouvement de recul. Finalement, il se roula en boule aux pieds de sa jeune maîtresse mais resta vigilant, les yeux fixés sur le mur derrière la tête de Maanik.

—Il y a au moins un point positif dans tout ça, commenta Ben à voix basse.

—Lequel ? lui demanda Caitlin.

—Je suis sûr qu'au cours de la dernière demi-heure l'ambassadeur n'a pas du tout pensé au Cachemire.

Caitlin hocha la tête.

—Parfois, ça fait du bien de faire une pause, quelle qu'en soit la raison, confirma-t-elle à voix basse. Pendant la séance, as-tu remarqué les cheveux de Maanik ?

Elle n'en dit pas plus pour ne pas l'influencer.

—Je les ai vus bouger, répondit-il. Comme s'ils étaient pris dans une brise qui n'existait pas.

Caitlin se rendit compte qu'elle avait retenu son souffle au moment où elle se remit à respirer normalement. Ben sourit.

—Ne vous inquiétez pas, docteur O'Hara, je vous préviendrai si vous devenez folle.

—Tant mieux, répondit-elle en riant doucement, parce que je commence à me poser des questions.

—Cai, il s'est bel et bien passé quelque chose tout à l'heure, et comme tu l'as dit, ça n'était pas juste dans la tête de Maanik.

Ils sortirent de la chambre et laissèrent derrière eux Jack London, qui contemplait toujours le mur mais venait de poser la tête sur ses pattes. Visiblement secouée, la mère de Maanik les suivit et alla s'asseoir dans le salon tandis que son mari restait auprès de leur fille. Caitlin s'installa à côté de Hansa pendant un moment, juste pour l'écouter. La pauvre femme avait besoin de partager ses inquiétudes à propos de sa fille mais aussi de son mari.

—Vous ne pouvez pas le protéger, lui fit remarquer Caitlin.

—Je le sais bien. J'espère juste qu'il pourra supporter tout ça sans s'écrouler. Il n'a pas du tout réagi à la tentative d'assassinat, confia-t-elle à Caitlin en la dévisageant d'un air triste. C'est comme s'il l'avait complètement chassée de son esprit.

—Pour l'instant, c'est sans doute le cas. Il se soucie bien plus de Maanik et du Cachemire. Faites-moi confiance, ajouta la psychiatre en souriant, il aura besoin que vous vous occupiez de lui à un moment donné.

—Et Maanik? Est-ce que cette séance vous a aidée à comprendre ?

—J'en suis certaine, j'ai juste besoin de me pencher sur ses réponses, expliqua Caitlin. Nous allons y travailler ce soir, Ben et moi. Je vous l'ai dit, nous finirons par trouver une solution.

—C'est un homme attentionné, dit Hansa en regardant Ben.

—Très, confirma chaleureusement Caitlin.

Hansa demanda un verre d'eau à Kamala et se rendit à la fenêtre pour contempler les lumières de la ville. Caitlin lui demanda, ainsi qu'à la gouvernante, de veiller à ce que la chambre de Maanik soit bien aérée. Il fallait ouvrir ses fenêtres deux fois par jour, les désodorisants ne suffisant pas. Maanik devait sortir sur le balcon deux fois par jour également à condition de bien se couvrir. Hansa fit mine de protester en désignant une terrasse qui surplombait son balcon à l'est, mais Caitlin lui suggéra d'utiliser son paravent japonais pour plus de discrétion.

Elle alla vérifier l'état de Maanik une dernière fois, puis elle salua ses hôtes. Ce fut seulement dans l'ascenseur avec Ben, quand ils furent presque arrivés au rez-de-chaussée, qu'elle s'autorisa à sortir du mode professionnel pour passer en ce mode de semi-détente qui la caractérisait. Elle inspira profondément afin de lutter contre une légère nausée et des tremblements.

—Tu vas bien ? s'inquiéta Ben.

—Pas encore, mais ça va venir.

Mais les sensations ne firent que croître lorsqu'ils sortirent de l'immeuble. Une odeur de fumée assaillit les narines de Caitlin, comme si quelqu'un avait allumé un feu de cheminée dans l'un des bâtiments environnants. Puis elle sentit de nouveau des yeux posés sur elle, et un froid si profond qu'elle frissonna malgré son manteau. Elle s'arrêta au moment où ils atteignaient le trottoir.

— Caitlin, qu'est-ce qui se passe ? demanda Ben.

— J'ai l'impression qu'on m'épie, murmura-t-elle.

Étonnamment, cet aveu était plus difficile à admettre que n'importe quel autre détail bizarre des derniers jours.

Ben regarda autour d'eux. À l'exception de quelques personnes qui promenaient leur chien, la rue était relativement déserte. Il leva les yeux vers les premières fenêtres de l'immeuble. Personne ne regardait en bas.

— Je suis sûre que c'est une espèce de contrecoup émotionnel, dit Caitlin. Un accès de paranoïa. Prenons un taxi.

— Mauvaise idée…

— Ah bon ?

— Un chef de la sécurité m'a dit un jour que si tu as l'impression d'être épié, il ne faut pas prendre un taxi. Tu ne connais pas le chauffeur et tu ne sais pas si ce n'est pas lui qui t'attendait sans que tu le voies.

— Mais je suis convaincue que personne ne m'épie, en réalité.

— Peu importe. On va marcher jusqu'au métro.

Ben passa un bras autour des épaules de Caitlin et l'emmena vers le nord, puis l'ouest. Un léger vent balayait la ville, et Caitlin continua de trembler jusqu'à ce qu'ils arrivent à Grand Central. Ils passèrent par la porte principale plutôt que par l'une des entrées latérales. La voûte turquoise, les pâles étoiles et la pendule en laiton et en opale aidèrent la psychiatre à recouvrer son calme, comme si elle venait de regagner la terre ferme.

— Ça va mieux ? demanda Ben.

— Oui, beaucoup mieux, répondit-elle en souriant.

Il y avait beaucoup de monde dans la gare, et les boutiques étaient encore ouvertes. L'ambiance semblait tout à fait normale, presque joyeuse. Caitlin se redressa, car elle ne s'était pas rendu compte à quel point elle s'appuyait sur Ben. Il la lâcha, mais pas entièrement, préférant laisser sa main dans le dos de sa compagne tandis qu'ils franchissaient l'entrée du métro.

— Parlons de quelque chose qui n'a rien à voir, proposa-t-il.

Son ton nerveux fit rire Caitlin. Ben pouffa à son tour. Mais deux secondes plus tard, elle ne put s'empêcher de revenir à l'affaire qui les préoccupait.

— Ses cheveux, dit-elle tandis qu'ils descendaient l'escalier du métro. C'est juste impossible. Il n'y a pas d'autre mot pour décrire ce qu'on a vu.

— Cai, laisse un peu souffler ton cerveau, dit Ben en sortant sa MetroCard. Je sais que tu veux qu'on s'attaque directement au problème, mais si on ne fait pas une vraie pause, on n'arrivera plus à réfléchir.

— Tu as raison, ô grand sage, répondit-elle d'un air malicieux. D'accord, je débranche mon cerveau. Tu prends la 6 pour rentrer ?

— Non, d'abord, je te raccompagne.

— Tu n'es pas obligé.

— Je sais. Mais, au cas où quelqu'un serait vraiment en train de t'épier, je préfère te ramener chez toi.

Intérieurement, Caitlin se rebella contre cet esprit chevaleresque. Mais elle choisit d'ignorer cette réaction, car elle soufflerait davantage s'il était là, sur ses gardes.

En arrivant sur le quai, Caitlin regarda les gens autour d'elle en s'autorisant simplement à les voir, au lieu de chercher à déchiffrer leur expression. Cette forme d'observation passive relevait principalement du cerveau droit, voilà pourquoi cette activité lui paraissait si relaxante. Cela lui permettait aussi de laisser monter en elle une affection très pure pour ses congénères. Elle admirait le genre humain et se réjouissait de vivre dans l'une des plus grandes villes du monde. Debout sur le quai, elle but les visages qui l'entouraient comme s'il s'agissait d'eau fraîche. Puis, en montant dans la rame et en trouvant une barre à laquelle s'accrocher, elle se focalisa sur Ben et son visage de bourreau des cœurs, doux et studieux à la fois. Ce visage qui avait traversé avec elle certains des pires événements qu'elle ait connus.

L'Interphone de la rame diffusa le message habituel : « Attention à la fermeture des portes. » Ben regardait la tablette d'une passagère par-dessus son épaule. Caitlin leva la main pour caresser sa joue couverte d'une barbe de trois jours. Il esquissa un petit sourire en coin sans pour autant la regarder. Visiblement, il voulait finir de lire avant que la passagère ne fasse défiler la page suivante.

Dommage, songea Caitlin en lui faisant doucement baisser la tête pour l'embrasser. Cette interruption ne parut pas le déranger. Au contraire, c'était quelque chose qu'il attendait patiemment depuis la première fois où il avait posé les yeux sur elle. Il lui accorda toute son attention, si bien qu'ils se retrouvèrent isolés dans une bulle d'intimité. Leurs lèvres étaient comme le feu, l'eau et l'air tout à la fois – jusqu'à ce que le métro s'arrête un peu brutalement et qu'ils se heurtent le nez. Ça les fit rire, mais seulement l'espace d'un instant, car Ben attira Caitlin contre lui et l'embrassa avec tout le désir qu'il réprimait depuis vingt ans.

Bien des baisers plus tard, ils arrivèrent devant l'entrée de l'immeuble de Caitlin. Ben hésita sur le trottoir.

— C'est un peu gênant, tenta-t-il de plaisanter.

— Tu peux monter, répliqua Caitlin en tournant le visage de Ben vers elle pour le regarder droit dans les yeux.

— Tu es sûre ?

— Oui, mais…

— Je sais. (Il sourit d'un air malicieux.) On va devoir calmer le jeu.

— Hein ? fit-elle avant de comprendre ce qu'il avait voulu dire. Non, je voulais parler du dessin de Maanik. J'aimerais qu'on l'étudie maintenant.

Ils partirent d'un même éclat de rire. Intensément consciente du regard brûlant de Ben dans son dos, Caitlin gravit les marches de son immeuble en grès rouge.

Jacob dormait et la baby-sitter aussi. Elle prit congé d'un air ensommeillé. Ben s'assit et sortit sa tablette de son sac. Il fit apparaître à l'écran ce que Maanik avait griffonné. L'envie de résoudre ce mystère rattrapa aussitôt Caitlin, qui se rendit compte qu'elle avait désespérément envie que ce dessin signifie quelque chose. Elle n'avait pas menti aux Pawar : elle ne pourrait plus justifier le fait de garder Maanik à la maison très longtemps.

Ils se penchèrent sur l'écran luisant. Le dessin semblait n'avoir aucun lien avec le drakkar ou le symbole aux croissants. En partant du haut à gauche, ses lignes bancales semblaient ondoyer vers le bas à droite et faisaient penser à du givre ou aux bordures d'une tache. Du point de vue de la direction et de la texture, elles ne semblaient pas être le fruit du hasard.

Mais les apparences sont parfois trompeuses, se rappela Caitlin. Il ne s'agissait peut-être que d'un simple gribouillis auquel elle s'efforçait de donner du sens.

—Qu'en penses-tu ? demanda-t-elle.

—Je dirais qu'il y en a trop ou pas assez, répondit Ben en pianotant sur quelques touches. Il y a deux ans, ou même encore l'année dernière, on aurait eu bien du mal à interpréter ce dessin. Mais maintenant que la recherche d'images a beaucoup progressé…

Il finit de télécharger le dessin et lança une recherche en ligne. L'image la plus approchante qu'on leur proposa fut celle d'une tache de rousseur de forme irrégulière qui indiquait la présence d'un carcinome. Cela doucha quelque peu leur enthousiasme. Ben fit défiler lentement la longue liste de possibles équivalences, parmi lesquelles se trouvaient des dessins d'enfants, plusieurs illustrations médiocres d'un rivage sur lesquelles ils s'arrêtèrent un peu plus longtemps et un certain nombre d'images microscopiques de cellules de la peau.

—Attends ! Tu as vu ça ? C'est quoi ? s'écria Caitlin.

Ben sélectionna l'image qui emplit alors l'écran. Il s'agissait d'une carte jaunie et visiblement ancienne. Il la plaça côte à côte avec le dessin de Maanik. La température de la pièce parut brusquement chuter, car celui-ci représentait bel et bien l'Antarctique et reproduisait les contours de la carte avec une précision remarquable.

— « La carte de Piri Reis », lut Ben. Elle date du début du XVIe siècle.

— J'en ai entendu parler, murmura Caitlin. Elle montre les contours de l'Antarctique avant qu'il ne soit recouvert de glace, ce qui est impossible.

— Exact, c'est pour ça qu'il est écrit ici que cette interprétation est sujette à controverse. L'explication la plus plausible serait que la carte montre tout à fait autre chose et qu'elle soit un amalgame de plusieurs autres plans.

Caitlin attrapa le dossier de Maanik, qui se trouvait en haut de sa pile de papiers. Elle feuilleta les différents documents, dont le dessin du drakkar nordique et ses notes sur Haïti, et trouva tout en bas le dessin que l'adolescente avait fait avec sa main droite, qui n'était pas sa main dominante. Elle y avait vu une falaise escarpée et de l'eau. Elle le montra à Ben.

— Que vois-tu ?

— Un iceberg, répondit aussitôt Ben.

— Dessiné par Maanik lors de l'une de ses toutes premières crises, commenta Caitlin.

Elle posa le papier sur la table. Ensemble, ils contemplèrent les trois images. Puis Caitlin ajouta le dessin du drakkar.

— Les Vikings sont allés jusqu'en Amérique du Nord. Peut-être sont-ils allés encore plus loin, vers le sud cette fois.

— Jusqu'en Antarctique ? protesta Ben.

— Pourquoi pas ? Il ne s'agit peut-être pas des Vikings mais de leurs ancêtres. L'homme habite cette planète et navigue sur ses mers depuis un bout de temps.

— D'accord, mais ça fait quand même une sacrée distance jusqu'en Antarctique, Cai, quel que soit le point de départ.

— Pas nécessairement.

— Comment ça ?

— Pense à la dérive des continents. Ils étaient bien plus proches, à une époque.

— Pendant le trias, ouais, peut-être qu'on aurait pu venir à pied d'Australie. Mais il n'y avait pas d'humains à cette époque. Ni même aucun mammifère.

— D'accord. Et si on partait d'une tout autre hypothèse ? Et si les Vikings n'étaient pas descendus au sud pour trouver l'Antarctique ? S'il s'agissait plutôt d'humains cherchant à quitter l'Antarctique pour monter vers le nord ?

— Cai…, protesta Ben.

— Et si les ancêtres des Vikings vivaient là-bas et s'étaient enfuis sur des drakkars primitifs pour échapper à la glaciation ?

— Ça fait beaucoup de « si », fit-il remarquer.

— Pourquoi ? rétorqua Caitlin. Parce qu'on n'a trouvé aucune trace de civilisation sur le continent le moins exploré de la Terre ? La glace fond et se reforme si vite qu'elle rend toute recherche archéologique approfondie impossible.

— Non, regarde ça. (Ben désigna l'un des textes sur la page Web.) L'argument selon lequel la carte de Piri Reis montre l'Antarctique avant sa glaciation repose sur l'hypothèse que cette glaciation est intervenue 4000 ans avant Jésus-Christ. Mais la plupart des scientifiques sont convaincus que la glace recouvre ce continent depuis trois millions d'années, si ce n'est plus. L'homme descendait à peine de l'arbre à cette époque-là.

Caitlin ne répondit pas. Ben contempla le reflet de la jeune femme dans la tablette et ajouta d'une voix douce :

— Ça n'explique pas non plus ce que font ces images dans la tête de Maanik.

— C'est vrai, reconnut Caitlin d'une voix lasse. (Ses mots lui faisaient l'effet de poids en laiton plombant l'air.) Mais tu as dit toi-même que Maanik voit, canalise ou vit quelque chose d'important.

— Oui, c'est comme un film catastrophe de l'esprit, confirma-t-il. Les mots importants ici étant « de l'esprit ». On dirait une espèce de rêve éveillé. J'irais même jusqu'à croire, peut-être, je dis bien « peut-être », à un rêve partagé. Pourquoi ? ajouta-t-il en regardant franchement Caitlin. Tu penses encore à une histoire de vie antérieure ?

—Je ne sais pas si j'envisage sérieusement cette possibilité, avoua-t-elle. C'est juste que je ne vois aucune autre explication.

Ben secoua la tête.

—Montre-moi un lien avec les Mongols, et je ferai un effort pour y croire. Le langage parlé par Maanik et Gaëlle contient bel et bien des racines mongoles. Mais je vois mal des Vikings de l'Antarctique faire voile vers l'Asie centrale. C'est pousser le bouchon un peu loin, il y a quand même plus de douze mille kilomètres à parcourir.

—OK, OK. D'accord, je n'ai rien de mieux à proposer.

—C'était bien essayé, malgré tout.

—Tu parles, c'était juste une théorie unifiée qui explique tout et rien à la fois.

—Laissons ça là pour ce soir, proposa Ben.

Caitlin ramassa les dessins et rangea le dossier en s'efforçant de chasser le problème de son esprit. Quand elle se tourna vers Ben, elle vit qu'il ne pensait plus à leur énigme. Il était assis là à la regarder, elle, et il retenait presque sa respiration. Caitlin tendit la main droite et lui prit la main gauche. Aussitôt, elle sentit une cascade traverser son corps. Son soulagement fut tel qu'elle éclata de rire. Ben sourit et inspira profondément comme s'il reprenait son souffle après avoir avalé un litre d'eau.

—Jacob a dit qu'il n'était pas assez grand pour aider à le contenir, dit Caitlin.

—Hein ?

—L'océan.

—Qu'est-ce qui t'y a fait penser ?

—Rien, mentit-elle.

Ben se tut comme s'il cherchait soigneusement ses mots.

—J'ai beaucoup d'espace libre – pour contenir des choses.

Caitlin le dévisagea et crut discerner les innombrables moments où il avait été seul dans sa vie.

— Tu as de la place pour tout ce qui déborde chez moi ?

Il n'avait pas besoin de répondre. Elle secoua la tête.

— Ça m'inquiète, le fait de m'appuyer émotionnellement sur quelqu'un.

— Pourquoi ? Les gens s'entraident, Cai. On est là pour ça.

— Les gens font beaucoup d'autres choses, dont des trucs bien pourris.

— Et tu oses dire que c'est moi qui ai du mal à m'impliquer ? rit Ben.

— Je n'ai jamais dit ça.

— Pas avec des mots, répondit-il en souriant.

— Nos problèmes sont peut-être complémentaires, murmura-t-elle en se rapprochant de lui.

Elle repoussa doucement les épaules de Ben pour s'installer à califourchon sur ses genoux. Elle avait le dos contre le bord de la table et le corps plaqué contre son compagnon.

— C'est toujours ça de pris, chuchota-t-il.

Caitlin posa ses lèvres sur les siennes, et ils respirèrent ensemble, profondément, tandis qu'il posait les mains sur ses reins et la serrait contre lui. Ben avait raison. C'était toujours ça de pris.

CHAPITRE 24

L'environnement nocturne à l'extérieur du Club des Explorateurs du monde était étrangement silencieux.

Plus tôt ce jour-là, les pigeons avaient évité la zone juste au nord du parc de Washington Square. Arrivés au bas de la Cinquième Avenue, les chiens semblaient rétifs: sur le vaste boulevard, ils s'étaient arrêtés, refusant d'aller plus loin. Les chats qui, normalement, s'asseyaient sur les appuis de fenêtre des immeubles de l'autre côté de la rue avaient évité leurs perchoirs habituels.

Arni Haugan n'avait rien vu de tout cela, car il travaillait dans la cave de son chaotique laboratoire de chimie depuis quatorze heures d'affilée. Il avait commencé juste avant l'aube, quand Mikel était arrivé avec l'artefact. Le meilleur agent de terrain du Groupe avait été retardé à Montevideo en raison d'un problème avec des oiseaux et d'un souci électronique sur le jet privé.

—Tu deviens aussi sensible qu'un humain, marmonna le petit génie de Caltech à l'adresse de sa tablette qui devait lui livrer les résultats d'une électrophorèse capillaire.

Arni adorait ses outils, mais il n'appréciait pas toujours leur mauvais caractère. À ce moment précis, par exemple, l'ordinateur affirmait qu'il y avait un problème avec le courant porté par les ions borates et que le champ électrique homogène était instable.

Cela signifiait que le souci provenait de l'électrophorèse, du logiciel ou des deux.

Arni grogna. Il était temps d'arrêter. Il reprendrait tout cela le lendemain.

Il éteignit sa tablette et se leva avec son habituel sentiment de soulagement et de frustration mêlés. Son travail n'était jamais fini, mais ça faisait du bien de le laisser de côté un moment. Arni avait besoin de retourner dans le monde réel. L'air dans le sous-sol du Groupe était rigoureusement filtré et purifié dans le cadre de la guerre que menait Flora Davies contre la poussière, ce « tueur de reliques silencieux et corrosif », comme elle disait. De ce fait, l'atmosphère avait un parfum presque électrique.

Arni était un synesthète. Chez lui, un sens en accompagnait toujours un autre. Il associait en particulier des couleurs à des odeurs ou à des sons. En primaire, les enfants l'appelaient « dingo » parce qu'il utilisait ses crayons pour illustrer ce qu'il sentait, entendait et goûtait. Ça lui permettait de produire de petites œuvres d'art rhapsodiques que personne ne comprenait mais qui faisaient réagir tout le monde. Sa mère lui avait toujours dit qu'il devrait devenir artiste. Elle était sans doute l'un des rares parents au monde à regretter que son fils ait plutôt choisi de décrocher un doctorat.

Flora jugeait sa synesthésie fascinante et potentiellement utile. Arni était convaincu que c'était cette particularité qui lui avait valu ce poste, plutôt que son expérience professionnelle, solide mais pas franchement impressionnante.

Et puis, elle avait besoin de quelqu'un qui accepte de travailler dans un environnement à l'opposé d'une tour d'ivoire. Cet endroit, c'est une cave à vin scientifique.

L'odeur se traduisait par des lignes droites et métalliques d'un jaune vif présentes au niveau de sa vision périphérique. Ça n'interférait nullement avec son travail et ne le gênait pas pendant les huit premières heures de la journée. Au-delà, elles devenaient étouffantes, comme des barreaux de prison fluo.

Arni avait donc lancé une playlist de jazz sur son iPod, pour jeter un mince voile violet sur les lignes jaunes qui hantaient sa vue. Il débrancha l'appareil, plongeant la cave dans un silence sépulcral. Autrefois, l'endroit abritait une vieille pendule récupérée dans un terminal ferroviaire désaffecté mais, quand celle-ci avait rendu l'âme, Flora l'avait remplacée par une horloge numérique rouge et silencieuse accrochée au mur. On aurait dit celle qui affichait le compte à rebours à Cape Canaveral.

Arni s'étira et passa en revue son travail de la journée, qui n'avait fait que confirmer ce qu'ils savaient déjà. Il avait découpé une fine couche de roche dans l'un des coins de la pierre, en forme de carte à jouer. Penché sur le microscope, il avait déterminé qu'en effet, comme le poids et l'emplacement le laissaient à penser, il s'agissait d'une météorite pallasite dotée d'une matrice de fer-nickel, de cristaux d'olivine et d'un peu de chromite. Arni avait extrait un minuscule échantillon de la substance contenue dans les gravures et mené une batterie de tests chimiques. Ceux-ci avaient permis de déterminer que non, ils ne savaient toujours pas quel genre d'outil avait été utilisé. Il n'y avait aucune trace de pierre ou de métal non indigène ni la moindre fibre provenant d'un tissu ou d'une fourrure qui aurait été utilisée pour lisser la pierre. Arni reconnut en son for intérieur qu'un sentiment de familiarité un peu las l'avait envahi lorsqu'il avait comparé cet objet aux autres reliques de la collection du Groupe. Qu'elles soient creusées dans la pierre, le métal, l'argile, l'albâtre érodé ou même le bois pourri, ces gravures étaient toutes les mêmes en termes de profondeur et de taille. La seule chose qui différait, c'était leur disposition.

Arni, qui portait toujours ses gants en latex, rangea la relique dans un grand coffre-fort avec les huit autres artefacts.

— *Cras dies novus est,* marmonna-t-il en citant l'une des expressions latines préférées de Flora. Demain est un nouveau jour.

Imparable pour terminer la journée et passer à autre chose sans remords.

Arni éteignit la lumière. Plus qu'un arrêt dans le vestiaire, et il laisserait derrière lui cette atmosphère irritante pour prendre un bus aux véritables et puissants effluves.

Il envoya un mail à son ami Bewan pour lui dire qu'il arrivait. Puis il suspendit sa blouse dans son casier et la remplaça par une chemise blanche toute neuve. Il était fatigué, mais c'était justement le meilleur moyen d'apprécier Uranium, une boîte qui rendait hommage aux années 1980 avec de la musique disco et des lumières noires pour faire briller ses cocktails. Les sons et les goûts deviendraient là-bas des couleurs que rien ne viendrait brider, et Arni pourrait enfin se détendre.

Il s'apprêtait à fermer la porte de son casier lorsqu'il se figea.

L'électronique. Dans l'avion. Dans le labo.

Une putain de météorite !

Parmi tous les tests qu'ils avaient fait subir aux objets gravés, ils n'avaient jamais vérifié s'ils étaient radioactifs. Il n'y avait aucune raison à cela. Tout le monde savait que les pallasites n'étaient pas radioactives, ou si peu que cela ne valait pas la peine d'être mentionné. Mais les vrais chercheurs ne s'arrêtaient pas à un « tout le monde sait que ». Passer un compteur Geiger au-dessus de l'artefact ne prendrait pas plus d'une minute.

Arni choisit de ne pas se changer de nouveau. Il retourna dans le labo, alluma la lumière et s'empara de l'un des compteurs Geiger du Groupe. Puis il récupéra la météorite et la posa sur sa table de travail avant d'agiter la sonde devant elle. Le nombre de rayonnements ionisants, qui prouvaient la radioactivité, était quasi nul. Le compteur émit, dans un intervalle extrêmement long, deux cliquetis sourds qui générèrent un ou deux points lumineux bruns à la périphérie de la vision d'Arni. Pas de quoi fouetter un chat.

Arni entendit une sonnerie. Merde. C'était son téléphone dans le vestiaire. Tant pis. C'était sûrement Bewan qui lui disait qu'ils se retrouvaient au club et qu'il était déjà dans la file d'attente. Arni devait se dépêcher. Il passa une dernière fois la sonde au-dessus de l'artefact. Brusquement, des gouttes brunes apparurent dans son champ de vision, comme de la pluie. Il entendit de nouveaux cliquetis se succéder rapidement. L'aiguille du compteur commençait à basculer vers la droite de la jauge alors même que c'était impossible. Un objet ne pouvait pas tout à coup devenir radioactif.

Puis la synesthésie d'Arni fit apparaître une fine brume grise avec des contours noirs.

— OK, c'est complètement dingue.

La brume grise apparaissait chaque fois qu'il entendait des voix enregistrées, pas quand un compteur Geiger émettait de petits bruits.

— Non, reprit Arni à voix haute.

Ce n'est pas à cause des cliquetis de l'appareil.

Il entendait des voix douces et étouffées… en provenance de la pierre ? Il s'en rapprocha et se pencha au-dessus d'elle. Aucun doute. On aurait dit des voix portées par le vent. Le chant des anges lui vint à l'esprit. Arni ne pratiquait aucune religion et ne croyait pas aux êtres surnaturels, mais les voix étaient bien là.

Il inspira brusquement lorsque les gravures se mirent à clignoter, non pas à cause de sa synesthésie, mais en raison de leur propre luminescence interne, d'un blanc ivoirin. Les symboles s'allumaient dans un ordre non linéaire, chacun émettant une douce lueur qui s'accompagnait d'un son correspondant. Ceux-ci étaient un tout petit peu plus forts à présent. Arni pensa à des enregistrements linguistiques où le locuteur prononçait lentement les mots à l'intention de l'élève novice. Mais il chassa immédiatement cette pensée. L'humain avait tendance à tout personnifier, si bien qu'il interprétait automatiquement un son inconnu ressemblant à une vocalisation comme un mot, comme un langage. Mais une telle approche n'avait rien de scientifique. Arni chercha son téléphone à tâtons dans sa poche. Il fallait qu'il enregistre…

Son téléphone était dans son casier. Arni ralluma sa tablette. Elle comprenait un enregistreur.

Le temps que l'appareil redémarre, Arni saisit la météorite et la retourna dans tous les sens pour essayer de trouver la source du bourdonnement. Il découvrit que la pierre vibrait, mais pas de manière à produire des sons. Ça ressemblait plus à un léger courant électrique qu'aux vibrations d'un téléphone portable. Loin d'être désagréable au toucher, c'était même apaisant, au contraire. Cela donnait envie à Arni de continuer à tenir la pierre. Le courant parut s'amplifier à l'intérieur de son corps, comme s'il en activait les centres d'énergie : le sommet de son crâne, son front, sa gorge, son cœur…

Ses pensées devinrent brusquement confuses, et quelque chose de lancinant apparut derrière ses yeux et se fraya un chemin vers son front. C'était une chose en mouvement, une chose qui n'avait absolument rien à voir avec Arni. De couleur rouille, elle tourbillonnait sous forme d'un cône cyclonique et devint de plus en plus mince. Un paysage apparut, un paysage fabriqué par l'homme, composé de dômes et de flèches intégrés au milieu d'éléments apparemment naturels, comme des courbes et des pentes. Celles-ci étaient immenses, au point que les éléments artificiels faisaient penser à un train électrique ou à une crèche de Noël tant ils étaient petits, vraiment tout petits. Et presque tout était blanc, comme si l'intégralité de l'image bénéficiait d'un rétroéclairage ou d'un éclairage par le bas. On aurait dit que les rayons lumineux se développaient pour créer l'image, et pourtant aucun d'eux n'était visible.

Ça vient de toi ou de moi ? demanda-t-il à l'artefact.

De nouveau, Arni entendit les voix. L'orientation de l'image changea. Elle bascula de manière soudaine, au rythme des sons, si bien qu'Arni se retrouva en train de regarder en l'air, et plus précisément en direction d'un pilier de pierre haut d'environ trois étages. Il était surmonté d'un objet d'un vert luisant. En le voyant, le scientifique pensa aux cristaux d'olivine au sein de la météorite. Il regarda autour de lui et vit que d'autres piliers en pierre encerclaient la ville…

Puis le ciel, dans son immensité, parut se teinter de rouge dans une nouvelle explosion de couleur. Le paysage changea, dévoilant une rue, une route, au bout de laquelle Arni vit du blanc et du bleu se mélanger dans une succession de mouvements impossibles à déchiffrer. Ça ne venait pas de lui ni de sa synesthésie. Les couleurs, les images, les sons, tout provenait de la pierre.

Qui es-tu ? voulut-il savoir.

Mais il ne reçut jamais la réponse, pas plus qu'il ne vit ce qui se trouvait au bout de cette route. Brusquement son cerveau droit et son cerveau gauche cessèrent de fonctionner ensemble. Le droit continua de voir l'image. Le gauche, lui, mourut, si bien qu'Arni cessa de réfléchir à ce qu'il voyait. Le côté droit de son corps s'affaissa si rapidement que le scientifique s'écroula sur le sol. Toutes les couleurs du spectre envahirent sa vision, mais il fut incapable de hurler. Puis, tout aussi soudainement, les couleurs disparurent, les sensations aussi, et Arni ne sentit plus son corps en contact avec le sol. Il ne sentit plus son corps du tout.

Il éprouvait un irrésistible besoin de dormir. Il avait les yeux fermés mais il voyait encore, pour quelques instants en tout cas. Puis sa moelle fondit, tout comme son corps calleux, son pont et son thalamus. Il cessa de respirer alors même que son rythme cardiaque explosait.

Quelques instants plus tard, il était mort, un filet de sang et de matière cérébrale s'écoulant de son nez sur le col de sa chemise blanche toute neuve.

Troisième partie

CHAPITRE 25

Ben entendit la sourde vibration de son téléphone, tendit la main pour le prendre et la referma sur le vide.

Cette plante en pot n'était pas sa table de chevet, et le parfum qu'il humait n'était pas…

Il ne se trouvait pas dans son lit. Dans la pénombre, il distingua le contour des épaules nues d'une femme, ainsi que des mèches de cheveux.

Tandis que son téléphone se remettait à vibrer, Ben se souvint… Caitlin… la veille au soir… *Où est-ce que j'ai bien pu le poser ?*

Il se redressa avec précaution pour éviter de réveiller sa compagne et regarda autour de lui, puis par terre. La poche arrière de son pantalon clignotait d'une lueur bleutée. Il se pencha, récupéra l'appareil avec deux doigts et s'assit sur le lit pour protéger Caitlin de la lumière le temps de lire deux SMS. Le premier avait été envoyé à 3 h 02 :

Contacte-moi au plus vite.

Le deuxième était arrivé une minute plus tard :

Suis sous les tirs ennemis.

Leur auteur se nommait Ignacio de Viana. Depuis un an, ce civil originaire d'Uruguay faisait partie de la centaine de salariés de l'ONU présents à Jammu, en Inde.

Ben répondit :

J'arrive.

Il enfila son pantalon et sortit sans bruit de la chambre de Caitlin. Il faisait froid et noir dans l'appartement, car seule la lumière blafarde des lampadaires filtrait à travers les rideaux transparents. La nuit elle-même semblait vidée, épuisée. Ben traversa tant bien que mal cet environnement peu familier, repéra son sac et posa sa tablette sur la table de la salle à manger qu'il avait appris à bien connaître la veille. Heureusement, il n'avait fait que mettre l'appareil en veille au lieu de l'éteindre, si bien qu'il put lancer presque aussitôt Google Hangouts. Tout en invitant Ignacio à participer à une visioconférence, Ben profita du bref délai d'attente pour démarrer un programme lui permettant d'enregistrer l'appel. Il sortit également ses écouteurs de son sac pour éviter que les bruits ne parviennent jusqu'au bout du couloir. Frissonnant, il jeta un plaid sur ses épaules nues.

Lorsqu'il brancha la prise de ses écouteurs, des tirs de mitraillette résonnèrent brutalement dans ses oreilles et le firent sursauter, le cœur au bord des lèvres. Il mit quelques secondes avant de comprendre que les coups de feu provenaient de l'appareil et non de la pièce.

Ignacio apparut à l'écran, mais la webcam était penchée et ne montrait qu'une partie de son visage ainsi qu'un salon. De la fumée grise masquait une partie du soleil, car c'était l'après-midi à Jammu. Ignacio cria en urdu par-dessus son épaule :

— Éloigne-toi de la fenêtre !

Quelqu'un lança une réponse que Ben ne saisit pas. Il se promit de visionner de nouveau la vidéo plus tard en améliorant le son.

Quand Ignacio positionna finalement la webcam devant son visage, Ben constata que l'un des verres de ses lunettes avait disparu et que l'autre était fissuré. Le jeune homme d'ordinaire bien mis avait les cheveux dressés dans tous les sens et poisseux de sang d'un côté. Visiblement, cette blessure au cuir chevelu était toute récente.

— Putain ! s'exclama Ben. Où… ?

— Au Ragunath Bazaar, cria Ignacio pour couvrir le bruit des tirs intermittents. Je ne sais pas qui, des soldats indiens ou des pakistanais, s'est pointé en premier, mais ils sont tous devenus cinglés, Ben. Ils abattent des civils au hasard.

Un bruit sec retentit à l'extérieur de la pièce, et Ignacio disparut de l'écran. Ben entendit des cris venant de la droite comme de la gauche. Il y avait plusieurs voix, et elles semblaient furieuses. D'autres bruits secs résonnèrent, puis le silence retomba. Ces gens avaient-ils été touchés ou cherchaient-ils juste à s'abriter ?

Angoissé, Ben regarda les photos tomber du mur du salon. Puis une grenade explosa dans ses oreilles. Il eut un mouvement de recul et arracha ses écouteurs. Il laissa passer un instant, le temps de reprendre son souffle, puis les remit.

— Ignacio, tu vas bien ? cria-t-il.

Après un délai perturbant, son ami répondit par l'affirmative et réapparut à l'écran.

— Je suis de l'autre côté de la rue par rapport aux combats, je me trouve à l'étage, tout se déroule en face. Ben, il faut que tu préviennes l'Assemblée ! On se croirait en Afghanistan, putain ! Il n'y a plus d'État de droit.

— Où sont les autres membres de l'ONU ?

— La plupart sont à quinze kilomètres d'ici. On était dix à faire une ronde de routine quand une bombe a explosé.

— Bouge pas.

— Crois-moi, ça risque pas.

Ben envoya un message à l'ambassadeur Pawar. Une minute plus tard, le diplomate se joignit à la visioconférence. L'image plongea tandis qu'Ignacio se levait en gardant son appareil à la main. Ben entraperçut la soie d'un sari et vit qu'une femme tirait son ami par le bras.

—Ignacio, l'ambassadeur Ganak Pawar nous a rejoints, tu le vois ?

—Oui. (L'Uruguayen toussa.) On me dit qu'il faut qu'on y aille, la fumée s'épaissit dans la pièce.

—Monsieur de Viana, pouvez-vous vous rendre en lieu sûr ? s'inquiéta l'ambassadeur.

—La femme qui vit ici dit qu'ils vont sortir par-derrière pour rejoindre la route principale. Les gens sont en train de former des caravanes.

La webcam plongea de nouveau tandis qu'une femme s'écriait en urdu : « À terre, à terre ! » Ignacio avait sans doute dû s'agenouiller pour se protéger. Une fenêtre apparut au sein de l'image, dévoilant les dômes bulbeux criblés de balles et les toits fracassés. Puis la caméra pencha encore un peu plus et laissa apparaître le vaste boulevard et les étals devant les temples. On aurait dit qu'ils avaient été renversés par un tremblement de terre, car ils gisaient en ruine, broyés sous les pierres tombées d'une structure voisine. Ben dénombra cinq cadavres dont le sang formait de grandes taches noires dans la rue. D'autres personnes étaient encore en vie mais blessées. Repliées dans l'entrée d'un cinéma, elles hurlaient. Six soldats traversèrent la zone en courant, mitraillette sur la hanche, prête à tirer. L'un d'eux s'arrêta brusquement, fit volte-face et tira sur les fenêtres du premier étage au-dessus d'une échoppe.

—Les soldats indiens et pakistanais ont tous accouru, et maintenant ils se tirent dessus, expliqua Ignacio.

Ben jeta un coup d'œil à l'ambassadeur dans le coin de son écran. Le malheureux paraissait horrifié.

Par la fenêtre d'Ignacio, Ben vit un passant s'élancer brusquement en direction d'une ruelle. Mais il s'arrêta à mi-chemin et se recroquevilla, terrorisé, à côté d'un étal de fruits tandis que la mitraillette d'un soldat pulvérisait les bols de noix et de fruits secs juste au-dessus de sa tête. Un nuage d'épices d'un jaune bilieux s'éleva dans les airs. Ben sursauta lorsqu'une autre bombe explosa dans ses oreilles. Une partie du toit d'un temple s'écroula sous ses yeux en projetant des débris et de la fumée noire. L'explosion venait de l'intérieur. Des terroristes du cru, sans doute, qui faisaient exploser leur propre habitation afin de tuer les étrangers.

— Mon Dieu, souffla Ganak.

Ignacio positionna sa tablette face à lui mais, avant qu'il ne puisse parler, ses mains se mirent à trembler et l'image tournoya follement tandis que l'appareil tombait à terre. Ben lâcha un petit cri d'angoisse. Son ami avait-il été touché ? Cependant, à l'écran, il vit Ignacio s'éloigner de la fenêtre en rampant. Il rejoignit une femme allongée non loin de là, la prit par les aisselles et, toujours à genoux, lui fit franchir l'arcade qui les séparait du salon. Le corps agité de soubresauts, la femme hurlait, et le sang qui coulait de sa bouche vint tacher son sari jaune. Une autre tache de sang ne cessait de grandir au niveau de sa poitrine, sur le côté. Ignacio retourna en rampant chercher la tablette et cria face à la caméra : « Envoyez les Casques bleus ici maintenant ! Moi, je n'en ai pas le pouvoir, dites à l'ONU de se bouger ! »

Dans le lointain retentit une nouvelle explosion. Ignacio lâcha la tablette, et la connexion fut coupée.

Ben ferma les yeux. Il transpirait et tremblait comme s'il souffrait d'une forte fièvre. Des points lumineux explosaient derrière ses paupières, souvenirs physiques de bombes se déclenchant la nuit dans le ciel du Bangladesh en 2001. Il entendit quelqu'un l'appeler, rouvrit les yeux et constata que Ganak était toujours là.

— Ben ?…

— Oui, je suis là.

— Je n'ai enregistré que ma partie de la conversation…

— Je vous envoie la vidéo complète.

— Merci. Il faut qu'on se voie immédiatement. Pouvez-vous me retrouver dans mon bureau dans une demi-heure ?

— Bien sûr.

Les deux hommes mirent fin à la visioconférence sans le moindre échange de politesses. L'ambassadeur s'apprêtait sûrement à contacter des officiers. Ben lui envoya l'enregistrement par mail, puis reposa la tablette et resta assis là, tremblant, avant de s'essuyer le front et les yeux. Si seulement cette foutue situation au Cachemire pouvait se calmer. Si seulement toutes les horreurs que s'infligeaient les humains pouvaient disparaître !

Dans la chambre, Caitlin se réveilla en sursaut.

Elle s'assit au bord du lit et se souvint à ce moment-là seulement que son vieil ami Ben avait passé toute la nuit dans ce même lit.

Elle enfila une robe de chambre et remonta le couloir en faisant une pause devant la chambre de Jacob, au cas où il se serait réveillé tôt. N'entendant aucun bruit, elle repartit vers le salon où elle trouva Ben assis les mains sur le crâne et blotti sous son plaid. Il semblait complètement désespéré. *Regrette-t-il la nuit dernière ?* se demanda Caitlin juste avant de remarquer sa tablette ouverte sur son compte Google et un écran de visioconférence vide.

— Ben, dit-elle en posant la main sur son épaule.

Il respirait de façon hachée et s'efforça de discipliner son souffle afin de reprendre le contrôle de lui-même.

— Jammu, lâcha-t-il. Il y a eu un attentat dans un bazar.

— Oh non, souffla Caitlin en s'asseyant à côté de lui.

— Désolé de t'avoir réveillée.

— Non, je me suis réveillée toute seule. Je peux faire quelque chose ?

Il secoua la tête et se leva en laissant tomber la couverture.

— Il va encore y avoir plein de morts, dit-il d'une voix rauque en balançant sa tablette dans son sac avec des gestes pleins de colère. Je dois rejoindre l'ambassadeur. La situation a échappé à tout contrôle.

L'air misérable et pressé, il retourna dans la chambre de Caitlin.

La psychiatre lui laissa l'espace dont il avait besoin. Elle connaissait cet aspect de lui, cet aspect de leurs deux métiers. Elle ramassa le plaid et se drapa dedans en essayant de se concentrer sur autre chose que la nouvelle qu'elle venait d'apprendre.

Elle n'avait pas réussi à parler à Gaëlle depuis son retour de Haïti. Chaque fois qu'elle lui téléphonait, elle tombait sur le répondeur de la société Anglade. Quant à Maanik, son état ne s'améliorait pas. Caitlin avait l'impression que la situation lui échappait de jour en jour. Elle en arrivait presque à envier Ben, qui disposait d'une cible sur laquelle focaliser son attention : des mangeurs de territoires qui s'affrontaient pour un bout de terre au nom de leur idéologie. Que prétendait-elle affronter ? La dernière séance avec Maanik n'avait fait qu'approfondir le mystère, comme si Caitlin traquait une espèce de monstre rusé et méfiant qui ne voulait pas être vu.

Si je veux aider ces jeunes gens, si je veux retrouver le sommeil, j'ai besoin de plus d'informations. Ben gérait la crise en courant au-devant d'elle. Caitlin devait faire la même chose.

Il restait un adolescent qu'elle n'avait pas encore réussi à contacter. Elle ouvrit le moteur de recherche de son téléphone et partit en quête d'Atash. Cela prit un moment, mais elle réussit à dénicher un article daté de la veille qui parlait d'immolation par le feu en Iran. Il faisait référence à l'étudiant qui avait tenté de se suicider par le feu dans une bibliothèque. *A priori*, il se trouvait dans un état critique dans un hôpital de Téhéran.

Mais il est encore vivant, songea Caitlin dans un élan d'euphorie.

Ben revint au pas de course dans le salon.

—Je suis désolé, lui dit-il. Vraiment, je suis désolé de gérer ça comme… comme une merde.

—Pas du tout. Ces derniers jours ont été très difficiles.

Il acquiesça tout en commençant à enfiler son manteau.

Caitlin, de son côté, était en proie à un conflit interne, car, si elle disait quoi que ce soit maintenant, il allait sans doute mal le prendre. Mais il fallait qu'elle lui parle avant qu'il ne s'immerge complètement dans cette nouvelle crise.

—Ben, je sais que le moment est très mal choisi, mais j'ai besoin de ton aide.

—Pour quoi faire ?

—Je dois me rendre en Iran le plus vite possible.

Ben lâcha brusquement la fermeture Éclair qu'il s'efforçait de remonter. Il semblait attristé mais répondit d'une voix féroce :

—Bon sang, mais de quoi parles-tu ?

—L'étudiant qui s'est immolé par le feu. Il est vivant.

—D'accord. Et ?

—Tu as vu hier soir à quoi on a affaire. Il faut que je rencontre ce garçon.

—Et moi, j'ai besoin de toi vivante et non kidnappée, emprisonnée ou Dieu seul sait quoi d'autre. Je vais te trouver un interprète, tu n'auras qu'à l'appeler par téléphone.

—Rien ne prouve qu'il peut parler. Or, Ben, par téléphone, je ne peux pas voir une brise qui n'existe pas.

—S'il ne peut pas parler, s'il est brûlé à ce point, ça ne vaut pas la peine de prendre un tel risque.

—On n'en sait rien. Je peux sûrement circuler en toute sécurité en Iran avec l'aide de l'ONU.

—Je n'ai pas ce genre de relations, Caitlin. (Puis il parut soudain comprendre quelque chose et se retourna pour lui faire face.) Et n'attends aucune aide de ma part.

—Pardon ?

—Tu essaies de me fuir.

—Je t'assure que ce n'est pas le cas, protesta Caitlin, stupéfaite. Il faut juste que je voie ce garçon au plus vite. Il ne survivra peut-être pas très…

—J'ai dit « non », riposta-t-il sèchement en renonçant à remonter sa fermeture Éclair.

Il empoigna son sac en refusant de croiser le regard de Caitlin.

—Ben, écoute. Cette nuit, j'ai compris, non, j'ai senti ce qu'il pourrait y avoir entre nous. J'ai senti que je pourrais être plus forte grâce à toi, parce que je ne serais plus seule.

—Je n'en crois pas un mot. Tu me traites comme si j'étais un de tes patients.

—Je t'en prie, écoute-moi…

—*Non !* Je ne t'aiderai pas à aller en Iran, Caitlin.

Il sortit de la pièce et traversa le hall en direction de la porte d'entrée.

—J'irai quand même, Ben, lança la jeune femme dans son dos. Je trouverai un autre moyen.

Elle n'entendit pour toute réponse que le son de ses pas sur le parquet, puis celui de la porte qui se fermait.

Caitlin alla chercher son portable sur la table de la salle à manger et appela le directeur Qanooni, de l'Organisation mondiale de la santé.

CHAPITRE 26

Deux heures plus tard, Qanooni rappelait depuis le bureau régional de l'Afrique à Brazzaville, au Congo. Il passait ce coup de téléphone en plein milieu de son déjeuner, qu'il prenait au travail tellement il était occupé. Caitlin lui expliqua qu'il s'agissait d'une urgence médicale en Iran et qu'elle devait s'y rendre au plus vite.

—Notre bureau en république islamique d'Iran n'exerce que, comment dire ? une influence limitée sur le ministère de la Santé.

—J'en suis consciente, monsieur le directeur, mais l'état d'un patient iranien pourrait avoir un sérieux impact sur des patientes que je traite ici et en Haïti.

—Ce doit effectivement être grave pour que vous m'appeliez « monsieur le directeur », commenta-t-il d'un air songeur.

—Monsieur…

—Vous voyez…

—C'est vraiment urgent, plaida-t-elle. Je n'ai pas le temps de déposer une requête officielle. Pouvez-vous me faire entrer dans le pays ?

—En s'appuyant sur un lien aussi vague ? Non. Peut-être pourriez-vous rédiger un document qui approfondirait un peu ce que vous venez de me dire ?

Approfondir ? pensa Caitlin. *L'esprit de plusieurs jeunes gens est agressé par une force que les animaux et moi sommes les seuls à détecter. Pourquoi ne pas simplement lui raconter ça ? Ou tiens, tant que j'y suis, pourquoi ne pas tendre la main droite et juste lui envoyer mes pensées ?*

Au même moment, elle reçut un message extrêmement laconique de Ben :

C'est arrangé.

Caitlin mit rapidement fin à sa conversation et rappela Ben.

— Tu es sérieux ?

— Très.

— Merci. Vraiment.

— C'est Mohammed Larijani, un interprète de la Mission permanente, qu'il faut remercier. C'est lui qui est en train de tout organiser. Il va dire à l'ambassadeur iranien qu'un médecin américain a besoin de consulter des confrères iraniens. C'est de la très bonne propagande pour eux. Ça ne te dérange pas d'être manipulée de cette façon, n'est-ce pas ?

— Non.

Elle n'avait pas le temps d'explorer les insinuations qu'elle percevait dans la voix comme dans les paroles de Ben.

— J'espère que ça en vaut la peine, ajouta-t-il.

— Je suis certaine que oui, répondit-elle en se rendant dans sa chambre pour préparer ses affaires. Ben, tu vas bien ?

— Oui. Mon ami à Jammu est vivant, sa copine est à l'hôpital.

— Tant mieux. Mais ce n'est pas ce que je voulais di…

— Je sais. Fais bien attention à toi.

— Promis. Hé, Ben ?

— Quoi ?

— Une psychiatre entre dans un bar iranien. Elle commande un Sex on the Beach.

Ben ne répondit pas.

— Quoi, même pas un petit rire ?

—Pas maintenant. Pas aujourd'hui.

—Je suis désolée que tu te sentes si mal, lui dit-elle en toute sincérité. Je te rappelle dès que je rentre.

—Je vais t'envoyer les détails de ton voyage par SMS. Mohammed pense que tu peux prendre le vol Aeroflot de 2 heures. Il faut que je te laisse.

Caitlin le remercia, mit fin à l'appel et décida de se concentrer sur son objectif, comme chaque fois qu'un défi se présentait. Elle appela son père pour lui demander s'il pouvait revenir en ville. Bien entendu, il accepta. Comme toujours.

De nouveau, Caitlin se sentit très mal. C'était en partie dû à la générosité de son père, mais aussi le contrecoup de ce que Ben lui avait dit. Elle ne pouvait s'empêcher d'éprouver de la culpabilité. Mais il fallait bien qu'elle fasse son travail.

Jacob ne fit rien pour soulager sa mauvaise conscience. Jamais elle n'avait entrepris deux voyages de façon si rapprochée. Elle garda son fils à la maison afin qu'ils puissent au moins passer une demi-journée ensemble, mais il ne cessa de manifester sa colère. Au début, il fit exprès de l'ignorer plusieurs fois en lui tournant brusquement le dos, puis il se mit à agir comme si elle était invisible. Finalement, alors que l'heure du départ approchait, Jacob décida de se couper du monde. Il alla s'asseoir dans sa chambre sans ses appareils auditifs et les yeux fermés. S'il sentit que sa mère venait lui dire au revoir, il n'en laissa rien paraître.

Bien des années plus tôt, Caitlin avait appris que, lors de ces rares épisodes de colère, le moindre geste, fût-ce tapoter ses mains ou passer un bras autour de ses épaules, équivalait pour lui à une agression. Ça ne lui laissait pas une grande marge de manœuvre. Mais elle pouvait tout de même s'asseoir face à lui pendant quelques minutes pour qu'il perçoive sa présence. Elle posa les mains près de lui, sans le toucher, juste pour qu'il sente le parfum de sa crème hydratante. Elle remarqua que la cheville de Jacob touchait le pied du bureau, qui avait tendance à trembler légèrement. L'enfant le sentit donc lorsqu'elle écrivit un mot sur son bloc-notes orné de dinosaures, qui venait du musée d'histoire naturelle. Elle orienta le message de façon que cela soit la première chose qu'il voie quand il rouvrirait les yeux.

Je t'aime, Jacob, écrivit-elle. *Je t'appellerai par Skype dès que j'aurai une connexion Internet. Je reviens très vite. Gros bisous.*

Son père l'étreignit avant qu'elle ne descende rejoindre la voiture qui l'attendait.

—Ne t'inquiète pas pour Jacob, lui dit-il.

—Je ne pourrai pas m'en empêcher, soupira-t-elle.

—Il va pourtant falloir, mademoiselle Caitlin O'Hara, insista-t-il comme si elle était encore une petite fille. Pendant ce voyage, je veux que tu ne penses qu'à toi et que tu sois particulièrement prudente, tu m'entends ?

—Oui.

—Ne prends aucun risque. Je me fiche de savoir qui a besoin d'aide, trouve quelqu'un d'autre pour le faire.

—Je vais juste rendre visite à un jeune homme sur son lit d'hôpital. Aucune catastrophe naturelle n'est à craindre, observa-t-elle en s'efforçant de sourire.

—Mon Dieu, je l'espère, répliqua son père en l'embrassant sur le front.

Juste avant que Caitlin ne prenne place dans la berline avec chauffeur, Ben l'appela pour lui annoncer une bonne nouvelle : elle n'avait pas besoin de faire un détour par les Nations unies pour récupérer ses papiers. Elle devait retrouver la femme de l'ambassadeur iranien à l'aéroport, car elle était invitée à l'accompagner à bord du jet officiel iranien.

Un sourire apparut sur le visage de Caitlin, qui remercia de nouveau Ben.

—Je t'en prie, ce n'est rien du tout.

Le pire, c'est qu'elle savait qu'il le pensait.

À son arrivée à JFK, Caitlin fut accueillie par un membre de la mission diplomatique qui lui conseilla de nouer un foulard sur ses cheveux avant l'embarquement. Caitlin plongea la main dans son bagage à main et en sortit le foulard dont Ben lui avait fait cadeau lors de l'un de leurs voyages. Il l'avait acheté dans le premier bazar venu parce qu'elle avait oublié le sien à l'hôtel. Le souvenir du fou rire qu'ils avaient piqué à cause de son imprimé kitsch l'emportait toujours sur sa vanité. Cette formalité accomplie, elle franchit la porte d'embarquement et traversa le tarmac pour rejoindre l'appareil. La femme du représentant permanent de l'Iran l'accueillit chaleureusement et lui confia qu'elle retournait dans son pays faire la connaissance de sa nièce qui venait de naître. Elles bavardèrent poliment pendant quelques minutes, puis Caitlin se roula en boule dans l'un des fauteuils moelleux, un masque sur les yeux, et s'endormit aussitôt. La fatigue la rattrapait enfin, et les treize heures de vol s'annonçaient comme une bénédiction.

N'ayant pas connu un tel repos depuis des semaines, elle dormit d'une traite pendant tout le trajet, jusqu'à ce que le même assistant qui l'avait accueillie à l'aéroport vienne la réveiller.

— Nous allons bientôt atterrir, lui dit-il.

La tête dans du coton, Caitlin se sentit un peu agressée par le bruit des moteurs. Elle n'était pas encore complètement réveillée que déjà la culpabilité recommençait à lui nouer l'estomac. Ça ne l'empêcha pas de se rendre aux toilettes avec son bagage à main pour se changer. Elle enfila des vêtements qu'elle n'avait plus portés depuis des années : un jean slim, une chemise blanche et un manteau Yves Saint Laurent d'un rouge vif qui lui arrivait aux genoux et possédait des manches longues. Elle choisit du mascara et de l'eyeliner noirs, ainsi qu'un rouge à lèvres qui accentuait la couleur naturelle de sa bouche, et appliqua le tout d'une main un peu plus lourde qu'à l'ordinaire. Enfin, elle ajouta à sa tenue des bottines en daim noir à talons hauts et noua un foulard Hermès Liberty rouge et bleu sur ses cheveux. Elle prit soin d'attacher les pans du fichu autour de son cou comme il se devait. Le foulard kitsch de Ben n'était pas approprié pour Téhéran. Caitlin songea avec ironie qu'elle se pomponnait pour une théocratie comme jamais elle ne l'aurait fait pour un homme.

En la voyant revenir dans la cabine, la femme de l'ambassadeur, qui bavardait au téléphone, sourit et hocha la tête d'un air approbateur. Ce n'était qu'un détail, mais Caitlin se réjouit d'avoir vu juste avec sa tenue.

Il était 11 h 30 à Téhéran. Caitlin désirait se rendre au chevet d'Atash le plus vite possible, ce dont Ben avait fait part à Mohammed, qui en avait parlé à l'ambassadeur. Son épouse annonça donc à Caitlin que son guide allait la retrouver à l'aéroport international Imam Khomeyni afin de la conduire directement à l'hôpital. De fait, après avoir débarqué dans une zone privée, elle fut présentée à une femme qui portait un foulard noir et or sévère et des lunettes de marque sur la tête. Elle indiqua s'appeler Maryam, ne donna pas son nom de famille et perdit peu de temps en politesses avec la femme du diplomate avant de faire passer la douane à Caitlin et de la conduire jusqu'à une berline noire.

Les fenêtres de la voiture étaient teintées au point d'être presque opaques. Pendant la demi-heure que dura le trajet, Caitlin se demanda si elle était censée prétendre qu'elle n'était pas vraiment là ou que la ville autour d'elle n'existait pas. Maryam, assise sur le siège arrière avec elle, se contenta de jeter un rapide coup d'œil au formulaire qu'elle lui avait remis avant de passer le reste du temps au téléphone à parler farsi.

Caitlin glana le plus d'images possible à travers les fenêtres et regretta brièvement tout ce qu'elle ne pourrait pas faire lors de ce voyage. Dans d'autres circonstances, elle se serait réjouie d'avoir la possibilité de visiter Téhéran, une ville qu'elle avait envie d'explorer depuis longtemps. Mais le chauffeur n'emprunta que des voies rapides. Malgré tout, la capitale iranienne n'apparaissait pas si différente de n'importe quelle autre métropole. Les avenues semblaient plus larges qu'à New York, et les immeubles étaient moins hauts et plus trapus. Les fenêtres aussi semblaient plus grandes, et il y avait moins de vitrines. Mais Caitlin n'avait pas le temps de s'attacher aux détails.

La voie rapide longeait un boulevard qui, ce jour-là, était bondé de piétons occupant tout l'espace d'un trottoir à l'autre. Ils portaient des banderoles où dominait le vert et scandaient à pleins poumons ce qui ressemblait à des slogans.

— C'est une manifestation ? demanda-t-elle, bien que Maryam soit encore au téléphone.

— Oui, pour des raisons économiques. Les femmes chauffeurs de bus n'ont pas touché leur salaire depuis un mois.

Mais la manifestation semblait bien plus agressive que ce que ses paroles laissaient entendre. Caitlin se demanda si, ici aussi, les gens percevaient les tensions d'un monde au bord du gouffre.

Ils s'engagèrent sur une autoroute légèrement moins large, et des espaces verts apparurent entre les immeubles. Caitlin aperçut quelques hommes et femmes qui enchaînaient lentement des mouvements de Tai Chi dans un petit parc. Elle fut presque choquée de découvrir qu'on pratiquait cette discipline chinoise en Iran. Les mouvements des bras, fluides et angulaires, lui rappelèrent aussitôt ceux de Maanik et de Gaëlle.

Le voilà, notre possible lien avec la Mongolie, se dit-elle tandis que la voiture s'arrêtait devant l'hôpital. Relier les Mongols aux Chinois serait sans doute moins compliqué que de les rapprocher des Vikings.

Maryam s'assit avec elle à la réception le temps qu'elle appelle rapidement Jacob par Skype. Vêtu d'un pyjama et occupé à manger une glace à l'eau, ce fut à peine si son fils lui répondit par signes, d'une seule main.

Finalement, Caitlin déclara :

— Jacob, il faut que tu comprennes. C'est très important. Le jeune homme que je suis venue voir, il pourrait mourir. C'est pour ça qu'il fallait que je me déplace.

Jacob ne répondit pas grand-chose, mais il parut retrouver sa nature pleine d'empathie et lui envoya deux baisers avant de mettre fin à la conversation.

Maryam conduisit alors Caitlin à l'étage où se trouvait Atash. Un médecin qui, visiblement, n'appréciait guère la présence de deux femmes sur son territoire leur interdit l'accès de sa chambre jusqu'à ce que Maryam exhibe une carte qui ressemblait à un badge officiel. Le médecin ne devint pas plus courtois pour autant, mais il accepta de les laisser passer et prit congé.

—Je vais vous servir d'interprète, annonça Maryam lorsqu'elles entrèrent dans la chambre.

Caitlin ne s'attendait pas à la vision qui s'offrit à elle. Elle savait que le jeune homme souffrait de brûlures au troisième degré sur les trois quarts de son corps et qu'il était entièrement couvert de pansements. Elle savait aussi que seule une batterie de tubes et de cathéters le maintenait en vie. Rien de tout cela ne la surprit. En revanche, elle ne s'attendait pas à ce qu'il essaie de tourner la tête vers elle dès qu'elle posa le pied dans la pièce.

—Est-ce qu'il vous connaît ? demanda Maryam.

—Non…, répondit Caitlin avec une trace d'hésitation dans la voix, bien qu'elle ne sache pas pourquoi.

Au lieu de s'approcher directement du jeune homme, elle fit le tour du lit pour voir si Atash la suivrait des yeux. Il le fit. Elle souffrait de le voir ainsi. À l'absence de fleurs et de touche personnelle, elle voyait bien qu'elle avait affaire à un patient auquel on ne rendait pas visite et que personne n'aimait. Cet abandon lui paraissait bien pire que les brûlures qui l'immobilisaient.

Non seulement Atash était réveillé, mais il murmurait quelque chose. Maryam se pencha au-dessus de lui pour écouter.

—Ce n'est pas du farsi, annonça-t-elle au bout d'un moment.

—Vous reconnaissez ce langage ?

La jeune femme secoua la tête.

Une vague d'énergie féroce déferla sur Caitlin. Elle savait ce qui allait se passer et pourquoi elle avait hésité quand l'interprète lui avait demandé si ce garçon la connaissait. Elle avait déjà vécu cette scène. Pas dans cette pièce, pas avec lui, mais avec Maanik et Gaëlle.

Les mains d'Atash bougèrent autant que l'installation qui le soutenait le lui permettait. Son bras gauche remonta en tremblant jusqu'à son épaule, tandis que sa main s'efforçait de former un angle avec son corps. La main droite, elle, partit en diagonale. Elle ne se déplaça que de quelques centimètres, mais ce fut suffisant pour permettre à Caitlin de reconnaître l'un des superlatifs de Maanik.

Elle sortit son téléphone portable et le leva afin d'enregistrer les gestes.

— Non ! s'exclama sèchement Maryam.

— Je vous en prie, ça pourrait l'aider. Il faut que quelqu'un d'autre voie…

— Non, absolument pas.

Pas un instant elle ne se mit en colère. Simplement, elle fit preuve d'une fermeté qui fit comprendre à Caitlin qu'il ne servait à rien de protester. Il s'agissait sans doute d'une règle destinée non pas à protéger le patient, mais à apaiser un régime totalitaire paranoïaque.

Elle rangea son portable, se pencha sur Atash et tendit l'oreille. Elle n'eut aucun mal à reconnaître les consonnes gutturales et la prononciation des *r* à l'asiatique, comme un bruissement.

— Demandez-lui de parler en farsi, s'il vous plaît, dit-elle.

Maryam se pencha en avant mais n'eut pas le temps de terminer sa phrase, car Atash changea de comportement. Ses mains s'immobilisèrent, rigides, et ses paroles changèrent de tonalité avant de laisser la place à des grognements prolongés et presque silencieux.

Dans son impuissance, Caitlin serra les poings. Elle savait que le jeune homme souffrait le martyre. Elle ne voyait qu'une seule façon de communiquer avec lui, mais ses deux mains étaient bandées. Elle tendit la main gauche, car la madame en Haïti lui avait ordonné de toucher le serpent avec cette main, et Jacob avait perçu l'océan à travers la sienne. Délicatement, elle toucha l'un des seuls endroits où la peau d'Atash était à nu : sa gorge.

Quelque chose explosa dans la tête de Caitlin. C'était rapide et lourd, et semblait pousser les parois de son crâne vers l'extérieur, comme la douleur lancinante d'une migraine refusant de disparaître. Puis cela passa à travers elle et sortit de son corps. Mais la pression n'en resta pas moins forte, obligeant Caitlin à fermer les yeux. Elle ne pouvait ouvrir la bouche pour hurler, mais elle sentait le cri bloqué dans sa gorge.

Elle se força à ouvrir les yeux. Le blanc des murs et des pansements avait disparu, laissant place à de la roche et de la glace noires, dont elle apercevait les tours déchiquetées loin derrière les sombres colonnes rectangulaires qui se trouvaient devant elle. Un homme, jeune et pâle, communiquait avec ses mains, ses bras et des mots étranges mais familiers. Il suppliait avec insistance en s'inclinant presque dans son désespoir.

Caitlin ne comprenait rien. Ses tympans bourdonnaient sous la pression qui s'exerçait autour de sa tête et qui bloquait sa gorge en empêchant ses cris et son souffle de passer.

Le passé proche, le présent, son monde et sa vie semblaient totalement flous. En revanche, l'endroit où elle était, qui elle était et ce qu'elle voyait lui apparaissait avec une clarté terrifiante.

Et, brusquement, les mots devinrent compréhensibles. Elle reconnut la haute et vaste structure composée de colonnes. Elle avait déjà visité les bâtiments au-delà, qui se dressaient tels des blocs sombres au milieu de la lavande et des feuillages verts. Plus loin encore, ces sommets qui ressemblaient moins à des montagnes qu'à des explosions de glace…

Elle contemplait, à travers des yeux qui n'étaient pas les siens, un monde qui n'était pas le sien. Le jeune homme pâle la suppliait depuis le sol :

— *Sauvez mon frère, sauvez-moi ! Je vous en prie ! Montrez-nous la voie !*

— *Je ne suis plus son Gardien ni le tien,* répondit Caitlin avec la voix d'un vieil homme. (Elle ne contrôlait absolument pas les paroles qui sortaient de sa propre gorge.) *Tu as choisi de faire confiance à des choses qui ne détiennent aucun pouvoir. Tu as forgé ton propre destin.*

— *Nous allons nous repentir, nous allons réciter le* cazh *!*

— *Non,* répondit-elle tristement, *vous allez mourir.*

Elle se détourna du jeune homme qui se releva d'un bond et s'éloigna en courant dans la rue. Caitlin, ou en tout cas son corps, se dépêcha de rejoindre les autres personnes vêtues de longues tuniques à une dizaine de mètres de là, près des colonnes. Toutes avaient les bras levés vers les cieux noirs. Les manches alourdies par l'huile, elle leva les bras à son tour afin de terminer la prière du *cazh*. Un hurlement strident lui échappa lorsque ses mains s'embrasèrent brusquement. Ses doigts s'envolèrent en fumée alors même qu'elle esquissait un mot, le seul qui lui vint à l'esprit, le superlatif du verbe « transformer ».

Un autre hurlement résonna, puis Caitlin se retrouva par terre, non pas sur un sol en pierre, mais sur celui d'un hôpital.

— Docteur O'Hara !

Caitlin ouvrit les yeux et découvrit le visage de Maryam tout près du sien. Elle avait la tête qui tournait, les mains brûlantes et les idées extrêmement confuses. Pendant un moment, elle eut l'impression qu'elle ne savait plus parler.

— Vous avez hurlé, lui dit Maryam.

— Je… Non. Non.

Il ne servait à rien d'essayer d'expliquer la situation. De toute façon, Caitlin n'était pas certaine de pouvoir le faire puisqu'elle-même ne comprenait pas tout. Elle se releva en s'aidant de la barrière du lit d'Atash. Elle avait des vertiges.

— C'était Atash ! s'exclama-t-elle d'un air suffoqué.

— Que dites-vous ?

Caitlin se tut. Comme avec le serpent en Haïti, elle venait de vivre ce que subissait l'étudiant. Elle se pencha sur lui et vit que ses yeux bordés de rouge regardaient fixement un coin du plafond, tandis qu'une larme dévalait sa joue et qu'un filet de sang coulait de sa bouche. Caitlin posa sa main droite sur sa gorge à la recherche d'un pouls…

— Vous feriez mieux de rappeler le médecin, dit-elle à Maryam.

— Pourquoi ?

— Atash est mort.

CHAPITRE 27

Caitlin était de nouveau assise à la réception, une pièce spartiate décorée de symboles religieux sur les murs. Toujours pendue au téléphone, Maryam avait pris place sous un cimeterre en laiton accroché pointe vers le haut. Une lumière disposée au-dessus de l'arme donnait l'impression qu'elle brillait.

Les mains et les avant-bras pesants, Caitlin prit sa tablette mais se contenta de scruter l'écran noir. Elle savait qu'elle aurait dû appeler son père ou Barbara, voire Ben, mais ce qu'elle avait vu – non, ce qu'elle avait vécu – l'avait complètement engourdie.

Une partie d'elle-même ne voulait pas que cette torpeur prenne fin. La douleur d'Atash avait rejoint celle de Maanik et de Gaëlle avec une intensité terrible. Caitlin se sentait coupable de ne pas être venue beaucoup plus tôt, quand elle aurait encore pu… faire quelque chose. Peut-être aurait-elle pu travailler avec lui par étapes et utiliser l'hypnose comme médiateur entre la vision et lui ? Mais il était mort, et dans une grande souffrance.

La peur ne tarda pas à prendre le pas sur le choc. *Sa mort dans la vision a-t-elle provoqué sa mort physique ?* Si tel était le cas, Maanik et Gaëlle couraient un terrible danger. Caitlin se mit à trembler.

Une main se posa sur son épaule, mais la psychiatre ne réagit pas. Alors cette même main lui prit le menton pour l'obliger à tourner la tête. Caitlin se retrouva face au regard noisette de Maryam, qui semblait s'être considérablement adouci.

— Docteur O'Hara, vous devez vous concentrer.

Caitlin acquiesça d'un air un peu ahuri.

— Docteur, je ne suis pas une femme qui choisit ce qu'elle voit. Je vois tout. Quand vous aviez la main sur le jeune homme, j'ai vu votre tête bouger. Pas comme ça, ajouta-t-elle en bougeant la tête de bas en haut, mais comme si, sous votre foulard, vos cheveux étaient vivants.

Caitlin se rappela ce qu'elle avait dit à Ben – que le mouvement des cheveux de Maanik justifiait à lui seul ce voyage. Elle retrouva un peu d'énergie et encouragea Maryam à poursuivre.

— Vous ne semblez pas surprise, commenta l'interprète en la regardant d'un air inquisiteur.

— Étonnamment, non, reconnut-elle. Je vous en prie, qu'avez-vous vu d'autre ?

Cette fois, Maryam prit un air sceptique.

— Je vous assure que ces informations pourraient m'être d'un grand secours, insista Caitlin.

Maryam s'assit à côté d'elle.

— Quand vous êtes tombée à la renverse, ceci est sorti de votre foulard, expliqua-t-elle en touchant une mèche de cheveux qui, de fait, s'était échappée du fichu de Caitlin et encadrait son visage. Je l'ai vue bouger, comme soulevée par une brise, sauf que les fenêtres étaient fermées et qu'il n'y avait pas de ventilateur, pas de courant d'air. Je ne suis pas quelqu'un qui imagine des choses, docteur. J'ai vu ce que j'ai vu.

— Je vous crois, la rassura Caitlin. Il se passe des choses en ce moment que je ne comprends pas. C'est pour ça que je suis venue ici.

— Je le comprends maintenant. Je vais donc vous emmener voir quelqu'un. Nous avons suffisamment de temps avant que vous repreniez l'avion ce soir.

Caitlin reprit en partie ses esprits.

— Est-ce une façon polie de me dire que je suis en état d'arrestation ?

Maryam sourit et balaya discrètement la pièce du regard.

— Docteur, si ç'avait été le cas, vous n'auriez pas eu besoin de poser la question.

La jeune femme serra la paume de Caitlin. Celle-ci remarqua que le dos de la main de Maryam était grisâtre et ridé, presque boursouflé par endroits. C'était une main qui avait été grièvement brûlée.

— J'étais enfant pendant la guerre contre l'Irak, expliqua l'interprète. J'ai été soignée ici autrefois.

Caitlin croisa le regard de Maryam et songea au courage qu'il lui avait fallu pour revenir, volontairement ou non, dans cet endroit de douleur, de tristesse et de peur. À son tour, elle lui serra gentiment la main.

— Continuez.

— Vous devriez voir autre chose pendant que vous êtes là.

Maryam se leva, et Caitlin la suivit jusqu'à la berline qui les attendait.

Quarante-cinq minutes plus tard, elles s'arrêtèrent devant un petit immeuble d'habitation en béton. Caitlin suivit son guide dans l'un des appartements et se retrouva assise dans un salon peu meublé où un drap fleuri faisait office de rideau. Elle entendit de petits cliquetis dans ce qui devait être la cuisine et se rendit vaguement compte que Maryam s'était éclipsée. En face d'elle, sur le mur vert pâle, un dessin complexe partait du sol et s'épanouissait en rouge sur toute sa surface. Il y avait là des points, des gerbes, des roues comme des yeux et des plumes pleines de volutes. Cela lui fit penser aux mehndis, ces tatouages au henné qu'on peignait sur les mains des femmes hindoues avant un mariage.

Brusquement, des effluves étonnamment familiers de thé au jasmin parvinrent à ses narines. Quelqu'un avait posé une tasse et sa soucoupe devant elle sur la table basse. Le parfum fleuri dénoua la tension qui s'était accumulée derrière ses yeux et, contre toute attente, des larmes se mirent à couler sur son visage.

—Une tasse de larmes, dit une voix masculine très douce quand Caitlin eut laissé échapper plusieurs longs sanglots. Dans certaines cultures, ce sont des récipients sacrés qui nous permettent de pleurer.

Caitlin s'essuya les yeux avec la paume des mains et prit une grande inspiration tremblante.

—Utilise-t-on toujours du jasmin ? demanda-t-elle en reprenant le contrôle d'elle-même.

—On utilise ce qui est nécessaire, répondit l'inconnu.

Il s'agissait d'un petit Indien grisonnant d'une soixantaine d'années. Ses oreilles étaient remarquablement asymétriques et son regard doux lui donnait un air amical.

—Je m'appelle Vahin, ajouta-t-il avec un sourire chaleureux qui réconforta Caitlin.

Elle se présenta à son tour puis regarda autour d'elle, avant de demander où se trouvait Maryam.

—Dehors, répondit Vahin en s'asseyant dans un fauteuil usé face à son invitée. Cette chère femme et moi-même exerçons des activités très différentes, mais elle a… décidé de franchir une frontière, dirons-nous. Elle a jugé qu'il fallait que nous parlions, vous et moi.

—Je vous en suis reconnaissante à tous les deux. Que faites-vous dans la vie, Vahin ?

—Je suis une sorte de prêtre au sein de la communauté hindoue.

—Pardonnez-moi cette question, mais avez-vous le droit de faire une chose pareille ici ?

—Nous formons une petite communauté, au sein et autour de la ville, expliqua-t-il. L'Iran nous accorde notre liberté de religion, et l'Inde autorise ses musulmans chiites à visiter l'Iran. C'est un accord qui profite aux deux parties.

—Tant qu'on aime vivre à la croisée de deux cultures extrêmement différentes, lui fit remarquer Caitlin.

—Certains d'entre nous ont cette vocation, répondit Vahin avec un sourire énigmatique. Mais parlons plutôt de votre situation. Racontez-moi ce que vos larmes ont dit à la tasse. Ne laissez aucun détail de côté.

Pendant que Vahin sirotait son thé, Caitlin lui raconta tout, pas seulement l'histoire d'Atash, mais aussi celle de Maanik et de Gaëlle, les liens avec les Vikings et les Mongols, les réactions de Jack London et les visions impossibles qu'elle-même avait eues. Vahin l'écouta calmement sans l'interrompre, en acquiesçant de temps à autre et en penchant parfois la tête sur le côté d'un air interrogateur.

—Alors, demanda Caitlin lorsqu'elle eut fini son récit, tout cela vous paraît-il complètement fou ?

—Pas du tout, répondit Vahin. Vous semblez croire que, puisque vous ne parvenez pas à rationaliser cette expérience, cela la rend forcément irrationnelle. Mais ce n'est pas le cas. Nous ne reprochons pas aux mots de ne pas réussir à exprimer de nouvelles idées, nous en trouvons simplement de meilleurs. Savez-vous qui a exprimé cette notion ?

Caitlin secoua la tête.

—Les Vikings, lui apprit-il.

Elle eut un léger sursaut.

—Eh oui, reprit Vahin. Ils avaient compris que l'énergie qui nous lie les uns aux autres se manifeste en chacun de nous sous forme de pensées et que ces pensées se manifestent à leur tour sous forme de langage. Mais c'est ce qu'on pourrait appeler une voie à double sens. En changeant le langage, on peut changer la façon dont on pense à l'énergie.

Il se leva et porta leurs tasses dans la cuisine. Caitlin l'entendit préparer de nouveau du thé et décida de le rejoindre. Dès qu'elle entra dans la pièce, il sourit et poursuivit :

—En 1984, je me suis rendu à Bhopal juste après la tragédie de la Union Carbide. Vous en souvenez-vous ?

—Oui, il s'agit de l'usine qui a accidentellement libéré un gaz empoisonné.

— L'usine fabriquait un pesticide. Le gaz s'est répandu dans tous les bidonvilles alentour, tuant des milliers de personnes. C'était effroyable. Je faisais partie du clergé local à qui on a demandé de l'aide pour reloger les orphelins de ce désastre. J'ai gardé le contact avec mes protégés et je leur ai rendu visite chaque fois que je le pouvais. Tenez, ajouta-t-il en déposant une autre tasse dans les mains de Caitlin, j'ai refait du thé. Pas de larmes, cette fois, dit-il avec un sourire.

— Merci.

Caitlin lui rendit son sourire et le suivit dans le salon. Cette fois, il vint prendre place à côté d'elle sur le canapé.

— Maryam vous a amenée ici parce que nous avons un ami commun, l'un des enfants dont j'avais la charge et qui s'est retrouvé à l'hôpital en même temps qu'elle. Pendant bien des années après la catastrophe de Bhopal, il a « parlé en langue ». C'était involontaire et ça n'avait absolument rien à voir avec une quelconque manifestation religieuse. Maryam m'a également entendu parler d'un autre enfant, une petite fille dont les bras se couvraient parfois d'une éruption cutanée qui ressemblait à une brûlure chimique. La petite appelait ça le *motu-cazh*.

Caitlin tressaillit de nouveau. Vahin s'en rendit compte.

— Vous avez déjà entendu cette expression ? lui demanda-t-il.

— Le deuxième mot me semble familier.

— J'étais en désaccord avec un psychologue qui faisait partie de mon groupe. Il disait que ça ressemblait à des stigmates et que c'était une réaction physiologique servant à exprimer une détresse psychologique. Mais j'étais convaincu que c'était bien plus que ça.

Caitlin but son thé et attendit patiemment, car Vahin semblait chercher les mots qui lui permettraient d'exprimer très précisément sa pensée. Finalement, il se pencha pour poser sa tasse sur la table basse.

— Laissez-moi d'abord vous dire quelque chose qui me paraît très clair. Cette histoire de main gauche et de main droite…

Avec la main gauche, vous avez reçu une énergie phénoménale du serpent, avec la droite, vous avez poussé une jeune fille contre un mur sans la toucher. Tout cela est dans l'ordre naturel des choses.

—Quoi donc, le fait d'avoir une force surhumaine ?

—Non, répondit patiemment Vahin, le fait de servir de canal à l'énergie de l'univers. La main gauche reçoit, la main droite émet. Le bouddhisme tantrique sait cela depuis longtemps. Il en va de même pour le chi chez les moines shaolins en Chine.

Il mit les mains en coupe autour d'une sphère invisible et la poussa vers Caitlin, qui éprouva une subtile sensation de chaleur au niveau de la gorge.

—Je… Je l'ai senti, s'émerveilla-t-elle.

Vahin reprit le cours de son exposé :

—Le bouddhisme, l'hindouisme, les Veda, le taoïsme, le Tai Chi, le paganisme qui a donné naissance aux croyances des Vikings… Les graines de notre esprit n'ont pas été plantées en lignes droites cloisonnées. Chaque culture a découvert ce même phénomène, cette énergie qui est à la fois en nous et autour de nous et qui nous lie.

—Vous avez parlé du Tai Chi, dit Caitlin en se souvenant du groupe d'hommes et de femmes dans le parc.

—Le Tai Chi est la preuve qu'on peut utiliser une grande force pour valoriser plutôt que pour détruire. (Il déplaça les mains d'une façon qui rappela à Caitlin les gestes de Maanik.) Le mouvement stimule l'énergie au sein de notre corps et nous ouvre à l'énergie de l'extérieur. Lorsque les deux fusionnent, nous sommes illuminés, exaltés.

—Parlez-vous de l'énergie vitale ou de… l'âme ?

Caitlin n'était pas très à l'aise avec ce dernier mot.

—Les deux.

—Quelque chose qui survit à la mort.

Vahin hocha la tête et montra le thé sur la table.

—Quand les feuilles ne sont plus là, l'odeur reste dans l'air… et dans l'esprit. L'odeur réapparaît, et son souvenir est ravivé, quand on prépare une nouvelle tasse de thé. Il en va de même avec l'âme. Après la mort, l'âme erre jusqu'à ce qu'elle trouve un nouveau corps.

— Elle erre comment ? Et où ? Dans les limbes ? Au ciel ?

— Je préfère parler de plan transpersonnel, répondit-il. Quant à savoir où il se situe…

Il esquissa un geste vague qui signifiait « quelque part ».

— Cette notion me pose un problème, soupira Caitlin.

— Une bonne partie du monde, à travers l'histoire, a intégré ce concept sous une forme ou sous une autre.

— Loin de moi l'idée de vous manquer de respect, mais certaines personnes croient encore que la Terre est plate, comme l'atteste l'existence de la Flat Earth Society, rétorqua-t-elle.

Vahin lui sourit avec bienveillance.

— Racontez-moi pourquoi vous, vous rejetez cette théorie.

Caitlin réfléchit.

— Je ne crois pas en l'existence d'un gardien cosmique qui tiendrait les comptes. C'est *a priori* l'image la plus répandue de Dieu, le paradis étant la récompense d'un comportement subjectif qui change d'une culture à l'autre. Je ne crois pas non plus qu'une âme soit une espèce de disque dur immatériel qui conserve des données en attendant de les copier dans…

Elle s'interrompit.

— Oui ? l'encouragea Vahin, toujours avec le sourire. Dans un corps en attente ? Un corps affaibli par les blessures ou les traumatismes, un corps qui a soif d'une puissante énergie de guérison ?

Caitlin secoua la tête.

— Non. Je n'accepte pas cette idée. Ce n'est pas ce qui est en train de se passer.

— Un frère pendu. Un père presque assassiné. Une belle-mère qui manque de se noyer. La perte de ses parents lors d'un terrible empoisonnement de masse.

— Ce sont des traumatismes et une forme d'empathie naturelle chez l'être humain, répliqua Caitlin. Je vois ça tout le temps.

De toute évidence, moi-même, je ressens ces choses alors que je n'ai vécu aucun traumatisme.

—Vraiment ? N'avez-vous pas partagé ceux de ces enfants ?

—Comme je l'ai dit, c'est de l'empathie. Ce n'est pas la même chose que de le vivre.

—De mon point de vue, votre expérience pourrait, d'une certaine façon, être la pire, avança Vahin. Vous collectez ces expériences et vous les internalisez. Elles pourraient se cumuler de façon exponentielle.

D'accord, là, il marque peut-être un point, concéda Caitlin intérieurement. Elle avait toujours pris soin de ne développer aucun lien émotionnel fort avec ses patients. Maanik, Gaëlle et Atash avaient changé cela.

—Mais vous ne voyez pas où je veux en venir, reprit Vahin. Vous essayez de balayer mes explications avant même que j'aie terminé.

—Je suis désolée, s'empressa-t-elle de répondre. Vraiment. C'est juste que je... je réagis comme je le ferais d'habitude. Pardonnez-moi. Éclairez-moi, je vous en prie.

Vahin prit le temps de réfléchir à son approche.

—Je crois que le dénominateur commun entre tous les jeunes gens que vous avez rencontrés, c'est bien le traumatisme, sauf qu'il ne s'agit pas du leur.

—Qu'essayez-vous de me dire ? demanda Caitlin. Qu'ils sont reliés par autre chose ?

Vahin acquiesça.

—Votre plan transpersonnel ? Cet endroit qui se trouve tout autour de nous ? lança-t-elle, toujours peu convaincue.

—Vous doutez. Mais, juste pour quelques instants, faites comme si c'était vrai. Pensez au lien qui existerait aussitôt entre les âmes de ces trois enfants. Et multipliez cela par les innombrables âmes que vous n'avez pas encore rencontrées. Qu'est-ce qui pourrait provoquer chez eux une telle angoisse ?

Ce calcul cauchemardesque impliquait tant de souffrance que Caitlin frissonna.

— D'accord, dit-elle. Mettons qu'il existe des âmes traumatisées dans ce que vous appelez le plan transpersonnel. Les attaques dont j'ai été témoin tendraient à suggérer que ces « innombrables âmes » cherchent refuge, de façon opportuniste, dans le corps de jeunes gens traumatisés.

— C'est exact.

— Donc, en admettant que tout ça soit vrai, pourquoi ces âmes bruyantes et agressives deviennent-elles de plus en plus fortes ? Pourquoi maintenant ?

— Ça, je ne saurais le dire.

Caitlin se renfonça sur son siège d'un air abattu.

— Mais gardez bien une chose en tête, reprit Vahin. Ces « âmes agressives », comme vous les appelez, proviennent certainement d'un même événement. Il existe déjà un lien puissant entre elles.

— Un même événement ? Mais où ça ?

— Le plan transpersonnel ne connaît pas de limites. Ne cherchez pas « où », cherchez « quand ».

CHAPITRE 28

Emmitouflées dans leur manteau d'hiver, Maanik et sa mère prenaient le soleil sur le balcon de leur appartement. En sentant les rayons matinaux lui réchauffer le visage, la jeune fille déclara :

— On se croirait presque en été.

Frissonnante, Hansa serra sa fille contre elle, heureuse qu'elle ressente quelque chose. C'était une bénédiction inattendue après les difficultés des deux derniers jours. Elle avait à peine vu son mari depuis l'attentat de Jammu. Ce matin-là, à son réveil, il était déjà reparti. Maanik aussi s'était réveillée tôt. Hansa l'avait trouvée allongée sur le côté en train de caresser Jack London d'un air absent. Elle avait volontiers accepté de sortir.

— On pourrait travailler ici, sur le balcon, pour que tu rattrapes quelques-uns de tes devoirs, proposa Hansa, qui voulait savourer ce moment de complicité. Qu'en dis-tu ?

Sa fille semblait sourire, la tête inclinée vers le soleil, les yeux fermés.

— Maanik ?

— Oui ?

— Que penses-tu de mon idée ?

Maanik bougeait lentement au sein de cette lumière naturelle.

— Quelle idée ?

—Faire tes devoirs ici.

—D'accord.

Hansa la serra brièvement contre elle, puis changea la disposition des chaises et écarta deux grandes plantes en pot pour faire de la place. Elle fut surprise de constater sa propre faiblesse et se promit de recommencer à faire de l'exercice tous les jours.

—À ton avis, Maanik, je m'en sortirais comment sur le tapis de course de ton père ?

L'adolescente éclata de rire.

—Tu trouves ça drôle ? protesta sa mère en souriant. Peut-être que tu pourras me montrer comment on fait quand tu iras mieux.

—Ça me fatigue.

—Cette machine ? Tu arrives à courir plus vite que ton père.

—Je retourne me coucher, annonça Maanik.

—Tu ne veux pas rester dehors un peu plus longtemps ? Tu as l'air si contente ici.

—Je veux m'allonger.

La jeune fille semblait bien frêle, tout à coup. Hansa se dirigea vers elle.

—Laisse-moi t'aider…

—Je peux le faire toute seule.

Hansa regarda Maanik disparaître derrière la baie vitrée scintillante. Puis elle continua à changer la disposition des meubles, au cas où Maanik déciderait de revenir finalement.

À l'intérieur, Jack London se mit à hurler. Hansa laissa tomber la chaise qu'elle tenait et courut vers la chambre de sa fille. Maanik se trouvait dans le couloir et ne pouvait aller plus loin, car le chien lui barrait le passage en aboyant. Face à la porte ouverte, il faisait de petits bonds hésitants en avant, puis reculait sans bruit comme s'il essayait à la fois d'attaquer la chambre et de l'éviter.

—Jack London, silence ! cria Hansa.

Il obéit à moitié en remplaçant ses jappements par des grondements sourds. Hansa se tourna vers sa fille.

— Non ! s'écria-t-elle aussitôt.

L'adolescente avait le bras gauche tout raide et la main droite tendue.

— Maanik, reste avec moi, l'implora sa mère.

Le chien se remit à aboyer.

— Silence ! cria Hansa.

Attirée par tout ce vacarme, Kamala les rejoignit.

— Emmenez-le ! ordonna sèchement Hansa.

Kamala contourna la mère et la fille et tendit les mains pour attraper le beagle. Au même moment, la main droite de Maanik fendit les airs. Bien que personne ne l'ait touché, Jack London fut projeté sur le côté et heurta le mur. Ses hurlements se transformèrent en petits cris apeurés tandis qu'il se recroquevillait sur lui-même.

— Maanik !

Hansa empoigna sa fille par l'épaule et l'obligea à se tourner vers elle. L'adolescente avait les yeux clos et l'air détendue. Elle échappa à la main de sa mère et se dirigea vers sa chambre.

— N'entre pas là-dedans ! cria Hansa, tentant de la retenir et de lui faire faire demi-tour.

Maanik se raidit et se libéra de nouveau. Hansa poussa une exclamation de stupeur en voyant du sang dégouliner sur les poignets et les doigts de sa fille, alors même que ses bras portaient encore des pansements sous son manteau. Maanik ouvrit les yeux et commença à marcher à reculons en se frottant les avant-bras. Elle regardait froidement sa mère, qui la suivit dans la chambre et tenta de lui toucher l'oreille. Mais Maanik ne se laissa pas faire.

— Arrête ! s'écria Hansa en tendant de nouveau la main.

— Tu ne peux pas me ramener, dit Maanik.

— Te ramener d'où ? Je t'en prie, parle-moi !

— Si elle brûle, je brûle aussi, expliqua l'adolescente. Il faut que j'y aille pour que ça s'arrête.

— Mais aller où ? demanda Hansa d'un ton suppliant.

Elle s'efforçait de penser comme Caitlin O'Hara et d'obtenir plus d'informations.

—En haut. C'est la seule issue.

—Où ça, en haut? s'enquit Hansa, tremblante, tandis qu'elles s'enfonçaient dans l'air vicié de la chambre.

—Au-delà du... *fera-cazh.*

—Où...? *Qu'est-ce* que le *fera-cazh*?

Maanik lui répondit par un hurlement poussé à pleins poumons, suivi par le geste désormais rituel de se griffer les bras. Hansa tenta de la serrer contre elle mais, une fois de plus, l'adolescente se tordit pour lui échapper et recula contre le lit. Dans l'espoir de réussir enfin à lui toucher l'oreille, Hansa tira violemment sur le bras de sa fille pour l'attirer contre elle. Mais elle se fit brutalement repousser. Au même moment, elle vit un mince ruban de fumée s'élever du lit. Paniquée, elle le contourna et s'aperçut qu'il ne provenait pas du lit, mais du bas de la chemise de nuit de Maanik, sous son manteau. Dans un sifflement, un autre ruban de fumée apparut près de l'une des poches de l'adolescente. Sa chevelure se souleva et se mit à ondoyer de la même manière que la fumée. Hansa sentit alors une odeur de cheveux brûlés. Elle écarta sans ménagement les mains de sa fille, se jeta sur son oreille et cria: « Mûres ! »

Maanik tituba, mais sans pour autant cesser de hurler ou de se frapper les avant-bras.

—Laisse... moi... brûler ! réussit-elle à dire d'une voix étranglée, avant que la douleur physique ne s'empare à nouveau de sa voix pour la faire hurler.

De la fumée s'éleva cette fois de sa main gauche, où une tache noire apparut sur sa peau. Hansa tendait les bras vers elle lorsque, soudain, l'adolescente fit volte-face et courut vers la haute fenêtre de sa chambre. Avec une violence inouïe, elle ouvrit le loquet, remonta brutalement la fenêtre à guillotine et s'attaqua à mains nues à la moustiquaire afin de la déchirer. Affolée, Hansa empoigna sa fille et lutta pour la retenir, mais Maanik ne voulait pas s'arrêter. Elle troua le filet noir et saisit les pans déchirés à deux mains pour agrandir l'ouverture. Hansa appela

Kamala au secours de toutes ses forces tandis que cinq trous noirs apparaissaient sur le manteau de Maanik et que de nouvelles volutes de fumée s'élevaient vers le plafond. L'adolescente saisit alors le châssis de la fenêtre, posa le pied sur le rebord et se hissa dessus.

Hansa connut alors une extraordinaire poussée d'adrénaline. Elle referma les bras sur la taille de sa fille et l'éloigna de force de la fenêtre ouverte. Emportées dans cet élan, elles tombèrent par terre toutes les deux. Hansa remonta le manteau de Maanik sur son dos et ses épaules de manière à recouvrir et immobiliser sa tête et ses bras. Puis elle la traîna jusqu'à l'entrée de la chambre en la serrant fermement contre elle. Maanik se débattait comme un beau diable en donnant des coups de pied et en hurlant dans ce langage que sa mère ne comprenait pas. Hansa avait tellement peur qu'elle en avait la nausée, mais l'odeur effroyable dans les cheveux de sa fille et la chaleur impossible que dégageait son corps lui permirent de rester concentrée. Kamala finit par la rejoindre. Elle arborait de nombreuses griffures dues au chien qui ne s'était pas laissé faire lui non plus. Ensemble, les deux femmes emmenèrent Maanik dans le couloir jusqu'à la petite salle de bains qui abritait une cabine de douche. Hansa traîna l'adolescente à l'intérieur, ouvrit le robinet et laissa le jet d'eau froide les asperger toutes les deux. Pendant que Kamala se dépêchait de déshabiller la jeune fille qui se débattait toujours, Hansa réussit, dans la mêlée, à lui pincer l'oreille en criant : « Mûres ! »

Maanik s'effondra, inerte.

CHAPITRE 29

Maryam accompagna Caitlin jusqu'à la porte d'embarquement de son vol Iran Air. Les adieux furent étonnamment émouvants, étant donné le peu de temps que les deux femmes avaient passé ensemble. Mais ce qu'elles avaient vécu les avait profondément marquées toutes les deux.

Caitlin prit place dans la file d'attente. Presque au même moment, elle reçut un message de Ben :

L'état de M se dégrade. Le feu est un réel danger.

La personne derrière elle fit claquer sa langue d'un air réprobateur. La file avait avancé, mais pas Caitlin. Celle-ci se mit sur le côté pour laisser passer les gens.

Tout en jonglant avec son téléphone, son billet, son passeport et une lettre de l'ambassadeur iranien qui lui servait de laissez-passer, elle répondit :

J'ai de nouvelles infos. Je viendrai directement de l'aéroport.

Elle attendit un peu mais ne reçut aucune réponse. Elle hésita à appeler Ben, mais elle avait trop de choses à lui expliquer et pas assez de temps pour le faire. Le dernier appel pour son vol résonna dans les haut-parleurs. Caitlin se présenta la dernière et tendit son billet en toute hâte. On lui fit signe de passer.

Elle découvrit qu'Iran Air n'autorisait pas l'usage du téléphone portable ou l'accès à Internet pendant ses vols. C'était frustrant, car elle allait passer les treize prochaines heures à se demander ce que Ben entendait par « vrai danger ». Maanik avait-elle tenté de s'immoler par le feu, comme Atash ? Dans ce cas, tant pis pour les négociations : sa mère avait certainement été obligée d'agir, et l'adolescente se trouvait à l'hôpital, réduite à l'état d'automate surmédicamenté. Caitlin ne pourrait plus continuer ses recherches sur ce qui provoquait réellement ses crises.

Tiens bon, dit-elle à la jeune fille dans sa tête. *Tiens bon jusqu'à ce que je rentre.*

Bien entendu, elle ne pensait pas que Maanik puisse l'entendre. Malgré tout, cette prière ne semblait pas si insensée, après tout ce qu'elle venait de vivre.

Et si Vahin avait raison ? Si l'esprit de Maanik était ouvert à ce « plan transpersonnel », et si Caitlin y avait elle-même accès, alors n'était-il pas concevable de pouvoir faire passer un messager à l'adolescente ? Vahin estimait que Caitlin pouvait y accéder parce qu'elle avait laissé s'établir un lien psychique entre elle et les jeunes gens affectés.

— Tout est une question de vibrations, lui avait-il expliqué en lui mettant des brochures et des plaquettes dans les mains, avant qu'elle ne prenne congé. Chacun de nous est comme un diapason qui ne s'éteint jamais. Comme le thé, l'âme vibre et survit en dehors du corps, en dehors du temps. Dans la vie, nous changeons de ton et nous résonnons les uns avec les autres, parfois par deux, parfois en groupes. Pourquoi en irait-il autrement pour l'âme ?

Il avait conclu par ces mots :

— Certains d'entre nous pensent que le but de toute vie est d'atteindre une résonance totale où nous ne ferions plus qu'un.

Ce discours faisait très « New Age ». En même temps, tout ce qu'elle avait vu, les gestes, les termes, le symbole dessiné par les deux jeunes femmes et les réactions des animaux, avait précisément un côté New Age, mystique, quasi religieux, fantastique... Aucun adjectif n'était trop fort, en l'occurrence. Et Caitlin ne pouvait rien réfuter, depuis les vêtements et les cheveux flottant au vent jusqu'aux visions en passant par les ondes de choc. Tous ces événements plaidaient en faveur de cette étrange réalité dont Vahin défendait l'existence. Qu'est-ce qui rendait son explication moins valide qu'une autre ?

Caitlin passa en revue les éléments qui pointaient dans cette direction.

Le symbole dessiné par Gaëlle et Maanik était un bon début. Si Atash avait pu se servir de ses mains, l'aurait-il dessiné lui aussi ? Pour Caitlin, ce triangle constitué de croissants restait inexplicable. Il lui faisait penser à des entrelacs celtiques ou au symbole de la radioactivité, mais il s'agissait d'une comparaison faussée, car elle partait du présent au lieu du passé. Si ce symbole datait réellement d'un Antarctique habitable, peut-être avait-il inconsciemment servi d'inspiration à cet emblème moderne ?

Un Antarctique habitable. Cette pensée lui était venue si facilement. Caitlin se souvint de la carte dessinée par Maanik. Lorsqu'elle avait étudié sa topographie avec Ben, ils avaient découvert qu'elle était très proche de celle d'une carte de l'Antarctique vu du ciel. Les humains volaient-ils voilà si longtemps ? Caitlin avait vu de la glace dans la vision avec Atash : s'agissait-il également de l'Antarctique ? Peut-être que quelqu'un à cette époque l'avait survolé en ballon ? Si elle en croyait l'une des expériences scientifiques de Jacob, il suffisait juste d'envoyer des courants thermiques dans une grande enveloppe de... de quoi, de peaux tannées ?

Trop lourd.

De fibres animales, alors ? Autrefois, on chassait les baleines pour utiliser presque toutes les parties de leur corps, y compris les fibres les plus minces, les tendons et la peau. Une telle chose serait-elle donc possible ?

De nouveau, le mot « fantastique » s'imposa à Caitlin. Oui, peut-être tirait-elle des conclusions trop hâtives, mais elle ne voyait pas d'autre explication.

L'Antarctique. Une époque et un climat différents. Avec des gens ? De vrais humains ? Une société, une civilisation ? Il semblerait bien. Les mots et les gestes des adolescents formaient un langage sophistiqué. Caitlin repensa à toutes les histoires et les fables qu'elle avait entendues au cours de sa vie, depuis Noé et le Déluge jusqu'au mythe grec d'Icare. Même les plus grands cerveaux disaient qu'il y avait probablement un fond de vérité derrière ces légendes.

Dès que Caitlin retrouverait une connexion Internet, elle chercherait la trace de tous les cataclysmes s'étant produits au pôle Sud au fil des millénaires, en remontant jusqu'à la Pangée s'il le fallait. Ses patientes avaient parlé de feu dans le ciel et d'une vague. Il y avait forcément un rapport. Certes, son esprit rationnel combattait cette notion de toutes ses forces, mais c'était là son rôle. Son instinct, au contraire, lui disait qu'elle avançait dans la bonne direction.

L'avion vira sur l'aile gauche. Par le hublot, Caitlin vit apparaître la mer Caspienne, qui scintillait sous le soleil de cette fin d'après-midi. Elle ferma les yeux et se souvint de sa conversation avec Ben dans le parc de Turtle Bay. Sa respiration s'accéléra rien qu'en pensant à lui. Elle décida de lui demander de repartir de zéro quand les crises actuelles seraient réglées.

Si elles se réglaient un jour.

Caitlin imagina la pauvre Maanik titubant dans les couloirs d'un établissement psychiatrique, droguée jusqu'à ne plus rien ressentir. Elle visualisa l'humanité qui se débattait dix mille mètres plus bas, constamment en guerre ou à la merci d'un climat instable et d'une redoutable géologie. Et si Vahin avait raison ? Et si *un ancien peuple*, quel qu'il soit, avait raison ? Peut-être que la vibration de l'âme, le fait qu'elle perdure hors du corps, était le seul moyen de réellement survivre. Peut-être pouvait-on trouver, dans une ancienne théologie, les origines communes et oubliées du Walhalla, des Champs Élysées ou du Paradis.

Le plan transpersonnel.

Caitlin se concentra de nouveau. Elle désirait par-dessus tout communiquer avec Maanik et lui dire : « Je suis toujours avec toi, peu importe la distance. » Vahin prétendait qu'elles étaient connectées. Pouvait-elle envoyer une pensée à Maanik ? Comment ? Quel genre d'onde pouvait-elle bien former qui réussirait à atteindre l'adolescente ?

Elle tenta de faire le calme dans son esprit. Elle se souvint du parc avec Ben. Le soleil brillait, et ils avaient ouvert leur manteau. Ben avait décrit avec animation les mots qu'il avait réussi à déchiffrer parmi le charabia de Maanik. Le « feu », bien sûr, et le « ciel », mais aussi l'« eau ».

Beaucoup d'eau.

Brusquement, Caitlin eut une illumination. Atash avait tenté de former le superlatif quand elle était entrée dans sa chambre d'hôpital, en éloignant sa main gauche de son corps et en posant sa main droite en travers de sa poitrine. Caitlin ne se rappelait pas le mot qui allait avec, mais elle n'en avait pas besoin. Le geste suffisait.

Elle ferma les yeux et fit le calme en elle, comme quand elle était sur le point de guider un patient dans une séance d'hypnose. Elle pensa en premier à Jack London, le baromètre animal. Elle le visualisa endormi, en train de ronfler. Puis elle pensa à Maanik. Elle passa en revue les moments vécus ensemble et se souvint du jour où l'adolescente avait fait une grimace pour elle, quand elle était dans une phase qui se rapprochait le plus de son état normal. Lorsque Caitlin vit clairement les traits de l'adolescente, lorsqu'elle ressentit l'éclat de rire qu'elles avaient partagé, elle éloigna doucement sa main gauche de son corps et posa sa main droite sur l'épaule opposée. Contre toute attente, ses poumons se remplirent d'air et l'expulsèrent aussitôt, comme si elle venait d'ôter un poids de son sternum et de son épaule gauche. Caitlin garda l'esprit fixé sur Maanik et lui dit en pensée :

L'océan… beaucoup d'eau… toi et moi ensemble… accroche-toi…

Brusquement, Caitlin entendit la voix de Maanik dans sa tête. Elle l'entendit répondre : *Promis.*

Stupéfaite, Caitlin rouvrit les yeux. Elle n'avait pas imaginé cette voix. C'était *réel.*

Elle regarda autour d'elle, les autres passagers silencieux et le siège vide adjacent au sien, près du couloir. Tout était normal et, en même temps, très différent. Elle se sentait plus proche de Maanik que du hublot à côté d'elle. En cet instant, elle ne pouvait plus s'appuyer sur ce qu'elle voyait et ce qu'elle entendait comme elle l'avait toujours fait jusque-là. Comme la mer loin en contrebas, ses sens ne faisaient qu'effleurer la surface de quelque chose de bien plus vaste. Peut-être que la véritable explication se trouvait là.

Caitlin fut très surprise de découvrir que cette découverte avait un impact physique sur son corps. Elle se sentait entièrement dynamisée des pieds à la tête. Sa poitrine lui paraissait lumineuse, presque rayonnante, et son esprit était aussi limpide que la note d'un diapason. De plus, elle mourait de faim. Elle appela l'hôtesse et demanda le menu.

Quelque chose venait de se mettre en place, même si Caitlin ignorait de quoi il s'agissait.

Pendant le dîner, elle dévora les documents que Vahin lui avait donnés. Elle apprit quels pouvaient être les effets de l'union des âmes et de la prière. En se connectant les unes aux autres sur le plan transpersonnel, les âmes formaient un puissant groupe spirituel capable de monter encore plus haut et d'échapper au temps, à l'espace… et à la mort.

Un cataclysme, songea-t-elle. Le feu, la glace, des inondations. Une ville ou une civilisation assaillie par un volcan, un tremblement de terre, un tsunami, la glaciation. Caitlin se rappela comment, lors de leur première séance, Maanik avait pleuré un bras qu'on lui avait arraché, et un animal mort qui n'était pas Jack London. C'était peut-être arrivé, dans un endroit ancien, à l'*alter ego* de l'adolescente, juste avant de mourir, réduit en cendres par le feu d'un volcan ou d'un incendie provoqué par un séisme.

Mais Maanik avait dit qu'elle avait d'abord la sensation d'être en petits morceaux. Après seulement, elle brûlait. Mais quels morceaux ? Et comment ?

Caitlin repensa à la vision d'Atash. D'autres habitants de la ville semblaient s'être préparés au cataclysme et paraissaient même impatients qu'il se produise. Au lieu de fuir l'éruption d'un volcan, ces gens vêtus de longues tuniques s'étaient rassemblés dans une cour entourée de colonnes pour y attendre la mort, comme s'ils avaient hâte. Leurs vêtements imprégnés d'huile, l'allusion au *cazh*, un mot et un geste qui signifiaient quoi ? Une espèce de transformation.

Ces habitants, Caitlin les avait vus. Ils voulaient absolument terminer un rituel. S'agissait-il d'éviter l'éruption ou d'honorer le volcan dans le but de l'apaiser ? Elle n'en était pas certaine. Mais si Vahin avait raison, ce rituel avait peut-être transporté leur âme sur le plan transpersonnel. Elle s'était envolée au moment où leur corps physique était réduit en cendres. La conscience de Maanik brisée en mille fragments et projetée vers le ciel tandis que son enveloppe charnelle brûlait.

On pouvait supposer que les âmes qui atteignaient le plan transpersonnel se voyaient offrir non pas la réincarnation, mais la vie au-delà de la mort.

Mais en quoi Maanik, Gaëlle et Atash sont-ils liés à ça ? Un même traumatisme ici et maintenant ne peut pas être la seule raison.

Les personnes vêtues de tuniques avaient refusé d'aider l'*alter ego* d'Atash. Pourquoi l'avaient-elles exclu ? Elles l'avaient accusé d'avoir fait confiance à « des choses dénuées de véritable pouvoir » et lui avaient dit qu'il avait forgé son propre destin. Caitlin pensa à ces gens qu'elle avait rencontrés dans des zones de guerre, ceux qui avaient tenté de s'enfuir et ceux qui s'étaient réunis dans un lieu de culte où ils avaient péri. C'était un choix impossible, une décision prise sous la contrainte, avec un même objectif.

Survivre.

Il y avait aussi son père et l'histoire du drakkar. Caitlin se rappela que Maanik avait parlé d'un dragon, peut-être s'agissait-il d'une tête de dragon sculptée à la proue d'un navire ? Malgré les vagues déchaînées, certains habitants avaient peut-être tenté de prendre la mer pour échapper au feu qui tombait de toutes parts. Ce choix avait sans doute fait peur à l'*alter ego* d'Atash. Voilà pourquoi il avait supplié l'homme en tunique de sauver son frère par le biais du *cazh.* Il s'était tourné vers la religion en dernier recours. Repoussé par le prêtre, il avait accompli le rituel sans aide ni autorisation, et celui-ci avait fonctionné, *a priori.* Des milliers d'années plus tard, alors que la glace avait depuis longtemps recouvert l'Antarctique, il avait trouvé l'âme d'Atash, fragilisée par le traumatisme de l'exécution de son frère, et avait réussi à entrer.

Mais pourquoi une telle chose avait-elle poussé Atash à s'immoler par le feu ? L'âme lui avait-elle transmis un mauvais message ? Ou bien était-elle restée figée dans cet instant traumatisant pendant tout ce temps, comme un insecte préhistorique emprisonné dans de l'ambre ? Cette idée fit frémir Caitlin.

Ça fait beaucoup d'hypothèses, mais c'est un début. Une piste à explorer avec Maanik.

Épuisée, Caitlin s'installa confortablement, ferma les yeux et tenta de ne pas penser à Atash emprisonné pendant des millénaires dans un corps en train de brûler. Elle se concentra plutôt sur les animaux. Quel était leur rôle dans cette histoire ? Jack London était sûrement conscient d'une présence invisible. Mais pourquoi évitait-il la main droite de sa maîtresse ? L'un des livrets de Vahin expliquait que l'énergie du monde qui nous entoure entre dans le corps par la main gauche, la main du cœur. Puis, filtrée par le corps et l'âme, l'énergie négative et non désirée ressort par la main droite. La main gauche de Maanik sur Jack London recevait sans doute l'énergie d'amour de l'animal. Mais sa main droite émettait toute la souffrance qu'éprouvait son *alter ego* sur le plan transpersonnel. Pas étonnant que le chien veuille l'éviter.

Tout comme les animaux avaient évité Washington Square. Caitlin se rappela brusquement les infos qu'elle avait vues juste après l'invasion des rats. Une habitante du quartier avait expliqué dans une brève interview que son labrador refusait désormais d'entrer dans le parcours pour chiens du Washington Square Park, comme tous ses congénères. Mais les bêtes n'évitaient pas leur propriétaire, uniquement l'endroit en question, et le comportement des rats ne rappelait en rien les réactions de Jack London. S'il existait un lien, celui-ci n'était pas évident.

Caitlin détenait quelques réponses, mais qui amenaient des questions en apparence impossibles. Au moins semblaient-elles toutes pointer dans la même direction. Ce n'était pas son esprit, mais tout son être qui le lui soufflait. De nouveau, elle ressentit ce rayonnement au niveau de son sternum.

Quand elle eut fini de dîner et rendu son plateau à l'hôtesse, elle éteignit sa lumière, releva le store et appuya sa tête contre le dossier pour mieux contempler les nuages et le crépuscule qui tombait.

Des âmes et des traumatismes partagés. Si d'autres jeunes gens autour du globe vivent la même chose, ça permettrait d'expliquer pourquoi les événements du Cachemire affectent même ceux d'entre nous qui ne savent pas où il se situe sur une carte. Mais est-ce justement ce conflit qui provoque toute cette histoire ?

Cela semblait peu probable. Mais un lien restait possible. Le Cachemire, un nœud de frustration et de douleur qui affectait toutes les régions de la Terre. Le plan transpersonnel, un nœud de douleurs anciennes qui affectait aussi toutes les régions de la Terre.

Il ne lui était désormais plus possible d'accepter l'un et de récuser l'autre.

CHAPITRE 30

Quand Mikel lui téléphona, Flora Davies dormait à poings fermés dans le fauteuil de son bureau. Épuisée de corps, d'âme et d'esprit, elle s'était abandonnée au confort du cuir noir.

Mikel souffrait encore du décalage horaire malgré un long repos. Il était donc revenu au Club à 4 heures du matin pour jeter un coup d'œil au nouvel artefact. Il avait découvert le corps d'Arni dans une mare de fluides corporels peu ragoûtants et avait immédiatement appelé Flora, qui se trouvait à l'étage. Ils disposaient de trois heures pour effacer toute trace du problème avant qu'un membre du personnel ne commence sa journée et que quiconque ne signale la disparition d'Arni. Ses proches savaient qu'il avait tendance à travailler tard, surtout quand il avait un problème à résoudre.

Le Groupe n'avait jamais eu à s'occuper d'un cadavre au sein du Club, en tout cas pas celui d'un humain. Des créatures insolites avaient parfois été examinées dans le laboratoire. Toutes provenaient des eaux du pôle Sud. Il y avait eu parmi elles une partie d'un calmar géant, un cœlacanthe de dix mille ans parfaitement préservé dans de la boue gelée et un bébé mégalodon emprisonné dans la glace. Ces spécimens étaient rares, mais Flora possédait les coordonnées d'un individu équipé pour s'occuper de leurs restes. Ce fut son numéro qu'elle composa ce matin-là. Casey Skett habitait non loin de là, dans l'East Village, et promit de venir au plus vite.

Après avoir raccroché, Flora redescendit au sous-sol et fit les cent pas près de la tête d'Arni, pendant que Mikel cherchait des indices sur la cause de sa mort. Furieuse de ne pas disposer de l'équipement ou du personnel nécessaires pour procéder à une autopsie rapide, la directrice maudissait le Groupe à travers le masque médical jetable qu'elle avait enfilé.

—Regardez-moi ça, Arni ne portait même pas de blouse, râla-t-elle. Dieu seul sait quels agents contaminants son corps est en train de disséminer dans l'atmosphère.

—À part la matière cérébrale liquéfiée, vous voulez dire? demanda Mikel, également masqué et agenouillé près du cadavre.

Flora s'immobilisa.

—Vous pensez qu'il s'agit de matière cérébrale?

—À en juger par la couleur et les petits grumeaux, je dirais bien que oui.

—Charmant, marmonna la directrice. Rien d'autre?

—Non, *a priori*. On voit juste que le cerveau n'est pas à sa place.

Flora attrapa des gants en latex dans une boîte sur une étagère et fouilla sur la table d'examen d'Arni, où régnait un insupportable désordre, jusqu'à ce qu'elle trouve une tige en verre. Elle s'accroupit à côté du cadavre et inséra l'extrémité de la tige dans sa narine gauche.

—On dirait qu'il est sur le point d'être momifié, commenta Mikel. D'abord le cerveau, ensuite les organes.

—Sauf qu'apparemment ses autres organes sont encore à l'intérieur.

—Peut-être que j'ai fait peur à la personne qui a fait ça.

—Une pellicule se forme sur le liquide, fit remarquer Flora en désignant la mare qui dessinait une espèce de halo autour de la tête d'Arni. Ça fait un petit moment qu'il est comme ça.

—Vous n'avez rien entendu ? demanda Mikel.

—Le sous-sol est entièrement insonorisé, expliqua-t-elle tout en s'intéressant de près à la forme de la cavité nasale d'Arni.

Elle fit tourner la tige dans tous les sens jusqu'à ce que celle-ci disparaisse presque entièrement dans le nez et le crâne d'Arni, à l'exception de la courte extrémité qu'elle tenait.

—Mon Dieu, il n'y a plus de sinus ni d'os sphénoïde. Mikel, il n'y a plus rien à l'intérieur !

—Êtes-vous en train de me dire que tout ce qu'il y avait dans son crâne est ressorti par son nez ? s'exclama son compagnon, totalement incrédule.

—Vous voulez vérifier par vous-même ? demanda Flora en lui tendant la tige en verre.

—Non merci, déclina Mikel avec une légère grimace. Qu'est-ce qui a bien pu pulvériser ainsi les os internes mais pas la boîte crânienne ?

—Peut-être qu'on n'a pas tout vu, dit Flora en reposant la tige sur la table.

Elle toucha la tête d'Arni de la pointe de sa botte. Elle s'attendait presque à ce que le crâne s'enfonce sous la pression, mais ce ne fut pas le cas.

—Bon sang, je déteste me retrouver face à un mystère que je n'ai pas le temps de résoudre, jura-t-elle.

Comme un fait exprès, Casey Skett arriva au même moment, aussi maigre et les yeux aussi cernés que lorsque Flora l'avait rencontré, dix ans plus tôt. Mikel prit l'ascenseur pour aller le chercher au rez-de-chaussée. Casey travaillait pour la Direction de l'assainissement, au service de l'EAM, l'Enlèvement des animaux morts. Il était doué, mais Flora appréciait également sa discrétion et le fait qu'il avait ses entrées dans différents refuges de la ville, en particulier ceux équipés d'incinérateurs. Il déposa le corps d'Arni dans un réfrigérateur roulant vidé de son contenu et de ses étagères. Si quelqu'un le voyait entrer dans un refuge avant l'aube, il raconterait qu'il terminait de ramasser les rats morts dont on avait parlé aux infos et qui commençaient à pourrir. Personne ne se risquerait à jeter un coup d'œil à sa cargaison.

Pendant les quarante-cinq minutes qui suivirent, Flora et Mikel lavèrent le sol à trois reprises. Puis ils passèrent deux heures extrêmement pénibles à scruter chaque centimètre carré du laboratoire et du vestiaire à la recherche du moindre détail susceptible d'attirer l'attention d'un officier de police. Enfin, Flora mit un peu de bazar et salit quelques éléments, pour que le labo n'ait pas l'air trop propre.

Quand ils eurent fini, Mikel se mit à chercher la cause du décès d'Arni. Il avait remarqué en arrivant, plusieurs heures plus tôt, que sa météorite gravée était posée sur la table à côté d'un compteur Geiger. Il se rapprocha de l'objet avec prudence et passa la sonde au-dessus pendant plusieurs minutes, mais rien ne se produisit. Il finit par ramasser l'artefact, l'enveloppa dans du tissu et fit mine d'aller le ranger dans le coffre.

— Non, pas là, intervint Flora. On va placer toutes les reliques dans le congélateur.

— Pourquoi ?

— Par précaution.

— Vous ne croyez pas que c'est un peu excessif? protesta Mikel.

— Comme mon grand-oncle le commandant Hunt avait l'habitude de dire pendant le Blitz : « Rien n'est excessif dans pareille situation. » De toute façon, j'en ai la prérogative.

— Mais elles n'ont peut-être pas le moindre rapport avec la mort d'Arni.

— Peut-être, peut-être pas.

— C'est ridicule, insista Mikel. Nous devons essayer de reconstituer les faits…

— Et c'est ce que nous ferons, dès que nous aurons pris le temps de réfléchir. J'ai lu votre rapport à propos de votre voyage. Contrairement à tous les autres objets qu'abrite ce foutu bâtiment, nous ignorons presque tout de cette météorite.

Mikel défendit sa trouvaille avec une impatience évidente.

—C'est pourquoi nous en avons besoin ici et maintenant. Cette relique comporte plus de symboles que toutes les autres. Il y a beaucoup à apprendre d'elle.

—Nous l'étudierons, promit Flora. Mais, Mikel, pensez à tous les incidents qui se sont déjà produits. Les rats sur Washington Square, les oiseaux autour de votre avion. Ces phénomènes ont tous eu lieu à proximité de l'artefact et ont commencé après que cette *chose* a entamé son voyage. (Elle secoua la tête d'un air attristé.) Arni était synesthète. Ces objets interagissent peut-être à un niveau subtil avec la conscience animale et la conscience humaine. La roche a pu émettre un signal à une fréquence inaudible, un signal déclenché par une lumière ou un bruit spécifique, ou encore le niveau d'électricité d'un avion ou d'un compteur Geiger.

—Les rats ne se trouvaient pas à proximité de mon artefact.

—Certes, approuva-t-elle. Mais ils ont accouru ici, vers la collection. C'est pourquoi je veux entreposer et stabiliser toutes ces reliques jusqu'à ce que nous ayons approfondi la question.

Mikel secoua la tête.

—Au contraire, c'est la raison pour laquelle nous devons continuer à les étudier maintenant, Flora, pendant qu'elles sont influencées. Et pourquoi les congeler ? Pourquoi ne pas les surchauffer ?

La directrice lui arracha l'artefact des mains.

—Ce sont des mesures un peu extrêmes, commenta Mikel.

—Arni est mort ! s'écria Flora en laissant transparaître pour la première fois une certaine émotion.

—J'en suis désolé moi aussi, mais il faut envisager la situation dans son ensemble. Nous avons affaire à une force que nous ne comprenons pas, et ce depuis sacrément longtemps. Réussir à déchiffrer certains symboles est une chose. On devient plutôt bon à ce jeu-là. Mais comprendre le fonctionnement de ces objets est plus important.

— Vous croyez que je n'en suis pas consciente ?

— Bien sûr que si. Écoutez, cet objet a de toute évidence survécu à une chaleur extrêmement élevée. Arni ne l'a pas chauffé. Je ne vois ni brûleur, ni briquet. Je ne crois pas qu'on puisse mesurer l'étendue de ses fonctionnalités tant qu'on ne procédera pas par élimination.

Flora lui tourna le dos.

— Je vais le mettre dans le congélateur avec les autres, puisque nous savons que tous ces artefacts ont résisté à des basses températures pendant des milliers d'années sans tuer personne. Fin de la discussion.

— En êtes-vous bien sûre ?

Flora se retourna à demi.

— De quoi ?

— Qu'ils n'ont jamais tué personne.

Elle hésita un bref instant.

— Vous avez raison, je n'en sais rien. Raison de plus pour se montrer prudents.

Sur ce, elle s'en alla dans le vestiaire, déposa tous les objets sur un plateau et se rendit dans une pièce au bout du couloir. Elle glissa chaque relique dans un sac en plastique et les rangea dans le congélateur. Lorsqu'elle revint, Mikel faisait la moue, adossé au mur à l'extérieur du labo. Elle éteignit la lumière, claqua la porte et suivit son agent dans l'escalier.

— Rentrez chez vous, lui dit-elle. Reposez-vous.

— Je suis reposé. Je veux travailler.

— Alors, faites des recherches à la bibliothèque. Terminez de visionner les vidéos qu'Erika a rassemblées.

— Pourquoi vous comportez-vous ainsi ?

— Comment ? Comme quelqu'un qui réfléchit ? répliqua-t-elle sèchement.

Mikel ne répondit pas. Les marches anciennes grincèrent sous leurs pieds tandis qu'ils montaient dans une obscurité quasi complète. En haut, le téléphone sonnait déjà. Mikel répondit au premier appel de la police. La disparition d'Arni avait été signalée à 7 heures du matin par un ami qu'il était censé retrouver la veille au soir. Cet appel marqua la fin de leur tranquillité. Flora se réjouit d'avoir mis les artefacts en sécurité, car il ne lui vint que tardivement à l'esprit qu'ils auraient pu être saisis comme preuves.

Elle passa le reste de la journée à répondre aux questions épuisantes d'un enquêteur irascible. Elle manifesta son inquiétude pour Arni tandis que la police passait le laboratoire et le vestiaire au peigne fin. Flora ne pensait qu'à une chose, le congélateur, mais ils ne firent qu'y jeter un coup d'œil sans déranger son contenu.

Finalement, à minuit, Flora convoqua Mikel, qui était rentré chez lui, et lui ordonna de retourner aux Malouines.

— Pourquoi ? demanda-t-il, pas mécontent mais surpris.

— J'ai réfléchi, annonça-t-elle. Faites ce qu'il faut pour retrouver l'équipage du *Capitaine-Fallow.* Découvrez où ils ont localisé votre artefact. Il y en a peut-être d'autres au même endroit.

— Nous avons déjà fait ça pour d'autres artefacts, en vain, lui rappela-t-il.

— C'est vrai, reconnut Flora. Mais, pour autant qu'on le sache, aucun d'eux n'a jamais fait fondre un cerveau. Je pense que votre artefact est trop petit pour générer la moindre énergie tout seul. Une source externe théorique, la cause de ce phénomène, doit donc logiquement se trouver à l'autre bout, là d'où il vient. Il est peut-être encore relié à cette source, si elle existe et si, d'une manière ou d'une autre, elle est encore chargée.

Mikel approuvait cette décision. Il fit appel à des contacts qui lui devaient des services et organisa son départ. Fort heureusement, cette nuit sans sommeil et les larmes sincères de Flora le lendemain matin réussirent à convaincre l'enquêteur, lors de sa deuxième visite, qu'elle se rongeait les sangs à propos d'Arni.

Elle se retrouva enfin seule avec une tasse de thé. Pour la première fois depuis le début de leur quête, elle se trouvait dans une impasse. L'esprit bouillonnant de rage et de frustration, Flora saisit sa tasse et la jeta contre le mur.

— Bordel ! Ça suffit ! intima-t-elle à la mystérieuse race qu'elle avait passé la moitié de sa vie à poursuivre. Si vous avez quelque chose à me dire, c'est le moment !

CHAPITRE 31

Il était minuit. À l'extérieur du taxi, les lumières de la ville coloraient le ciel nuageux en orange, une vision que Caitlin avait toujours trouvée menaçante. Ça n'en était que plus vrai ce soir-là, avec les dangers imminents qui s'amoncelaient. Les bruits métalliques du châssis de la voiture lui faisaient penser au monde lui-même, qui peinait à maintenir sa cohésion en poursuivant sa course aveugle.

Mais c'est peut-être juste le décalage horaire qui parle, songea-t-elle.

Elle avait appelé son père pendant qu'elle patientait pour passer la douane. Mais Jacob dormait, et elle n'avait pas voulu le réveiller. En attendant sur le trottoir, gelée et impatiente, elle avait lu deux messages envoyés par Ben durant son vol. Le premier datait de 19 h 41 :

J'ai trouvé un lien possible entre les Vikings et les Mongols.

Puis, à 23 h 11 :

Suis avec Maanik. Les ai empêchés de la mettre sous médicaments.

Caitlin l'appela du taxi. Ben décrocha dès la première sonnerie. La tension qui s'était installée entre eux à son départ pour l'Iran s'était apparemment envolée. En tout cas, il n'y en avait plus aucune trace dans sa voix.

— Dis-moi que tu es rentrée…

— Oui. Qu'est-ce qui s'est passé ?

Il hésita.

— Ben, même si quelqu'un espionne notre conversation, de toute façon, c'est allé trop loin.

— D'accord. Elle a pété un plomb et tenté de se jeter par la fenêtre. Sa mère dit qu'elle a commencé à *prendre feu*. Avec l'aide de Kamala, elle l'a traînée sous la douche. Après ça, Maanik a dormi un peu, puis elle a recommencé à parler et à faire des gestes. Mme Pawar a de nouveau utilisé ton signal, Maanik s'est rendormie, et ainsi de suite. Une fois de plus, l'ambassadeur a quitté la table des négociations pour la rejoindre. De mon côté, j'ai inventé de fausses réunions pour garder les délégués à l'intérieur du bâtiment. Je suis arrivé chez les Pawar à 22 heures. Pour l'instant, ils tiennent Maanik à l'écart de sa chambre, ça a l'air de la calmer.

— Tu y es entré ?

— Oui, je suis dans l'appartement…

— Non, dans sa chambre.

Nouvelle hésitation de la part de Ben.

— Ouais. C'est bizarre, Cai.

— Quoi donc ?

— Il n'y a pas un bruit dans cette chambre. Quand j'y suis, je n'entends pas les conduits dans le plafond ou le trafic aérien. L'air est lourd et immobile.

— Où se trouve le chien ?

— Dans le couloir à l'extérieur de la chambre, face à la porte.

— Il est calme ? demanda Caitlin.

—Oui, mais vigilant, ça, c'est sûr. Qu'est-ce que tu as appris ?

—Je pense que cette chambre est reliée, via Maanik, à une autre époque et un autre lieu. Ils se partagent un même espace comme des jumeaux dans le ventre de leur mère, et le plus vieux se nourrit du plus jeune. La chambre reflète ce qui arrive à l'esprit de Maanik, presque comme un portail.

—Caitlin, c'est...

—Tiré par les cheveux, oui, je sais. Mais je vais m'appuyer sur cette hypothèse jusqu'à ce que quelqu'un me propose une meilleure explication.

—Sais-tu pourquoi ces deux endroits se... rencontrent ?

—Pas encore, avoua-t-elle. Empêche les Pawar de donner quoi que ce soit à Maanik, sauf de l'eau si elle arrive à boire.

—Je vais essayer, mais sa mère est au désespoir. Cai, encore une chose.

Ben hésita une fois de plus.

—Balance, l'encouragea Caitlin.

—D'accord. Maanik semble émettre... quelque chose.

—Quelque chose ?

—C'est thermique, je suppose, mais on dirait que ça a une certaine substance aussi. Un flot constant et régulier sort de sa main droite. C'est froid comme de la brume. Je t'en prie, ne me dis pas que c'est son âme ou un truc du même genre.

—Je ne crois pas que ce soit son âme.

Caitlin se retint d'ajouter : « Mais je ne sais pas de quoi il s'agit. » Elle regarda par la fenêtre.

—On est sur la voie rapide, et la circulation n'est pas trop dense. Je serai là dans trois quarts d'heure à peu près. (Elle hésita à son tour.) Est-ce que tu vas bien, toi ? Qu'est-ce qui se passe au Cachemire ?

Elle vit le chauffeur de taxi tiquer et se retourner légèrement. Elle jeta un coup d'œil au nom inscrit sur sa licence : Shri Kapoor. Leurs regards se croisèrent dans le rétroviseur pendant quelques instants.

— L'ONU a envoyé un détachement sur place, mais pas comme on l'espérait, expliqua Ben. On voulait un protectorat, mais ça ressemble davantage à la loi martiale. Les pays alliés commencent à vouloir tirer leur épingle du jeu, comme les Alliés après la Deuxième Guerre mondiale. Tout le monde tente d'être celui qui aura le plus d'influence après la crise alors que celle-ci n'est même pas encore terminée. La Russie a agi la première, au nom de l'Inde. La Chine a garanti les prêts du Pakistan. C'est tout ce que je peux dire, mais j'ai l'impression qu'on s'éloigne de plus en plus de tout processus politique sain et prévisible. Comme nous, ajouta-t-il après une courte pause. Je veux dire qu'on s'éloigne de plus en plus, le reste n'a rien à voir.

— Je te promets qu'on va arranger ça, dit Caitlin en souriant.

— Je te reconnais bien là, toujours prête à faire de ton mieux.

— Eh oui ! Mais d'abord, occupons-nous de la crise la plus urgente. Parle-moi des Vikings.

— C'est une histoire en runes, plaisanta-t-il.

Elle revit l'étudiant passionné qu'il était autrefois lorsqu'il se plongea avec enthousiasme dans son explication. Cela la fit rire, et elle n'eut aucune peine à imaginer le sourire malicieux qui devait illuminer le visage de son ami.

— Au IXe siècle, la route commerciale entre la mer Baltique et la mer Caspienne a été conquise par un peuple appelé les Rus, *r-u-s*, qui en ont gardé le contrôle pendant deux cents ans.

— Est-ce qu'il y a un rapport avec les Russes, *r-u-s-s-e-s*?

— Oui, mais c'est arrivé plus tard, lorsque les Rus se sont mélangés avec les Slaves au point d'être absorbés par eux. (Ben parlait très vite, comme s'il essayait de tout lui raconter avant qu'elle ne le rejoigne.) Au tout début, on les appelait les Rus varègues, « varègue » étant un mot dérivé du vieux norrois. Ils venaient de Scandinavie. Ils s'en tenaient surtout aux routes commerciales, faisaient du shopping à Bagdad et attaquaient régulièrement Constantinople, comme l'a fait pratiquement tout le monde pendant dix mille ans…

—Trois Vikings entrent dans un bar de Constantinople…, l'interrompit Caitlin en faisant exprès de parler lentement.

Ben pouffa en comprenant qu'il allait trop vite. Il s'accorda le temps de reprendre sa respiration.

—D'accord, reprit-il sans se précipiter, cette fois. Les Rus varègues sont également allés au-delà de Constantinople, jusqu'à la ville de Bolgar, sur la Volga. La route de la soie était très fréquentée…

—Mais ce réseau de voies commerciales qui reliait l'Occident et l'Orient est bien plus récent qu'un Antarctique sans glace. Quel est le rapport avec nous ?

—Le fait que ça se soit *produit*, répondit Ben. Tout cela est arrivé entre le IXe et le XIe siècle. C'est écrit, on a même des cartes pour le prouver. Mais peut-être que ça s'était déjà produit avant, un certain nombre de fois, et que personne n'a rien écrit à ce sujet, ou qu'on n'en a pas retrouvé la trace…

—Ou qu'on n'a pas réussi à déchiffrer ces écrits…

—Exactement. Peut-être qu'à cette « autre époque », l'écriture n'existait pas. Nous avons entendu les mots et vu les gestes. Peut-être que ce peuple se contentait de tout mémoriser, comme des ordinateurs humains.

Et communiquait ces pensées en masse, au moment de la mort, à d'autres cerveaux ? se demanda Caitlin. *Est-ce que ça aussi, ça fait partie du plan transpersonnel ?* Une fois de plus, elle allait trop vite.

—Ben, on arrive au pont de Triborough, et j'ai besoin d'une minute pour digérer tout ça.

—Bien sûr. On se voit tout à l'heure.

—Attends, tu as ton équipement ?

—Après toutes ces années, as-tu vraiment encore besoin de le demander ?

—Merci, Ben, merci pour tout.

—Je t'en prie.

Caitlin raccrocha et prit une profonde inspiration.

Tout en contemplant le ciel menaçant, elle repensa à ce qui l'attendait, et à Maanik. Elle devait trouver une manière de l'atteindre, car ce pourrait bien être sa dernière chance. Sans vraiment réfléchir, elle posa la main gauche sur le châssis du taxi juste au-dessus de la vitre. Au début, elle ne ressentit que les vibrations de la route à travers l'acier mais, au bout d'une seconde, elle sentit quelque chose de plus profond, un chemin qui s'étendait bien au-delà de la voiture, du flot d'autres véhicules et même des tours de la ville et du ciel orageux.

Cela lui rappela sa première visite à Central Park, bien des années auparavant, lorsqu'elle avait marché en direction de nombreux ormes disséminés sur une pelouse. Ce n'était qu'en arrivant au milieu d'eux qu'elle avait remarqué qu'en fait ils étaient alignés et formaient de longues rangées droites. Cette sensation d'alignement avait provoqué chez elle un effet presque physique. Et voilà que ce soir-là, dans ce taxi, sa perspective s'était de nouveau modifiée sous forme d'une expansion claire, énergétique et familière. Elle avait déjà ressenti cela dans l'avion au moment où elle avait physiquement accepté la vérité. Le rayonnement au niveau de son sternum réapparut. Caitlin inspira et expira longuement. Elle continua de respirer ainsi à un rythme régulier et garda les yeux ouverts en passant d'un repère visuel à l'autre : d'un lampadaire à une voiture, de cette voiture à une borne d'incendie, de la borne à un piéton, et ainsi de suite.

Lorsqu'elle franchit la porte de l'appartement des Pawar, l'atmosphère était si lourde que Caitlin faillit en perdre son équilibre intérieur. Tout était calme et figé autour d'elle, mais il y avait aussi de l'agitation dans l'air.

Des tempêtes de folie, pensa Caitlin en se rappelant brusquement ce qu'elle avait vécu avec Atash et Gaëlle. *Est-ce donc cela que perçoit Jack London ?*

—Docteur O'Hara, dit l'ambassadeur en la saluant d'un hochement de tête très formel.

—Ambassadeur Pawar, répondit-elle.

Elle ne voulait pas engager la conversation avec lui. Maanik était étendue sur un canapé sous un édredon. Sa mère se trouvait près d'elle, au niveau de sa tête, et lui caressait les cheveux. Caitlin jeta un coup d'œil au visage épuisé de l'adolescente, puis se tourna vers Ben, resté en retrait.

—Installe le Caméscope dans la chambre de Maanik, s'il te plaît.

Ben hésita. Il attendait l'accord du couple.

—Non, pas là-bas ! lâcha Hansa. Son état empire quand elle est dans sa chambre.

—C'est pourquoi nous devons y aller.

—Mais elle s'est pratiquement jetée par…

—Je sais. Nous ne la laisserons pas s'approcher de la fenêtre. Je vous en prie, je sais que votre fille continue de lutter contre ce mal. Je sais aussi que la médecine est impuissante et qu'hospitaliser Maanik dans un établissement psychiatrique ne la guérira pas. C'est notre dernière chance. On ne peut absolument pas édulcorer l'expérience. Il faut que Maanik la vive pleinement, et il faut que je l'accompagne.

—Comment ça ? demanda l'ambassadeur.

—Je vais nous hypnotiser toutes les deux. Au lieu d'écouter et d'analyser comme je le faisais jusque-là, je ressentirai tout ce qu'elle ressent. Madame Pawar, s'il vous plaît, mettez Jack London dans une autre pièce, à l'autre bout de l'appartement.

—Je vais le chercher, annonça l'ambassadeur. Il refuse de quitter son poste.

Caitlin s'agenouilla près de Maanik. *Main gauche, main du cœur, récepteur spirituel*, pensa-t-elle. *Main droite, émetteur spirituel.*

Caitlin posa sa main gauche sur sa propre poitrine et fit le vide en elle. Puis elle plaça sa main droite dans la main gauche de Maanik. Quelque chose s'adoucit derrière les paupières closes de l'adolescente. Caitlin sentit qu'elle lui serrait doucement les doigts.

— C'est l'heure, Maanik, annonça-t-elle à voix basse. Tu peux venir avec moi ?

L'adolescente parut hésiter quelques instants, puis elle acquiesça. Hansa s'écarta tandis que sa fille se levait avec une délicatesse presque aérienne, comme si elle était en apesanteur. Caitlin attendit, le temps que son hôte passe près d'elle en portant Jack London. Le chien se débattait, mais l'ambassadeur le serrait fermement contre lui.

Caitlin emmena l'adolescente au bout du couloir et la sentit se raidir près d'elle.

— Tu ne risques rien, lui dit-elle.

— Si…

— Nous n'allons pas retourner au moment de la crise. Nous allons remonter une heure ou deux avant.

— *Sho,* dit la jeune fille.

Caitlin jeta un coup d'œil à Ben, qui filmait la scène depuis l'intérieur de la chambre. Elle ne savait pas ce que signifiait ce mot, mais Ben avait déjà dû le croiser, car il leva un doigt pour expliquer qu'il signifiait « un ». Une heure avant la crise. Maanik était déjà en partance, si tant est qu'elle ait jamais quitté cet étrange endroit.

À peine eut-elle posé le pied dans sa chambre qu'elle tenta de se dérober. Caitlin posa la main gauche de la jeune fille contre son cœur. Elle sentit les battements se répercuter à travers son manteau et la main de Maanik. Elle prit une profonde inspiration. L'adolescente aussi. Ensemble, elles s'avancèrent dans la chambre, lentement, jusqu'à ce qu'elles arrivent au centre. Puis Caitlin prit la main droite de Maanik.

Leur polarité disparut dans un tourbillon. Un endroit différent apparut devant les yeux de Caitlin, tandis que la chambre de Maanik s'estompait un peu plus à chaque battement de cœur. La psychiatre contemplait à présent un bâtiment de plain-pied, formé des mêmes blocs noirs aux arêtes arrondies qu'elle avait vus dans la cour. Des arbres se dressaient près d'une porte en bois.

Maanik, qui n'était plus Maanik, alla s'asseoir sur le pas de la porte en pierre. Caitlin se souvint que l'adolescente lui avait décrit ces arbres lors d'une séance précédente. D'une main, elle se tenait le menton ; de l'autre, elle caressait le phoque gris et blanc qui frottait ses moustaches contre sa jambe. Elle semblait regarder Caitlin tout en discutant avec une femme plus âgée assise à ses côtés. Toutes deux étaient vêtues d'épais manteaux taillés dans une fourrure indéterminée. La plus âgée s'adressait à la plus jeune en secouant la tête :

—Tu ne dois pas t'inquiéter.

—Mais quand le moment viendra, ça pourrait mal se passer, répondit la jeune fille.

—Voilà pourquoi nous devons partir avant, répliqua la vieille femme. Le pouvoir que les Technologues s'apprêtent à libérer est potentiellement mortel.

—Et les Prêtres ? s'enquit une troisième voix, celle d'un jeune homme.

Il venait de s'exprimer par la bouche de Caitlin. Ce n'était pas la même voix que dans la vision d'Atash. La jeune fille et la vieille femme regardaient Caitlin, mais c'était le jeune homme qu'elles voyaient.

La vieille femme hésita.

—J'étais une Croyante autrefois, mais je ne suis plus sûre de rien désormais, finit-elle par répondre. Dans tous les cas, je préfère la vie à l'ascension. Gardez-nous des places à bord de votre navire, je vous prie.

—Mais vous partirez avant? Sinon, on pourrait manquer de temps.

—Vous prévoyez des mouvements de panique, comprit la vieille femme.

—Le moment venu? Oui. L'ascension par le biais du *cazh* requiert une foi inébranlable. Beaucoup de gens vont brusquement se rendre compte qu'ils préfèrent s'en remettre à nos navires. Je vous garderai des places aussi longtemps que possible.

La vieille femme leva la tête pour observer la pleine lune qui se levait dans un ciel teinté par les lueurs du couchant. Apparemment, elle aurait peut-être pris une autre décision si le sort de sa petite-fille n'avait pas été en jeu.

Elle se leva lentement et s'apprêta à rentrer dans la maison. Mais, l'espace d'un instant, elle garda les yeux fixés sur le jeune homme à travers lequel Caitlin observait la scène. Brusquement, Caitlin eut l'impression que la vieille femme la voyait, elle.

—Je sais que vous tenez à cette enfant, vous aussi, lui dit-elle. Voilà pourquoi je vous fais confiance.

Troublée, Caitlin détourna le regard et jeta un coup d'œil à l'adolescente, qui sourit avant de baisser la tête avec coquetterie.

Caitlin sentit son hôte avancer vers la jeune fille. Un vent frais l'effleura, ce qui lui permit de se rendre compte que la soirée avait été agréablement tiède jusque-là. Le jeune homme prit les mains de l'adolescente dans les siennes, et Caitlin perçut le lien qui les unissait. Elle comprit alors, avec une certitude absolue, que Maanik et cette jeune fille avaient fusionné dès le début des visions. Et si l'âme de cette enfant, ou son identité transpersonnelle, était liée à Maanik, alors elle n'allait pas partir avec le jeune homme sur son bateau. Quelque chose avait contrecarré ses projets.

Caitlin lâcha Maanik, le jeune homme lâcha l'adolescente, et la chambre new-yorkaise réapparut autour de la psychiatre et de la jeune Indienne. Caitlin reprit aussitôt les mains de sa patiente, non pas pour rétablir la connexion, mais pour l'empêcher de s'enfuir.

—Maanik ?

Elle semblait perdue. Elle tenta de se libérer, mais Caitlin tint bon.

—Non, reste avec moi.

—Je dois partir, protesta Maanik, affolée. Ma place n'est pas ici.

—Où ça ?

— Dans cette vie.

Horrifiée, Caitlin faillit la lâcher. Ce n'était pas Maanik. Elle avait affaire à l'entité fusionnée qui formait un étrange hybride, à moitié Maanik et à moitié l'autre jeune fille. Il ne s'agissait pas d'un dédoublement de la personnalité, d'un stress post-traumatique ni même d'une « possession ». C'était autre chose, quelque chose de nouveau. Mais Caitlin comprenait à présent pourquoi elles avaient fusionné.

— Écoutez-moi. (L'adolescente tenta de lui retirer sa main gauche, mais Caitlin l'agrippa fermement et se concentra.) Écoutez. Je sais que vous essayez de terminer le rituel et que vous tentez de rejoindre les autres dans leur ascension. Mais ça se passe mal chaque fois que votre peuple…

Brusquement, la jeune fille lui échappa, et un vent froid balaya la nuque de Caitlin. Ses cheveux se dressèrent sur sa tête tandis qu'autour d'elle des hurlements résonnaient de toutes parts. Le ciel avait viré au rouge à cause du feu que projetait la terre à des hauteurs inimaginables.

Devant elle, l'adolescente pleurait, le corps secoué par les sanglots. Ses mains tentaient de s'élever, non pas pour reproduire les gestes de son langage étrange, mais avec la terrible impuissance d'un enfant inconsolable. Caitlin pleurait aussi à présent, car elle percevait les effets physiques de cette crise de larmes jusque dans son propre corps.

Le jeune homme n'était pas là, la grand-mère non plus. L'adolescente était seule au milieu du chaos. De toute évidence, le cataclysme était survenu plus tôt que prévu. Les gens n'étaient pas prêts. L'exode soigneusement planifié dont avait parlé le jeune homme n'avait pas eu lieu.

Mais ce n'était pas le problème de Caitlin, qui ne pouvait rien y changer. Elle n'avait qu'un seul objectif.

— Maanik ! s'écria-t-elle en espérant l'atteindre. Ce que tu vois autour de toi n'est pas en train de se produire. C'est arrivé il y a longtemps. Tu n'es pas là-bas.

La jeune fille secoua la tête tandis que des cendres tombées du ciel venaient brûler ses bras nus.

— S… Si. Je dois… m'élever.

— Non, c'est faux !

— L'ascension a déjà commencé, annonça l'adolescente à travers ses larmes.

Caitlin n'obtenait aucun résultat. Elle allait devoir passer par cette jeune fille pour atteindre Maanik.

— Comment vous appelez-vous ?

— Bayarmii, gémit-elle.

— Bayarmii, vous devez m'écouter. Le rituel ne fonctionnera pas. Je sais que vous voulez rejoindre les autres, mais ça ne marchera pas.

— Pourquoi ? se lamenta la jeune fille affolée.

— Je ne le sais pas encore. Mais je peux vous assurer que ça ne fonctionne pas. Vous devez cesser d'emmener Maanik avec vous.

— Non, j'ai besoin d'elle.

— Mais vous êtes en train de la tuer !

— Oui, répondit Bayarmii en se frottant le visage pour tenter de voir à travers ses larmes. Si elle meurt, nous partirons ensemble. C'est ce qu'on nous a dit.

— C'est un mensonge, répliqua Caitlin. Bayarmii, vous pouvez vous élever à travers votre propre prière. Ce rituel, ce que vous faites là, le *cazh*, c'est autre chose. Je vous en prie, libérez Maanik.

La jeune fille regarda autour d'elle.

— Je ne peux pas ! s'exclama-t-elle, les traits tordus par la peur.

Puis le silence retomba. La chambre de Maanik commença à réapparaître dans le champ de vision de Caitlin.

— Bayarmii ?

Pas de réponse. Alors, pleine d'espoir, Caitlin regarda l'adolescente qui se tenait devant elle et dit :

— Maanik ?

—Oui, répondit celle-ci en tremblant.

Pour autant, rien n'était encore gagné. La chambre refusait de se stabiliser autour d'elles, et l'autre endroit ne cessait d'apparaître par intermittence.

—Maanik, comprends-tu ce qu'a dit Bayarmii ?

—Oui.

Elle tremblait violemment. Caitlin lui prit de nouveau les mains.

—Elle refuse de me lâcher. Elle a tellement peur. Elle veut venir avec moi.

—Tu dois lui dire « non ».

—Mais… elle dit qu'elle mourra si elle reste. Elle dit qu'elle doit venir avec moi !

« Elle est déjà morte », avait envie de répondre Caitlin.

—Maanik, Bayarmii a très peur et elle est complètement déboussolée, mais ça ne relève pas de ta responsabilité. Ce n'est pas ton boulot. (Caitlin serra plus fort les mains de Maanik tandis que les mots se bousculaient sur ses lèvres.) Tout comme ce n'était pas ton boulot de sauver ton père. C'était celui du garde du corps, et il l'a fait, il l'a protégé. (Maanik pleurait de nouveau.) Tu as fait ce qu'il fallait. Tu as assuré ta propre sécurité, et c'est exactement ce qu'il faut que tu fasses ici. Tu dois lui dire « non ». C'est mon boulot à moi d'aider Bayarmii, et je vais le faire. Mais tu dois d'abord revenir avec moi.

Maanik frémit en sanglotant.

—Écoute-moi. Tes parents t'aiment. Reste ici pour eux, et pour toi.

—Je ne peux pas, lâcha-t-elle d'une voix étranglée en tentant de se libérer.

Mais Caitlin tint bon.

—Si, tu peux. Écoute ma voix. Suis-la.

—Je suis perdue…

—Tu es ici, avec moi, avec ta famille, ta mère et ton père qui t'aiment de tout leur cœur.

— Papa…
— C'est ça, l'encouragea Caitlin.
— Papa… papa… *Papa !*

Chapitre 32

L'ultime cri de Maanik parut la priver de ses dernières forces. Elle s'écroula et se retrouva au sol avec Caitlin. La chambre se stabilisa autour d'elles, et l'autre endroit disparut. Caitlin prit l'adolescente dans ses bras et la serra très fort en la laissant pleurer dans son cou. Debout derrière Ben, les Pawar avaient les joues baignées de larmes. Caitlin leur fit signe de les rejoindre, puis s'écarta pour que la famille puisse se retrouver.

—Est-ce qu'elle… ? demanda l'ambassadeur.

—Pour l'instant, répondit Caitlin. Mais ce n'est pas terminé. Vous devez la garder ici.

—Bien sûr.

—Non, je veux dire à notre époque et dans ce lieu. Je suis désolée, je n'ai pas le temps d'expliquer en détail.

Elle demanda à l'ambassadeur d'aider Maanik à se relever, puis elle ramena la famille dans le salon et obligea l'adolescente à se rallonger sur le canapé. Elle posa alors la main droite de l'ambassadeur sur la main gauche de sa fille.

—Ne lâchez pas cette main. Parlez à Maanik, racontez-lui ce que vous voulez, peu importe. Envoyez de bonnes ondes à travers votre main droite, elle les absorbera par sa main gauche. Avec un peu de chance, elle continuera de rejeter l'énergie négative par la droite.

L'ambassadeur semblait perplexe, mais il ne retira pas sa main. Caitlin alla rejoindre Ben.

—Il faut que je trouve un moyen de rendre cette situation permanente.

—Comment?

Mais Caitlin s'éloignait déjà.

—Madame Pawar, allez chercher Jack London, s'il vous plaît, et faites en sorte qu'il reste près de Maanik, je pense que ça l'aidera. Et pourrais-je emprunter quelque chose dans votre cuisine?

Hansa acquiesça. Caitlin fouilla dans les placards jusqu'à ce qu'elle trouve ce qu'elle cherchait: du thé au jasmin.

—Ben, tu veux bien venir avec moi? J'ai besoin de ton aide.

—Bien sûr.

En les voyant revenir dans le salon, l'ambassadeur Pawar demanda:

—Où allez-vous, docteur O'Hara?

—Pas très loin, répondit Caitlin, évasive. Est-ce que la chambre de Maanik ferme avec un verrou?

—Pas de l'extérieur.

—D'accord. Vous voulez bien trouver un moyen de bloquer la porte, peut-être avec des meubles ou du scotch, ou les deux? Mais veillez à ce que quelqu'un tienne la main gauche de Maanik en permanence.

—Oui, oui. Et si les flammes réapparaissent?

—Dans ce cas, faites comme votre femme la première fois et mettez Maanik sous la douche. Mais elle devrait dormir, à présent. J'espère être bientôt de retour.

L'ambassadeur hocha la tête d'un air las, mais une lueur de gratitude brillait dans ses yeux.

Ben et Caitlin se dirigèrent rapidement vers la porte d'entrée.

—Tu sens ça toi aussi, cette sensation, cette odeur? demanda la psychiatre.

— Un peu, répondit-il. Après tout, il y a bien eu un feu…

— Non, l'interrompit Caitlin en secouant la tête. Je te parle de la mort.

— Bon sang… Non, Cai.

Elle ne prit pas la peine de développer sa remarque. D'une manière ou d'une autre, elle était encore reliée à cet autre endroit. Les morts et les mourants n'étaient pas loin.

En attendant l'ascenseur, Caitlin fourra la boîte de thé dans les mains de Ben.

— Si je commence à disparaître, si je prends feu ou Dieu sait quoi d'autre, ouvre cette boîte et mets-la sous mon nez pour me ramener.

— Ce sont des sels magiques ? demanda-t-il, particulièrement perplexe.

— C'est un peu plus agressif que ça. C'est mon signal à moi, mon lien avec un endroit qui m'a fait forte impression dans le présent.

— Je vois, marmonna Ben.

Mais de toute évidence, ce n'était pas le cas.

L'ascenseur arriva, et le couple prit place à l'intérieur. Tous deux gardèrent le silence, jusqu'à ce que Ben tente de prendre Caitlin dans ses bras. Elle commença par se laisser faire, puis se retint et garda ses distances.

— Désolé, s'excusa Ben. Je voulais juste…

— Je sais. Simplement… quoi qu'il arrive, ne me touche pas et ne me laisse pas te toucher.

— Serais-je si irrésistible ? plaisanta-t-il.

Elle sourit.

— Ce n'est pas ça. C'est juste que j'essaie de stabiliser l'énergie à l'intérieur de moi, et rien ne doit venir me perturber.

— Tu peux expliquer ?

— Le présent et le passé. Ici et là-bas. Je les abrite en moi. Aucune énergie extérieure ne doit venir me distraire.

— C'est censé être plus clair ? protesta Ben.

Les portes de l'ascenseur s'ouvrirent sur le hall. Le couple se dépêcha de le traverser.

— C'est comme de l'hypnagogisme, développa Caitlin. Un état de semi-conscience, comme lorsque tu sors brutalement d'un cauchemar mais que tu es encore à moitié plongé dedans.

Ben lui tint la porte d'entrée.

— Tu ne m'as pas l'air à moitié endormie, Cai, la fille aux pieds sur terre…

— C'est ça, comme l'insubmersible paquebot qui a heurté un iceberg.

— Non, vraiment, tu m'as l'air particulièrement alerte.

— Disons plutôt que je suis sur mes gardes, rectifia Caitlin.

Elle s'arrêta sous l'auvent de l'immeuble pour regarder autour d'elle. Il tombait une petite pluie fine.

— Elle est de retour, cette drôle de sensation que j'ai déjà eue ici.

— Comme si quelqu'un t'épiait ? demanda Ben.

— Oui.

Elle ferma les yeux pour mieux bloquer la noirceur luisante de la rue et voir à la place les hautes colonnes de cet étrange ailleurs. Les piliers noirs étaient couverts d'embruns brumeux.

— Alors où allons-nous ? s'enquit Ben.

Caitlin rouvrit brusquement les yeux.

— Il faut que j'aille à l'ONU.

— D'accord. Tu veux prendre un taxi ?

Elle secoua la tête. Ils traversèrent donc d'un bon pas et en silence les quelques blocs qui les séparaient du célèbre immeuble. Les doigts de Ben n'étaient pas loin du coude de Caitlin. Celle-ci sentait son énergie, sa sollicitude.

La pluie s'intensifia. Le bitume ressemblait de plus en plus à de la roche noire polie, si bien qu'il lui était difficile de rester concentrée sur le présent. Caitlin focalisa son attention sur la tour oblongue des Nations unies. Les lumières blanches des trente-neuf étages lui firent penser à des lignes de Braille. Elle n'ouvrit pas la bouche jusqu'à ce que Ben montre son badge au gardien et la conduise devant les ascenseurs.

—On va dans mon bureau ? demanda-t-il.

—Non, je veux aller dans la pièce où se déroulent les négociations à propos du Cachemire.

Ben se figea.

—Le garde va vouloir une explication, dit-il, l'angoisse gravée sur le visage. Et moi aussi.

—Le traumatisme.

—Je ne te suis pas.

—Tu as vu comme la chambre de Maanik est devenue un aimant, un lien avec cet autre endroit ?

—Je ne comprends plus rien. Je croyais que c'était Maanik le canal, pas sa chambre.

—C'est le cas, mais une fois que cette horreur est sortie, elle n'est plus repartie. Jack London l'a sentie. Contrairement à Maanik, je ne suis pas un canal direct, donc je ne peux pas retourner là-bas sans un élément qui agira comme une espèce de soufflet pour attiser le feu. J'ai besoin de davantage de traumatisme, de souffrance et de peur.

—Non, mais tu t'entends, là ?

—Oui, j'ai sûrement l'air triste et masochiste. Mais c'est nécessaire.

—Attends un peu. Tu as dit que tu devais « retourner là-bas ». Pour faire quoi, exactement ?

—Travailler avec elles, ces entités de l'Antarctique d'il y a plusieurs millions d'années.

—Tu es cinglée ? À supposer que tu puisses effectivement t'y rendre, ça va au-delà de Jung et de son inconscient collectif. Bien au-delà.

—Je sais. Mais aussi dingue que ça puisse paraître, je crois que ces âmes se sont retrouvées emprisonnées quelque part, à l'état désincarné, juste avant qu'un cataclysme ne pulvérise leur corps physique.

— Mais que font-elles dans les limbes depuis tout ce temps ? Elles essaient de revenir ?

— Il s'agit du plan transpersonnel et non des limbes, et oui, je crois qu'elles essaient de revenir. Peut-être que certaines ont réussi et qu'on a mal diagnostiqué ces phénomènes en parlant de possession démoniaque ou de schizophrénie aiguë.

— Tu tiens tout ça d'une vision qui n'est peut-être pas réelle, qui ne l'a peut-être jamais été.

— Oui, et d'un prêtre hindou, aussi.

— Oh, alors ça change tout, ironisa Ben.

— Bordel, Ben ! Le début de combustion spontanée de Maanik, ça, c'est bien réel. On en reparlera plus tard, on perd du temps.

— Non. Si tu veux avoir accès à cette salle, tu vas devoir me dire ce que tu comptes faire. Je m'inquiète pour toi.

Caitlin soupira, car elle aurait éprouvé la même chose si les rôles avaient été inversés.

— Je pense avoir vu de nombreuses âmes fusionner en une seule. Pour une raison quelconque, elles veulent s'unir sur le plan transpersonnel après leur mort. Et elles ne peuvent le faire qu'au cours du processus de transition.

— Tu veux dire que c'est un peu comme si ces gens devaient se serrer dans les bras avant de mourir, sinon leur âme s'envole toute seule ?

— C'est ce que j'ai cru comprendre. S'ils s'en vont individuellement, comme l'adolescente qui essayait d'emmener Maanik, ça fait foirer leur cérémonie. J'ai gagné un peu de temps en négociant avec Bayarmii, la fille en question. Du coup, ça affaiblit le rituel, mais ça ne suffira pas. Ils vont réintégrer Bayarmii, et elle va de nouveau tenter de s'emparer de Maanik. Le phénomène ne cesse de se répéter. Je crois qu'il faut que je rencontre tous ces individus pendant la transition et que j'empêche leur transformation.

— Comment ?

—Je ne sais pas encore, mais je vais essayer de faire comme certaines personnes lors d'une séance de spiritisme : je vais rallumer la lumière et rompre le charme. Je peux m'autohypnotiser mais, pour retourner là-bas et interagir avec ce peuple, j'ai besoin de puissance, Ben. Or, les traumatismes semblent être l'une des clés du phénomène. Et, à l'heure actuelle, l'événement le plus traumatisant qui se déroule à proximité, c'est la crise du Cachemire.

Un nœud de frustration et de douleur qui affectait toutes les régions de la Terre.

—Cai... Je t'entends, mais tout ça est complètement dingue.

—Je préfère considérer ça comme un acte de foi. (Elle esquissa un petit sourire.) Deux agnostiques entrent dans un bar...

Il ne réussit pas à en rire, même nerveusement. En revanche, il la dévisagea longuement et lut la détermination dans ses yeux. Alors, il appuya sur le bouton du trente-huitième étage.

En arrivant là-haut, Ben montra de nouveau son badge et présenta Caitlin comme une consultante venue spécialement de Genève. La jeune femme montra son badge de l'OMS. Satisfait, le garde les escorta jusqu'à une salle de conférences déserte, puis retourna à son poste à l'autre extrémité du long couloir.

Caitlin empêcha Ben d'allumer la lumière. Elle sentait déjà l'énergie vibrer dans l'air. Une grande émotion se logea dans ses poumons, son ventre et le creux de ses reins. Caitlin retira son manteau et son foulard et commença à traverser la pièce le long d'un courant qu'elle ne voyait pas, qu'elle ne faisait que percevoir. Protecteur, Ben la suivit, tout en conservant une certaine distance.

Les lumières de la ville brillaient à travers le mur vitré à l'autre bout de la salle. Caitlin se cogna dans le premier d'une série de vingt grands fauteuils en cuir doré. L'espace était restreint, une seule personne à la fois pouvait faire le tour de la table, et il n'y avait pas assez de place pour bouger les sièges et les mettre ailleurs. Caitlin envisagea de grimper sur la table pour pouvoir se déplacer si besoin était, mais les panneaux diffuseurs étaient suspendus trop bas sous les lumières. Sa tête risquait de se retrouver trop près d'eux. Caitlin alla jusqu'au bout de la table et découvrit un espace d'un mètre vingt entre le meuble et les fenêtres. Elle allait devoir s'en contenter.

— Comment puis-je t'aider ? demanda Ben d'une voix douce.

Caitlin secoua la tête en regardant dehors.

— Ces fenêtres sont résistantes ?

— Très. Le bâtiment a été rénové récemment, et les cinq mille fenêtres ont été équipées des derniers modèles de vitres antidéflagration. En cas d'ouragan, c'est l'un des endroits les plus sûrs qu'on puisse trouver.

— Et en cas d'éruption volcanique ?

Ne sachant pas si elle plaisantait, Ben choisit de ne pas répondre.

La ville semblait petite comparée à l'immensité du temps et de la distance que Caitlin s'apprêtait à franchir. Elle avait peur. Elle s'immobilisa et prit appui sur l'un des fauteuils.

Immédiatement, elle eut la vision d'un corps humain en feu. L'image était légèrement floue et tremblait comme si elle était filmée grâce à un Caméscope. Caitlin comprit alors que c'était exactement cela. Elle voyait la vidéo de la femme qui s'était immolée au-dessus du cadavre de son fils. Elle avait visionné cette séquence de quelques secondes sur sa tablette. Elle entendit des voix s'élever de l'autre côté de la table, puis tout autour d'elle. Ces gens qui criaient…

Étaient là, dans la cour, juste au bout de ses doigts. Brusquement, elle se retrouva parmi eux. Les voix étaient nombreuses, certaines psalmodiaient le *cazh*, d'autres pleuraient et d'autres encore hurlaient. Quelques-unes commençaient tout juste à exprimer le caractère merveilleux de la transcendance. Les corps vêtus de jaune et de blanc se balançaient tels des roseaux dans une mare. Puis, comme si l'air et l'énergie les avaient brusquement désertés, ils s'écroulèrent sur les dalles de la cour, au-dessus des immenses croissants gravés dans la pierre noire et lisse.

Au-dessus de leurs têtes, une puissante vibration attira l'attention de Caitlin. Elle ne voyait pas de quoi il s'agissait, mais elle sentait sa présence qui ne faisait que croître à mesure que les corps tombaient les uns après les autres.

Ben vit les cheveux de Caitlin se soulever dans une brise que lui-même ne sentait pas. Elle ouvrit la bouche et expira l'air de ses poumons. Ce n'était pas le soupir d'une seule âme, mais celui d'une multitude.

Ben recula et saisit la boîte de thé qu'il avait posée sur la table. Puis il hésita.

Pas encore. Mais il était prêt.

Caitlin haletait, à présent. Elle se mit à bouger les bras. Ben entendit des mots, en identifia quelques-uns et les ajouta aux gestes pour comprendre les superlatifs. Il était trop tard pour installer sa caméra, mais il sortit son téléphone portable pour enregistrer la scène.

—Le feu ! s'exclama-t-elle. Tellement de morts ! La fin est là !

Tout autour d'elle, Caitlin assistait à la destruction d'une civilisation, et elle en faisait partie, tout comme elle faisait partie de cet endroit, Galderkhaan. Elle ne découvrait son nom qu'au dernier instant, celui de sa fin. Debout près du temple, la Demeure des Prêtres, elle voyait le volcan à droite qui recrachait le cœur de la terre dans le ciel.

Une impressionnante vague de lave orange et or jaillit du cratère et renversa la première d'une longue série de colonnes luisantes qui descendaient jusqu'à la mer. *Elles relient le yin et le yang, la main gauche et la main droite,* comprit brusquement Caitlin. Les Technologues avaient construit ce dispositif qui amassait l'énergie et la transmettait de colonne en colonne, comme des diapasons devenant de plus en plus puissants. S'agissait-il d'une espèce de réponse technologique au rituel du *cazh*? Si tel était le cas, cela ne fonctionna pas non plus. Un par un, les piliers s'effondrèrent sous l'assaut destructeur de la roche en fusion qui dévalait vers la ville. Des nuages rouge et noir constitués de braises et de cendres s'abattirent sur la cour et les bâtiments. Ils s'accumulèrent sur les tuniques jaune et blanc qui abritaient autrefois une âme et qui n'étaient plus désormais que des tas de chair en train de flamber.

La vague de lave n'allait pas tarder à atteindre la cour. Caitlin devait trouver Bayarmii. Elle suivit des yeux la rangée des hautes colonnes jusqu'à l'endroit où elles transperçaient la mer, à droite. Impossible de les manquer, avec la lueur verte qui brillait à leur sommet. La pleine lune haletait entre les nuages et projetait sa lumière bleutée par intermittence, telle une lampe stroboscopique. La mer démontée se jetait à l'assaut du ciel et envoyait des vagues titanesques à l'assaut des colonnes et du rivage…

Et des navires. Tous possédaient une longue et gracieuse tête de dragon ornée du symbole des croissants entrelacés, celui-là même qui apparaissait également au sommet des colonnes et sur les dalles de la cour. C'était l'unique vestige d'une époque précédant l'avènement des factions rivales, avant le chaos qui avait contribué à la chute de cette civilisation.

Concentre-toi, Caitlin, rappelle-toi pourquoi tu es là, se dit-elle. Elle se souvint d'un jeune homme, d'une jeune fille et d'un phoque et sentit soudain son esprit fusionner avec celui de la grand-mère. Elle tenait la main de Bayarmii et…

Et la terre trembla lorsqu'une énorme vague s'abattit avec violence sur la ville. Caitlin tomba. Lorsqu'elle se remit debout tant bien que mal, elle constata que Bayarmii avait disparu. Elle se retourna pour scruter l'écran de fumée, de brume, de cendres et de flammes. Bayarmii était retournée auprès du phoque gris et blanc qui, fou de peur, s'était réfugié dans la maison. Les arbres à côté de la porte brûlaient déjà. C'était trop tard, trop tard pour rejoindre le jeune homme sur son bateau.

—Le *cazh*! hurla la grand-mère. C'est notre dernière chance de nous élever ensemble !

L'adolescente obéit et voulut sortir, mais l'un des arbres en feu s'écroula devant la porte en piégeant Bayarmii et son phoque à l'intérieur. Lors de l'impact, une branche enflammée se brisa et vola dans la direction de Caitlin. Elle lui entailla le bras et cautérisa la plaie en même temps. Les mots de la prière devinrent plus puissants et plus urgents, et l'esprit de l'adolescente s'éleva…

Caitlin espérait de tout son cœur que Maanik n'était pas en train de vivre cela et que Bayarmii était entièrement prise dans ce moment. Mais la volonté de la grand-mère vint submerger cet espoir. Elle refusait d'abandonner sa petite-fille. Elle aussi connaissait les mots sacrés. Elle avait été une adepte des Prêtres dans sa jeunesse. Elle récita le *cazh* en se focalisant sur l'énergie vibrante qui s'accumulait au-dessus des morts et des mourants dans la cour du temple. Alors même que les vagues déferlaient vers elle et que les braises chaudes crépitaient sur son cou et ses bras nus, elle continua de psalmodier…

Ben vit Caitlin sourire. L'air presque euphorique, elle s'exprimait par gestes : « Des centaines de mètres dans les airs ! Je veux m'élever avec la mer, avec le vent, sur une grande vague ! Je veux contempler d'en haut les falaises blanches glacées et les colonnes noires… »

La salle de conférences vibrait comme au-dessus d'une rame de métro et, pourtant, elle ne bougeait pas. Ben jeta un coup d'œil à l'extérieur. À travers la pluie battante et le vent, il crut voir l'East River se soulever par vagues de cinq mètres de haut. C'étaient sûrement le verre épais et le mauvais temps qui lui jouaient des tours.

Il se tourna de nouveau vers Caitlin. La tête penchée en arrière, elle levait les bras comme Maanik quand elle atteignait le point culminant de ses crises, juste avant qu'ils n'utilisent le signal pour la ramener. Caitlin tendait la main gauche, les doigts entièrement écartés. Cherchait-elle à attraper ou à montrer quelque chose ? Ben n'aurait su le dire. L'atmosphère ondulait au-dessus d'elle, comme une brume de chaleur.

— C'est partout ! s'écria-t-elle en anglais.

Où est le garde ? se demanda Ben. *Pourquoi n'entend-il rien de tout ça ?*

Quelque chose s'accumulait dans la pièce, mais c'était éphémère et invisible. Un vent chaud s'enroula autour de lui. Était-ce cela que Caitlin avait vécu avec Maanik ? Avait-elle ressenti ce débordement d'énergie très ancienne qui planait, invisible comme l'air lui-même ?

— Qu'est-ce qui est partout ? s'exclama-t-il.

— Le plan transpersonnel ! Les âmes sont en train de s'élever ! Mon Dieu, c'est si puissant ! Je monte moi aussi. Mais il y a plus… Je ne vois pas…

D'autres esprits l'effleurèrent, des esprits entrelacés, en pleine ascension, qui quittaient une dimension pour entrer dans une autre, unis au sein d'une même âme bouillonnante. Cependant, partout également, des corps mouraient avant d'avoir pu terminer le rituel et rejoindre l'âme commune du groupe. Ces âmes-là s'élevaient seules.

Caitlin parvenait encore à s'interroger et à réfléchir. *Ce serait donc ça la solution ? Mais comment empêcher tant de personnes d'accomplir le* cazh *en même temps ?*

Pourtant, elle balaya ces questions, car elle ne voulait qu'une seule chose, être présente ici et maintenant avec elles. L'un des esprits se détacha du groupe et regarda Caitlin dans les yeux.

Pas vous, lui dit la grand-mère. *Vous n'êtes pas l'une des nôtres.*

Caitlin avait très envie de terminer l'ascension avec eux et de découvrir le plan transpersonnel, mais elle obéit.

Je suis encore Caitlin, se dit-elle.

Elle se laissa distancer, puis revint à sa propre époque en se concentrant sur le sol de la salle de conférences sous ses pieds et le bruit de la pluie frappant les vitres.

Je dois rester moi-même.

Elle pensa aux gens dans le parc de Téhéran, ces hommes et ces femmes qui faisaient du Tai Chi et dont les gestes trahissaient un équilibre parfait. Comme un sprinter qui engage son pied dans les starting-blocks, elle pesa de tout son poids sur son pied gauche pour l'ancrer dans la salle. La réalité qui entrait à travers elle par la gauche lui permettrait de rester là un peu plus longtemps.

Je suis toujours moi.

Elle se sentit stabilisée. Elle avait, au sens propre comme au sens figuré, un pied dans chaque monde. Mais elle devait encore arrêter l'âme commune qui se formait autour et au-dessus d'elle, à Galderkhaan. Elle devait empêcher ces gens de chercher des esprits traumatisés dans son présent à elle.

Ben vit disparaître le sourire de Caitlin et constata un changement dans sa posture. Elle parlait de nouveau, mais il avait du mal à l'entendre. Il comprit brusquement que ce n'était pas la voix de Caitlin qui diminuait, mais une pression qui s'exerçait sous son propre crâne et qui ne cessait d'augmenter. Ses tympans bourdonnaient comme s'il était dans un avion dépressurisé. Il ouvrit grand la bouche, fit travailler sa mâchoire et déglutit. Cela le soulagea un instant, mais la pression réapparut presque aussitôt. Tout en gardant un œil sur Caitlin, il se rapprocha des fenêtres pour tenter d'en localiser la source. Une bouche d'aération… une fenêtre mal installée… un trou dans le plafond… ?

Il n'y avait rien. Le vent projetait les gouttes de pluie sur les vitres comme si c'étaient des pierres.

Ben posa son téléphone sur la table et se rapprocha de Caitlin en titubant tellement cette pression intracrânienne était forte. Les cheveux de son amie flottaient toujours. Les yeux fermés, elle continuait de parler en bougeant les bras pour mieux façonner les mots inconnus. Ben lutta contre cette brutale migraine en obligeant ses pieds à avancer vers la boîte de thé.

— Qu'est-ce que je dois faire ? chuchota-t-il.

Caitlin ne l'entendait pas. Partout où elle posait les yeux, elle voyait les morts et les mourants. Au-delà des arbres se trouvait le jeune homme aperçu dans la vision d'Atash. Il se livrait au rituel du *cazh.* Du côté de la mer, l'un des bateaux vint se fracasser contre l'un des plus gros piliers. Ses occupants se retrouvèrent dans l'eau parmi les débris. Certains tentèrent de nager, d'autres levèrent les mains d'un air suppliant alors même qu'ils se noyaient. *Gaëlle,* pensa Caitlin, impuissante. Il n'était rien qu'elle puisse faire pour empêcher leur mort. Elle devait continuer, empêcher l'âme commune de s'élever et protéger les autres dans le présent…

Ben vit de la fumée apparaître au-dessus de la peau de son amie.

— Caitlin !

— Ne… me… touche… pas !

Il y avait un pichet d'eau sur la table de conférence. Ben l'utiliserait s'il le fallait. Il ne comprenait pas grand-chose à la situation, mais il était certain qu'une telle occasion ne se reproduirait peut-être jamais. Il ne devait pas interférer dans le déroulement des événements. Pas encore.

Caitlin n'avait plus le temps de réfléchir et plus beaucoup de pensées rationnelles pour ce faire. Elle sentait qu'elle s'élevait au-dessus du temple, au-dessus de la salle de conférences, au-delà des cendres et de la pluie, vers un nuage fait de tonnerre et de noirceur, où la froideur de la tombe était multipliée par l'éternité. En dépit de l'avertissement de la grand-mère, Caitlin, portée par l'esprit de la vieille femme, choisit l'ascension. Son emprise sur son propre corps vivant s'affaiblit.

Deux mondes fusionnaient violemment. La tempête semblait se déchaîner au-dessus de Manhattan tandis que Galderkhaan s'abîmait en mer dans le sifflement assourdissant des flammes mourantes. Les innombrables âmes candidates à l'ascension étaient partout.

Caitlin s'accrochait obstinément à une seule pensée, un seul objectif, l'âme commune en expansion qui tentait de traverser la barrière du temps. Elle pensait aux jeunes gens de son propre monde, ceux qu'elle connaissait, comme Maanik, Gaëlle et Atash, mais aussi ceux qu'elle ne connaissait pas. Vulnérables du fait de leurs traumatismes, ils se faisaient attaquer et voyaient leur âme s'envoler douloureusement, entraînée par celle de ces êtres anciens, pour des raisons encore inconnues. Caitlin devait les arrêter.

En contrebas, elle découvrit la ville tout entière, les routes et les rues, et la rangée de colonnes qui descendait du volcan jusque dans la mer. Leur étrange énergie formait comme un halo vert autour d'elles. Au sommet de la plus haute des colonnes qui se dressaient dans l'eau était gravé un symbole. Un triangle constitué de croissants entrelacés. C'était le même symbole que Gaëlle et Maanik avaient dessiné.

Caitlin jeta un coup d'œil à la puissante âme commune en plein essor et comprit brusquement ce qu'elle devait faire. Elle fit demi-tour et plongea en direction du plus grand pilier. Elle n'éprouvait aucune sensation de pesanteur ou d'apesanteur et n'avait pas non plus l'impression de bouger. En revanche, il lui sembla qu'elle s'étendait soudain d'un point à un autre, puis encore un autre et ainsi de suite. Les bras tendus, elle agrippa l'énergie autour de la colonne comme s'il s'agissait d'une substance tangible.

Et c'était le cas. Caitlin la sentit se débattre dans son étreinte puis ne faire plus qu'une avec elle, comme l'énergie qu'elle avait reçue du serpent, mais ô combien plus puissante ! Caitlin l'entoura de tout son corps et, d'un geste ample, la dirigea vers la cour. L'énergie la traversa et s'envola loin d'elle, comme en Haïti lorsque, sans le faire exprès, Caitlin avait projeté Gaëlle contre un mur.

Sauf que, cette fois, elle contrôlait le processus.

Le tsunami de lave était dangereusement proche de la ville lorsque l'énergie atteignit et imprégna la cour. Une lumière vive apparut dans les interstices entre les pavés et fit flamboyer l'immense triangle sculpté et les croissants entrelacés.

Les Galderkhaani qui tenaient encore debout et continuaient de mener le rituel du *cazh* se mirent à hurler lorsque la terre, le feu, l'eau et la lumière fusionnèrent pour les balayer. Ils cessèrent de se balancer et furent pris de convulsions tandis que le lien entre leurs âmes se défaisait et qu'elles étaient arrachées les unes aux autres. Leurs cris s'éteignirent abruptement lorsque leur cerveau droit et leur cerveau gauche cessèrent de fonctionner ensemble. Ils gardèrent la bouche ouverte puis, une seconde plus tard, le côté droit de leur corps s'effondra. Ils tombèrent lourdement sur les pavés où ils moururent. Un épais liquide ensanglanté s'écoula de leurs narines et de leurs lèvres et vint maculer leur tunique jaune et blanc.

Caitlin vit alors de nouveau s'élever ces âmes, invisibles et pourtant tangibles malgré tout. Mais, dans cette mort-là, une mort sans le *cazh*, elles s'élevaient individuellement, cette fois. L'âme commune n'existait plus. Son objectif, quel qu'il fût, n'avait pas été atteint. L'énergie, quelle qu'elle fût, qui avait permis à ces âmes unies d'atteindre une autre époque que la leur s'était dissipée.

La vague de lave géante recouvrit la ville et détruisit tout sur son passage. Ce trépas n'eut rien d'épique et fut extrêmement rapide. En un instant, Galderkhaan cessa d'exister. Caitlin sentit l'énergie l'abandonner, tout comme la sensation d'extase. N'étant plus immatérielle, elle tomba en chute libre en direction de la mer…

Puis du sol de la salle de conférences. Ben s'empressa de la rattraper.

Un petit sifflement se fit entendre tandis que la fumée qui s'élevait du corps de Caitlin disparaissait brusquement. Ben caressa les cheveux de son amie. Elle avait les paupières closes et la bouche détendue.

—Cai ?

Elle ne répondit pas. Ben ôta le couvercle de la boîte et lui fit sentir le thé au jasmin. Au bout de quelques instants, il l'entendit inspirer tout doucement.

— Cai ? Tu es… là ?

Elle ouvrit les yeux et eut du mal à focaliser sa vision. Mais, quand le visage de Ben lui apparut, elle sourit.

— Ouais, je suis là.

Chapitre 33

Lorsque Caitlin se réveilla le lendemain matin, Jacob, déjà habillé, était penché sur elle pour écarter ses cheveux de son visage. Caitlin cligna des yeux sous la lumière du couloir qui entrait dans la chambre par la porte ouverte. La haute silhouette de son père se tenait dans l'encadrement. De pâles rayons de soleil se faufilaient sous ses rideaux.

— Je vais à l'école avec papy, annonça Jacob par signes.

Puis il se colla à sa mère pour un câlin et un bisou. Souriante, Caitlin regarda la porte de la chambre se refermer doucement sur le grand-père et le petit-fils.

Elle ferma les yeux et se sentit brusquement douloureusement seule, comme jamais elle ne l'avait été dans sa vie. La nuit précédente, elle s'était unie à une communauté d'une manière inimaginable, mais c'était terminé. Elle se passa la main dans les cheveux. Ils lui parurent trop fins, presque comme si ce n'étaient pas les siens.

Il était 4 heures du matin à Santa Monica, mais cela ne l'empêcha pas d'appeler sa sœur. Lorsqu'elle décrocha, Abby semblait parfaitement réveillée.

— Waouh, je pensais justement à toi !

Caitlin ne répondit pas, les yeux rivés au plafond. Elle se sentait incapable de raconter ce qu'elle avait vécu.

— Cai ? Tu es là ? Tu ne m'aurais pas appelée avec tes fesses, par hasard ? C'est ça, hein ? Ton téléphone est dans ta poche et tu ne m'entends…

— Abby, tu crois à l'existence de l'âme ?

— C'est… une question surprenante.

— Je sais. C'est juste que… Tu connais bien la mort, c'est vrai, tu la côtoies tous les jours.

— Je ne la connais que trop, confirma Abby. Et elle touche trop de jeunes, elle est trop souvent brutale et inutile, quelle qu'en soit la cause : drogue, alcool, envoi de SMS au volant, accident, fusillade dans un centre commercial…

— Et… ?

— Et ouais, j'y crois. Ça peut paraître dingue mais parfois, quand mes patients meurent, pendant une seconde, je sens leur âme. C'est le genre de truc qui passe si vite que tu te demandes si tu n'as pas rêvé. Ça n'arrive pas chaque fois mais, de temps en temps, quand il n'y a plus de signes vitaux, je sens très clairement que je ne suis pas seule dans la pièce. C'est encore plus fort si je tiens la main du patient. (Abby attendit quelques instants.) Pourquoi cette question ?

Caitlin s'y attendait et n'avait pas de réponse toute prête à lui offrir.

— Pour rien, je réfléchissais, c'est tout.

— Ben voyons, grogna Abby. Papa m'a dit que tu avais beaucoup voyagé ces derniers temps.

— Ça c'est le moins qu'on puisse dire. Je te rappelle plus tard ?

— Pas de problème. Faut que j'y aille, de toute façon.

— Attends, quand tu as dit que tu pensais justement à moi… tu faisais quoi à une heure pareille ?

— J'ai une opération de bonne heure, expliqua Abby.

— Ah. Bonne chance.

— Merci, d'autant plus que c'est un grand brûlé.

Caitlin se raidit et se demanda si ces mots-là lui feraient toujours cet effet à partir de maintenant.

Elle raccrocha, se rallongea, ferma les yeux et son esprit et se rendormit.

Trois heures plus tard, pleinement réveillée et prête à attaquer la journée grâce à sa dose de caféine, Caitlin s'installa devant son ordinateur avec son chat sur les genoux et consulta ses mails. Le plus récent venait de Ben et avait pour sujet : « 2,5 millions de vues en quatre heures ». Caitlin cliqua sur la vidéo en pièce jointe et vit apparaître à l'écran des camions aux couleurs vives, pleins d'hommes et de bois de construction qui s'arrêtèrent devant un bâtiment ressemblant à un centre commercial en Inde. L'édifice était en ruine, comme s'il avait essuyé un ouragan. Les hommes descendirent des camions et s'empressèrent de saluer les rares personnes qui avaient osé sortir des maisons alentour. Puis la vidéo montra la reconstruction, des hommes réparant les dômes des bâtiments, et tout ce petit monde installant de longues tables pour le déjeuner.

Caitlin appela Ben, qui décrocha immédiatement.

— Qu'est-ce que je suis en train de regarder ? demanda-t-elle en souriant car, à l'écran, de jeunes enfants aidaient des adultes à traîner des planches à proximité d'une devanture de magasin pulvérisée.

— La solution à tous nos problèmes, expliqua-t-il. La vidéo a été postée vers midi, heure de Jammu, et elle s'est répandue plus vite que n'importe quelle autre vidéo depuis l'avènement d'Internet. Ce centre commercial s'est retrouvé au cœur des combats et a subi de nombreux tirs et explosions. C'est ce que j'ai vu la nuit où nous… où j'ai dormi chez toi. Apparemment, des camions pleins de Pakistanais et d'Indiens sont arrivés à Jammu, et maintenant ces volontaires reconstruisent tout, les temples, les magasins et même le cinéma. Quand la vidéo est devenue virale, tout le monde sur la planète a appelé à la réconciliation. Les deux délégations se sont présentées ce matin à l'ONU pour passer un accord. C'était... très bizarre, je dois dire, comme s'ils s'étaient réveillés après une grosse fièvre ou un truc du genre.

— C'est génial, dit Caitlin. Ça paraît presque...

— Impossible ? suggéra Ben. Et pourtant, il suffisait que des gens soi-disant ennemis se traitent les uns les autres avec humanité et dignité. Il fallait de la coopération. Et de la gentillesse.

— Et les gouvernements ont écouté leur peuple, commenta Caitlin, songeuse.

— Tu rigoles ? Ils n'espéraient que ça, pour sauver la face.

— Qu'est-ce qui va se passer maintenant pour le Cachemire ?

— Nous n'en sommes pas sûrs. L'Inde et le Pakistan ont accepté de retirer leurs troupes de la région. Il va sûrement falloir un peu de temps avant qu'ils tiennent parole, mais l'ambassadeur Pawar et son homologue y travaillent déjà. Notre ami a retrouvé une deuxième jeunesse, tu peux me croire. Mais je parie que tu t'en doutais déjà, pouffa-t-il.

— Comment va Maanik ?

— D'après son père, elle est redevenue elle-même.

— Mais encore ?

— Elle a retrouvé son énergie, sa joie, son enthousiasme, et elle passe tout son temps au téléphone avec ses copains.

— Est-ce qu'elle se souvient de quelque chose ?

— Honnêtement, Cai, personne n'a envie de lui poser la question. On lui a dit qu'elle avait eu une très grave infection pulmonaire, ce qu'elle n'a pas mis en doute.

— Comment va le chien ?

— Bien aussi. C'est la troisième question que j'ai posée : comment va le monde, comment va Maanik, comment va Jack London.

— Il fait partie de cette histoire, d'une manière ou d'une autre, comme le serpent en Haïti et peut-être même ces rats qui se sont rassemblés en ville.

— Drôle de liste, tu ne trouves pas ?

— Si.

— Tu sais en quoi ils pourraient être liés ?

— Absolument pas, reconnut Caitlin.

Mais elle revit en pensée les extrémités griffues du symbole aux croissants.

— En parlant de ça, le serpent et toi êtes les stars d'une vidéo sur YouTube, lui apprit Ben.

— Quoi ?

— Ouais, je t'enverrai le lien. Ne t'inquiète pas, vous n'avez fait que deux cents vues.

— Est-ce que la vidéo dit qui je suis ?

— Non, elle ne donne pas ton nom. J'ai une dernière question avant de retourner en salle de conférences. Toi, comment tu vas ?

Caitlin laissa échapper un petit rire triste.

— Franchement ? Je n'en ai aucune idée. Mon cerveau est bien là et fonctionne parfaitement mais… il y a eu une espèce de changement. (Elle tendit la main vers l'Hudson River, dont elle voyait une toute petite partie à travers la fenêtre.) Quelque chose est… différent. Je ne peux pas l'expliquer.

— Tu t'es plongée dans une sacrée transe, lui fit remarquer Ben. Pas étonnant que tu sois un peu désorientée.

— Désorientée mais connectée.

— À quoi ?

— Je ne le sais pas non plus, répondit-elle en laissant retomber sa main. À quelque chose.

Il y avait bien plus à dire, mais Caitlin s'en abstint. Tout ce qu'elle avait vécu allait nécessiter bien plus de réflexion et de recherches.

— Puis-je partir du principe que c'est fini et que ces… ces gens sont partis, maintenant ? demanda Ben.

— Je n'en suis pas sûre. Je ne suis même pas certaine qu'ils aient jamais été là.

— Si par « là », tu veux dire « sur Terre », je t'assure que les preuves linguistiques confirment leur existence. Maanik et toi n'avez pas inventé ce langage.

—Certes, reconnut Caitlin. Mais une civilisation qui a peut-être existé avant qu'on commence à archiver notre propre histoire… une civilisation qui semble toujours avoir des éléments actifs et mobiles l'a sûrement fait.

—Une civilisation que nous semblons avoir découverte ensemble, toi et moi. Champagne ! ajouta-t-il fièrement.

—En effet. Ça n'est pas rien, il va falloir étudier tout ça.

—J'en serais ravi. Justement, j'ai regardé la vidéo que j'ai enregistrée hier soir. Il y a beaucoup de nouveaux mots. Deux d'entre eux ne cessent de revenir, ils signifient quelque chose comme « ceux de l'esprit » et « ceux du mécanisme ».

—Les Prêtres et les Technologues, dit Caitlin.

—Oui, c'est ça. (Ben hésita.) Tu veux qu'on en parle ?

—Je ne sais pas vraiment ce que fabriquaient les Technologues. Les Prêtres, eux, tentaient de fuir leur corps physique pour s'élever sur un autre plan, mais ils essayaient aussi de s'unir.

—Pour faire une ronde, tu veux dire, comme dans un jeu d'enfant ?

—Non, plutôt comme dans une séance de spiritisme, comme je l'ai dit hier. C'est un rituel où le tout fait bien plus que la somme des parties. Cette union très puissante ne cessait de se renforcer et cherchait à récolter des âmes ici, dans notre présent. C'est pour ça que je suis intervenue. J'ai compris que si je réussissais à interrompre leur cérémonie, ils ne pourraient pas s'élever en groupe.

—Quel était le but de cette union ?

—Je n'en sais rien.

Ben ne fit pas de commentaire.

—Vas-y, l'encouragea Caitlin. Dis-le.

—Tu y crois vraiment, à tout ça, Cai ? Tu crois vraiment que tu es allée dans le passé ? Pas physiquement, évidemment, mais en sortant de ton corps ?

—Je ne vois pas d'autre explication. Regarde, Maanik va bien.

—C'est vrai…

—Les choses que j'ai décrites correspondent aux mots que tu as traduits.

—C'est vrai aussi.

—Quelle autre explication proposes-tu sinon ?

Une fois de plus, Ben ne répondit pas. Caitlin en profita pour passer en revue des bribes de souvenirs.

—Ben, est-ce qu'il s'est passé un truc avec mes cheveux ?

—Pourquoi ?

—Je… Je les trouve bizarres aujourd'hui, je n'arrive pas à les coiffer.

—Oui, finit par répondre Ben avec une certaine réticence dans la voix. Ils étaient tout hérissés.

—Est-ce qu'ils bougeaient comme s'ils étaient dans l'eau ou dans le vent ?

—Non, ils étaient hérissés comme s'il y avait de l'électricité statique, répondit Ben, pensif. C'est à cause de la tempête, je suppose.

—Mes cheveux se seraient chargés en électricité malgré les vitres antidéflagration ? Et toi, tu n'aurais rien senti ?

Troisième silence de la part de Ben.

—Bon, une énigme à la fois, décida Caitlin. Quelque chose a changé Maanik après la tentative d'assassinat, et quelque chose hier lui a rendu son état normal. Le monde est un peu plus sain d'esprit aujourd'hui. Il faut peut-être s'en contenter pour l'instant.

—Je ne peux pas, avoua Ben. Je bute encore sur une simple question qui n'a rien de métaphysique. Comment Galderkhaan a-t-elle bien pu exister ?

Caitlin sursauta.

—Tu connais son nom ?

—Ouais, tu l'as prononcé hier soir.

—Galderkhaan, répéta-t-elle.

—Il a la même consonance que le reste du langage, ça sonne vaguement mongol. Mais comment des humains modernes… ? Ils étaient bien modernes, n'est-ce pas ?

— *A priori*, oui. Peut-être un peu plus petits que nous, et la peau un peu plus dorée, mais ça peut n'être qu'une impression due à la lumière et la fumée.

— D'accord, mais ce n'étaient ni des hommes de Neandertal, ni des hominidés. Comment pouvaient-ils prospérer ainsi alors que, d'après les scientifiques, notre espèce n'en était encore qu'au stade du lémurien dans l'arbre ?

— Je n'en sais rien. (Caitlin se tut quelques instants.) Mais je suis sûre d'une chose, par contre.

— Quoi donc ?

— Il faut que j'y aille. Une psychiatre entre dans son bureau…

— D'accord, vas-y, lui dit Ben.

Ils raccrochèrent. Caitlin contempla le monde ensoleillé à l'extérieur tout en caressant le chat qui ronronnait. Elle remarqua qu'elle le caressait de la main droite. Elle changea de main et sentit aussitôt un flot de… quelque chose… rouler sous ses doigts et remonter jusqu'à son cœur. L'effet était très apaisant et lui permit de se calmer. Arfa ronronna encore plus fort.

— Qu'est-ce que tu as à voir avec ça, toi ? lui demanda Caitlin. Et vous aussi ? ajouta-t-elle en regardant les pigeons sur le rebord de sa fenêtre.

Même si elle se sentait plus calme, une partie d'elle, plus détachée, se demandait à quoi la vie ressemblerait désormais.

La jeune femme soupira, posa le chat par terre et s'intéressa de nouveau à ses mails, qui formaient une espèce de passerelle entre l'ancienne Caitlin et la nouvelle. Elle vit qu'elle avait reçu un message de Gaëlle Anglade et que son titre comportait un symbole qui ne se serait pas trouvé là quelques jours auparavant.

Un smiley.

ÉPILOGUE

Mikel Jasso se trouvait le long du bastingage du *Capitaine-Fallow,* à tribord. Sa capuche douillette était plaquée contre ses joues, ce qui le protégeait du vent vif. Le navire voguait dans la partie orientale de la mer de Weddell mais ne pouvait approcher la côte septentrionale de l'Antarctique, en raison de la banquise. Pour l'heure, il contournait un iceberg impressionnant qui le dominait de plusieurs centaines de mètres et brillait d'un blanc immaculé, sauf à sa base où il était bleu turquoise. Mais personne n'admirait le pâle géant de glace. Comme les membres d'équipage et les scientifiques agglutinés autour de lui, Jasso n'avait d'yeux que pour la foule de manchots empereurs qui nageait vers le nord.

Jamais ils n'avaient été aussi nombreux à migrer, de l'avis des vieux loups de mer qui connaissaient bien la région. De plus, leur période de reproduction n'aurait pas dû se terminer avant un bon mois. Et ce n'était pas tout. Plusieurs marins firent remarquer que les manchots ne prenaient pas le temps de jouer, pas plus qu'ils n'effectuaient de reconnaissance prudente le long des flancs du groupe migratoire. Ils ne se donnaient même pas la peine de contourner le navire, se contentant de passer dessous pour ressortir de l'autre côté. Mikel les observait attentivement en se rappelant un certain vol d'albatros. Les manchots manifestaient la même urgence. Ce n'était pas tant qu'ils semblaient pressés d'arriver à destination, non, on aurait dit qu'ils n'avaient qu'une seule idée en tête : fuir au plus vite.

Pourquoi maintenant ? se demandait Jasso.

À son arrivée aux Malouines, il avait tout de suite pensé aux albatros et aux rats quand il avait constaté qu'un grand nombre de bateaux prenaient la mer.

— Des tas de poissons remontent vers le nord, lui avait expliqué un marin.

Alors, maintenant, ça affecte les poissons, s'était dit Mikel. Il avait retrouvé la trace du *Capitaine-Fallow* et persuadé son capitaine, moyennant finances, de l'accueillir à son bord. Sa fausse qualification de géologue n'aurait pas résisté à un interrogatoire minutieux, mais elle suffit à convaincre un capitaine peu pointilleux et bien trop heureux de recevoir une « prime » surprise.

Le navire avait mis le cap à l'est et longé les très vieux volcans sous-marins de la mer de la Scotia, avant de bifurquer vers le sud chaque fois que la banquise le permettait. Jusque-là, le voyage avait été remarquablement calme. Mikel avait passé beaucoup de temps avec le géologue à qui il avait volé la relique pendant son sommeil, quelques semaines plus tôt. Ensemble, ils surveillaient le sonar, le GPS, le sismomètre et les autres équipements. Mikel avait eu tout le loisir de se demander si oui ou non la météorite était responsable de la mort d'Arni, alors que le Groupe avait les autres pierres en sa possession depuis plus de deux ans. Et puis, une heure avant le début de l'étrange exode des manchots, Mikel avait vérifié ses mails sur l'un des ordinateurs du bateau. Flora lui avait envoyé deux messages. Le premier concernait une femme qui apparaissait dans une vidéo amateur prise à Tahiti.

Qui est-ce ? demandait Flora.

Mais Mikel n'avait ni la bande passante ni la patience nécessaire pour s'occuper de cette vidéo. Il avait répondu qu'il la regarderait un autre jour.

Le deuxième mail, en revanche, l'avait davantage intéressé.

Les reliques ont fait fondre la glace du congélateur, écrivait Flora. *Je les ai transférées dans un autre appareil, même chose.*

Ça aussi, c'était nouveau et, pour l'heure, inexplicable.

Qu'est-ce qui se passe ? Et pourquoi maintenant ?

Tandis que les manchots continuaient leur exode, Mikel nota un changement de direction du vent. Mais ce n'était pas celui-ci qui avait tourné. L'agent du Groupe se rendit au poste de pilotage. En entrant dans la pièce étroite et surchauffée, il demanda :

— Où va-t-on ?

— On suit les manchots, répondit sèchement le capitaine avec son accent du Maine très prononcé.

— Pourquoi ?

— Parce qu'on vient juste de recevoir des transmissions radio des bases McMurdo et Dumont d'Urville. Apparemment, tous les manchots de l'Antarctique sont en train de se barrer. Personne ne sait pourquoi. Du coup, je préfère mettre une certaine distance entre le continent et nous.

— Qu'en pensent les experts ?

— La même chose que nous autres qui n'avons pas fait de grandes études : quelque chose les effraie. Vous voulez mon avis ? Ça pourrait bien être dû à un immense vêlage de glace, allez savoir.

Mikel était sur le point de demander si les satellites avaient repéré des traces de fracture préliminaire lorsqu'un immense craquement résonna à travers tout le navire.

L'agent du Groupe saisit une paire de jumelles et courut de nouveau se poster au bastingage. Un deuxième craquement lui noua les entrailles, mais il se ressaisit et examina l'iceberg à l'aide des jumelles. Il sentit des corps se presser autour de lui tandis que ses compagnons cessaient d'observer les manchots pour s'intéresser au bloc de glace qui se fendait en deux. Comme le suggéraient les exclamations impressionnées de ces marins pourtant endurcis, il s'agissait là d'un phénomène nouveau pour eux.

L'eau de mer était brusquement montée autour d'un pic de glace tout juste séparé de l'iceberg et qui tournait au ralenti, tel un tourbillon inversé. Mikel jura en appuyant plus fort les jumelles sur ses yeux, car il avait du mal à accepter ce qu'il voyait. D'ailleurs, ça ne dura qu'un instant avant que le pan de ce nouvel iceberg ne se détourne du navire.

Mais cela avait suffi pour que Mikel se rende compte que sa paroi n'était pas uniformément blanche ou bleue. L'énorme bloc de glace abritait en son sein quelque chose qu'aucun être vivant n'avait vu en Antarctique, un objet qui n'avait de sens que pour quelqu'un qui l'avait déjà aperçu avant, comme Mikel.

— Qu'est-ce que c'est que ça ? marmonna quelqu'un à côté de lui. Y avait quelque chose là-dedans ?

— Je ne sais pas, répondit un autre tandis que le bateau s'éloignait poussivement.

Une troisième personne tenta de prendre une vidéo, mais Mikel s'interposa habilement entre lui et l'objet en faisant semblant de glisser sur le pont glacé. Le temps que le téléphone soit de nouveau pointé vers l'iceberg qui avait vêlé, il n'y avait plus rien à filmer.

Mikel n'écouta aucune des spéculations qui allaient bon train autour de lui. Il avait bel et bien vu la forme ovoïde brune ornée de croissants noirs, sous laquelle on distinguait un bloc rectangulaire plus petit. Il avait déjà formé sa propre hypothèse, puis l'avait rejetée avant de finalement l'accepter. Car Mikel avait déjà vu cette image sur un éclat de poterie incrusté de bernacles.

C'était un aéronef du monde perdu de Galderkhaan.

Aubin
IMPRIMEUR

Achevé d'imprimer en décembre 2015
N° d'impression 1511.0029
Dépôt légal, janvier 2016
Imprimé en France
35294932-1